Ulrich Brandt

IBERISCHE SCHATTEN

atb aufbau taschenbuch

ULRICH BRANDT, 1957 geboren, ist Drehbuchautor, Dramaturg und Produzent verschiedener erfolgreicher TV-Serien sowie Autor von Kurzgeschichten und Übersetzer. Er lebt mit seiner Frau und seinen beiden Töchtern in Köln. In Cartagena hält er sich jeden Sommer auf. Im Aufbau Taschenbuch liegt ebenfalls sein Kriminalroman »Iberische Hitze« vor.

Mehr zum Autor unter www.ulrichbrandt.de

Mehr zu den Schauplätzen unter www.cartagena-krimi.de

In der Bucht von Cartagena, Südspanien, wird eine Segelyacht aufgebracht. An Bord findet man eine Leiche: Gunter van Danz, ein zwielichtiger Nachtclubbesitzer aus Ibiza, wurde offenbar erdrosselt. Dolf Tschirner, ein Mann für alle Lebenslagen, wird von Kriminalinspektor Fuentes bei den Ermittlungen als Dolmetscher angeheuert, zumindest lautet so die offizielle Begründung. Tatsächlich ist Tschirner den Geschäften des Toten schon begegnet – zwölf Jahre zuvor in einem schmutzigen Drogenkrieg, als er mit aller Gewalt seinen Sohn retten wollte. Beide bezahlten damals einen extrem hohen Preis.

Tschirner und Inspektor Fuentes finden rasch heraus, dass Gunter van Danz sein Luxusleben mit Drogenschmuggel und Mädchenhandel finanziert hat. Um die Hintergründe zu klären, fliegen sie nach Ibiza, in dessen mondänen, aber in der Nebensaison verwaisten Nachtclub. Noch jemand scheint ihnen auf die Insel gefolgt zu sein und bringt nicht nur Tschirner in höchste Gefahr.

ULRICH BRANDT

IBERISCHE SCHATTEN

KRIMINALROMAN

atb aufbau taschenbuch

Ein Krimi ist kein Drogenhandbuch. Alle genannten Rauschgifte, auch wenn sie jeweils gängige Bezeichnungen tragen, stehen als Platzhalter für unterschiedliche Drogen und Suchtstoffe; ihre Konsumformen und Wirkweisen sind hier aus zweiter Hand geschildert, kombiniert, übertrieben oder sogar frei erfunden. Ähnlichkeiten, in Wirkung und Nebenwirkungen, auch bei körperlicher Abhängigkeit und Entzug, mit real existierenden Rauschgiften wären also eher zufällig.

FSC
www.fsc.org
MIX
Papier aus verantwortungsvollen Quellen
FSC® C083411

ISBN 978-3-7466-3259-9

Aufbau Taschenbuch ist eine Marke
der Aufbau Verlag GmbH & Co. KG

1. Auflage 2016

Umschlaggestaltung www.buerosued.de, München
unter Verwendung eines Bildes von
© Getty Images / Ventura Carmona
Gesetzt in der Whitman durch Greiner & Reichel, Köln
Druck und Binden CPI books GmbH, Leck, Germany
Printed in Germany

www.aufbau-verlag.de

Für Victor und Alicia,
Manolo und Fran

1

Sein Grinsen war bleckend und fies, zum Reinhauen. Selbst als Leiche zog der Kerl die Mundwinkel krampfhaft in die Breite. Zwischen den Lippen strahlten zwei Reihen makelloser Porzellanzähne. Und der schmutzig weiße Brocken, der unter seiner Zunge hervorlugte.

Gunter van Danz, so hieß der Tote, konnte nicht sehr lange gelitten haben. Er war erdrosselt worden. Hinter dem armdicken Stahlrohr in seinem Nacken steckte ein Takelmesser, ein stabiles Werkzeug mit gebogenem Holzgriff, in einer Schlinge aus geflochtenem Kunststofftau. Die rotschwarze Leine hing der Leiche doppelt um den Hals, wo sie vertrocknete und blutunterlaufene Kerben hinterlassen hatte. Mit dem Takelmesser als Hebel war sie verdrillt und immer weiter zugezogen worden. Dennoch hatte der Tote sich sein Grinsen bewahrt. Oder die Grimasse war ihm so zur Gewohnheit geworden, dass diese Fratze den Ruhezustand seiner Mimik darstellte.

Der Leichnam saß an die Maststütze gefesselt. Die Fäuste hinter dem Rücken mit Handschellen fixiert, neigte der Brustkorb sich zu Boden, ein Arm hing schräg und entsetzlich verdreht aus der Schulter. Der Körper hatte sich entleert, aber das überhebliche Grinsen hielt dennoch, auch im Tod.

Van Danz war vollständig angezogen, er trug einen Seglerpullover, dazu Stoffhosen und Mokassins. Beinahe schon landfein, fand Dolf Tschirner. Die langen silbrigen Haare des Toten wirkten wie frisch gewaschen. Jedenfalls sah er nicht nach einem Einhandsegler aus, der tagelang unterwegs gewesen war und wenig geschlafen hatte. Er musste gut in Form gewesen sein, als sein Mörder ihn traf.

Gunter van Danz war, nach allem was Dolf bisher wusste, kein angenehmer Mensch gewesen. Dass er sich, selbst im Angesicht seines Killers, von seinem süffisanten Grienen nicht hatte abbringen lassen, sprach dafür, dass er bis zuletzt geglaubt haben musste, die Situation unter Kontrolle zu bekommen. Oder komplett bedröhnt war. Der Brocken unter seiner Zunge war Kokain. Es musste genug Koks sein, um van Danz rasch bewusstlos zu machen, wenn er ihn geschluckt oder auch nur mit seinem Speichel aufgelöst hätte.

Der Raum um die Leiche zeigte die typischen Dimensionen einer Segelyacht, die schrägen Begrenzungen des Fußbodens, die gekrümmten Linien an Decke und Außenwänden. Jedes Fleckchen Platz war sinnvoll genutzt.

Die Kajüte gehörte zu einem Kunststoffschiff; sie bot viel dunkles Holz, edle Beschläge und Geräte, sinnvoll eingebaute Ablagen und Schubfächer. Alles machte – wie das stabile Rohr der Maststütze – einen gediegenen, für den praktischen Bedarf angeordneten Eindruck.

Dolf trat aus dem Lichtbalken, der über seine Schulter ins Yachtinnere fiel. Obwohl es ein diesiger Tag war, stand diese Säule aus flirrender Luft im Schiff und beleuchtete den Staub aus weißem Pulver, der im Raum schwebte: Schnee, genau wie man es fünf Wochen vor Weihnachten erwarten konnte. Dolf stieß den Atem durch die Zähne aus. Nach Lachen war ihm nicht zumute. Der weißgelbe Brocken im Mund des Toten machte ihm schlechte Laune. Einer Drogengeschichte nachzuspüren widerstrebte ihm. Bei dem Thema kamen in Dolf Erinnerungen an das Schicksal seines Sohnes hoch, die er lieber mied. Unwillkürlich strich er sich über die Narbe an seiner rechten Augenbraue, ertappte sich dabei und schüttelte die düsteren Gedankenschatten ab.

Dolf orientierte sich mit Blick nach vorn, gegen den Bug der Yacht. Rechts war ein Navigationsplatz in die Möbel eingelassen, davor ein Drehstuhl festgeschraubt. Links erstreckte sich die Küchenzeile, eher praktisch als luxuriös. Nach vorne gingen zwei Türen ab, verschandelt mit hässlichen Vorhängeschlössern. Dazwischen, am höchsten Punkt des Innenraums, führte ein schmaler Gang ins Vorschiff, zu den Toiletten- und Stauräumen. Nach hinten boten zwei weitere schmale Türen Einblick in winzige Kabinen über dem Motorraum. Dolf hatte einen Plan der Yacht gesehen. Es war eine *Bavardise 44*, aus einer französischen Werft, fünfzehn Jahre alt, aber in bestem Zustand, aus Glasfiber mit einer fachkundig getischlerten Innenausstattung. Licht fiel – außer durch die Niedergangsöffnung in seinem Rücken – nur durch schmale Fensteröffnungen, die links und rechts auf Schulterhöhe verliefen.

Nichts deutete auf ein Handgemenge hin. Alles, was außerhalb der Reichweite des Gefesselten lag, war mehr oder weniger aufgeräumt. Werkzeug und Küchenutensilien lagen an den dafür vorgesehenen Plätzen, Bücher waren in ihren Regalen verstaut und mit Gummizügen gesichert. Geschirrtücher hingen über der Arbeitsplatte, Handbücher und Seekarten ruhten säuberlich über dem Navigationstisch. Dolf sah sich die Bücher genauer an. Krimis, Erotikromane, Thriller, fades Zeug.

In den Regalen lagen Hefte und Magazine gestapelt, aber keine Seglerzeitschriften, sondern Sexheftchen und Automagazine mit Bikinigirls und PS-Boliden. Alles wirkte nicht unordentlicher als auf einer Yacht auf hoher See zu erwarten. Benutztes Geschirr stand im Spülbecken; eine Handtuchrolle, eine einzelne Socke, ein Turnschuh verloren sich halb verborgen unter der Sitzbank der Kajüte.

»*¿Qué dice Usted? ¿Ha visto todo?*« Inspektor Fuentes' Stimme drang interessiert durch die Luke herein. Die Niedergangsöffnung hinter Dolf war ein Durchlass mit erhöhter oberster Trittstufe, die zugleich die Abgrenzung gegen das Cockpit bildete, wo Fuentes auf einer der geschwungenen Bänke im Freien saß. Hatte Dolf genug gesehen?

»*Si, todo visto. Pero no veo nada claro.*« Er hatte alles gesehen, aber keinen Durchblick.

»*Como yo. Felicidades, Señor Chirén.*« Er hieß Tschirner, Adolf Tschirner, aber die Spanier machten aus seinem Namen, was sie wollten. Chirén war noch die harmloseste hispanisierte Version. So hatte Dolf sich selbst genannt, dreißig Jahre zuvor, als er seine Eisfabrik eröffnet hatte: *Hielos Chirén*.

Weniger als vier Stunden vorher hatte Inspektor Fuentes ihn in seiner bevorzugten *Churrería* beim Frühstück gestört. An einem Sonntag gab es nicht viele Dinge, die Dolf übler genommen hätte.

»*Si, está aqui. Un momentito, Señor Inspector.*« Téresa, die hübsche Serviererin am Tresen des Cafés, das die besten Churros am Ort frittierte, hatte ihm verwundert den Hörer gereicht. Ihre fein gezupften, im hohen Bogen gewölbten Augenbrauen stellten ein einziges Fragezeichen dar.

»*Gracias, encanto.*« – »*¡Diga!*« Das war in den Hörer gesprochen.

»*Señor Chirén?*«

»*¿Si, Tschirner aqui. ¿Quién es?*«

Fuentes war dran. Dolf setzte sich überrascht aufrecht hin, nahm sozusagen Haltung an. Wie kam ein Polizeiinspektor dazu, ihn beim Frühstück anzurufen, dazu noch über den Apparat der Churrería? Sehr merkwürdig.

»Ich wusste, dass ich Sie dort finde. Mobil hab ich niemanden erreicht.«

»Das Ding benutze ich nur im äußersten Notfall.«

»Ja, ich weiß.« Fuentes musste prusten. Zumindest klang

es so am Telefon. Mit Vorreden hielt er sich nicht lange auf. »Kann ich Sie abholen lassen? Ich würde Ihnen gerne etwas zeigen.«

»Am Sonntag?«

»Es wird Sie interessieren. Ich bin mir fast sicher.«

»Wo sind Sie?«

»In der Bar am Fischmarkt. Die kennen Sie doch. Kann ich Ihnen einen Wagen schicken?«

Fuentes wollte ihn abholen lassen? Selbst mit Blaulicht hätte es mit dem Polizeiauto durch die verwinkelten Gassen der Altstadt länger gedauert als Dolf zu Fuß brauchte. Er kannte den Weg zum Hafen, dort ging er zur Arbeit. Dolf kannte auch die Bar sehr gut, in der er mit Fuentes verabredet war. An einem Wochentag waren ab fünf Uhr morgens fast alle seine Kollegen dort, wenn ihre Schicht endete und die Versteigerung am Fischmarkt begann.

»Ist gut. Ich bin in zehn Minuten da.«

»Bis gleich, Chirén.«

Fuentes saß an einem Tisch am Fenster wie in einer Auslage. Hinter vergilbten Gardinen konnte man durch die trüben Scheiben Fischerkähne und Freizeityachten auf dem glitzernden Hafenbecken dümpeln sehen und hinter den Türmen der Festung die Bergrücken ahnen, die für die Bucht von Cartagena einen malerischen Rahmen bildeten. Dolf hatte keinen Blick für den Hafen. Den sah er drei Mal pro Woche bei Sonnenaufgang. Es gab schlimmere Anblicke, aber auch sehr viele angenehmere.

Fuentes hatte ein paar *Tapas* aus der Anrichte über dem Tresen vor sich. Ein paar Scheiben *Lomo*, ein größeres Stück *Tortilla*. Er aß hastig.

Als Dolf sich zu ihm setzte, brachte der Wirt auf den Wink des Inspektors hin einen weiteren Teller; eine kleinere Ausgabe der *Ración*, die Fuentes bestellt hatte; ebenso ein paar

Scheiben gepökeltes Schweinefilet und ein Stück Tortilla auf einem Spießchen. »Seien Sie mein Gast!«

»Danke, ich komme gerade vom Frühstück.«

»Stimmt ja, hab ich vergessen. Ich muss einen Happen essen, ich bin seit Stunden auf den Beinen.«

»Was wollten Sie mir zeigen?«

»Einen Toten, eine Mordsache.« Wenn er gleichzeitig aß und redete, geriet Fuentes ins Schmatzen.

»Und warum ausgerechnet mir?«

»Sie sind Deutscher.« Fuentes presste es zwischen zwei Bissen heraus. »Es geht um einen Ihrer Landsleute. Selbe Biographie wie Sie, selber Hintergrund, jahrelang in Spanien gelebt.«

»Der ist das Opfer?« Falls Dolf sich wie ein begriffsstutziger Idiot anhörte, dann lag es daran, dass er sich auch so fühlte.

Fuentes beendete seine hastige Mahlzeit. Mit einer Papierserviette aus dem Spender wischte er sich die Mundwinkel, warf Papiertuch und Besteck auf seinen Teller und schob ihn an den Rand des Metalltischchens, um Platz für seine Unterlagen zu schaffen.

Mit wenigen Worten setzte er Dolf ins Bild: Gunter van Danz, neunundfünfzig, also nur zwölf Jahre jünger als Dolf, war zwei Tage zuvor auf seiner herrenlos in den Gewässern vor Cartagena treibenden Yacht gefunden und von der Wasserschutzpolizei aufgebracht worden.

Fuentes reichte Dolf ein Foto aus den Unterlagen herüber. »Exakt Ihr Typ. Auslandsdeutscher.«

Dolf hatte den unbestimmten Eindruck, dass Fuentes ihn aufmerksam beobachtete und auf eine Reaktion lauerte. Hatte das etwas zu bedeuten?

Er sah sich das Foto an. Den Mann, der darauf abgebildet war, hatte er noch nie in seinem Leben gesehen.

Er sah aus wie eine Art Thomas-Gottschalk-Verschnitt,

mit schulterlangen, silbrig ergrauten Haaren. In jedem Detail stellte er das genaue Gegenteil von Dolfs Äußerem dar. Dolfs Augen sahen grau und meist trübe aus, seine Gesichtsfarbe war fahl, das Haar an den Rändern seiner Glatze kurzgeschoren, und der Zustand seiner Zähne ließ ihn die meiste Zeit mit halbgeschlossenem Mund sprechen.

»Der Mann ist mir kein Stück ähnlich: schlank, groß, durchtrainiert. Lange Haare, gute Zähne, teure Klamotten. Wollen Sie mich veräppeln?« Dolf war nicht viel kleiner als Fuentes, eins fünfundsiebzig, aber untersetzt und eher bullig.

»Der Mann kam aus Deutschland, wie Sie. Er lebte seit dreißig oder mehr Jahren in Spanien, wie Sie. Er war gut integriert in die Gesellschaft – wie Sie.«

Wahrscheinlich sollte das eine Anspielung darauf sein, dass Dolf früher eine spanische Ehefrau und einen Sohn gehabt hatte.

»Er ist der Betreiber eines Nachtclubs auf Ibiza.« Fuentes reichte Dolf ein anderes Foto, anscheinend aus einem deutschen Magazin kopiert. Es zeigte van Danz und sein bleckendes Grinsen mit zwei jüngeren Leuten, der Bildunterschrift nach einem bekannten Diskjockey aus Frankfurt und der Hauptdarstellerin einer deutschen Fernsehserie. »Die sprechen alle Deutsch dort.« Im Hintergrund war eine riesige Bühne zu sehen, abgespannt mit haushoch drapierten Vorhängen. Über der Tanzfläche schwebte im Kegel starker Scheinwerferbündel ein Stahlkäfig mit einer lasziven Tänzerin im Minibikini, auf High Heels.

»Sagt Ihnen das was?« Forschend sah Fuentes zu Dolf herüber.

»Gibt es keine Polizeifotos?« Dolf konzentrierte sich auf den Deutschen.

Fuentes zuckte die Achseln.

»Sauber geblieben?«

»Oder nie erwischt worden.« Fuentes' Blick ließ offen, wie er das meinte. »Die Kollegen auf Ibiza sind enorm kooperativ. Aber viel mehr haben die auch nicht. Ich werde hinfahren müssen.«

»Und warum erzählen Sie mir das alles?«

»Werden Sie gleich sehen. Kommen Sie.«

Also waren sie direkt die paar Schritte zum Anleger der *Policía naval* hinübergegangen, wo die Yacht des Gunter van Danz festgemacht lag.

Dort stand Dolf im Innenraum des Schiffes und sah sich um. Selbstverständlich gab es keine Spur der Leiche mehr. Sie war Stunden zuvor weggeschafft worden, direkt nach der Arbeit der Kriminaltechniker und Rechtsmediziner, als alle Spuren dokumentiert, alle Details abfotografiert worden waren. Wie van Danz' lebloser Körper ausgesehen hatte, als er auf dem dunklen Kajütboden gekauert, welche Spuren Kot, Urin und Körperflüssigkeit auf der Mahagonifläche hinterlassen hatten, war nur noch zu erahnen.

Dolf stand am Tatort, er sollte sich einen eigenen Eindruck verschaffen. Anstelle des Toten gab es nur die Kreidestiftlinien seiner Umrisse und einzelne Klebestreifen schwarzweiß gewürfeltes Maßband. Alle Einzelheiten entnahm Dolf den zahllosen Fotos, die aus jeder Perspektive vom Toten gemacht worden waren und auf dem Monitor des abgegriffenen Notebooks aufpoppten, das Inspektor Fuentes ihm überlassen hatte. Eine der Aufnahmen holte sich Dolf besonders nah heran: die Detailaufnahme der linken Hand des Toten. Am Ringfinger gab es eine winzige Zeichnung: zwei Wellenlinien, dicht übereinander. Dolf hatte das Zeichen schon einmal auf einem Ringfinger gesehen. Er entsann sich genau, in welcher Situation das gewesen war und wem der Finger gehört hatte. Die Erinnerung war alles andere als angenehm.

Ein letztes Mal blickte Dolf sich um und prägte sich alles

ein. Von jetzt an würde er alleine auf die Fotos angewiesen sein, wenn er sich den Ort vergegenwärtigen wollte, an dem Gunter van Danz seine letzten Minuten verlebt hatte.

Er wandte sich um und kletterte die steile Treppe ins Cockpit hinauf. Er kniff die Augenlider zusammen, als er aus dem Niedergang trat. Gegen das Halbdunkel im Innenraum der Yacht blendete das Nachmittagslicht im Hafen, das zusätzlich vom gleißenden Wasser reflektiert wurde, obwohl es ein trüber, diffuser Tag war und dazu noch Mitte November. Die Temperatur in Cartagena verharrte bei kühlen fünfzehn Grad, einige Unbelehrbare erhofften sich tatsächlich ein paar Tropfen Regen; dabei hatte es seit mehr als zwölf Monaten nicht mehr geregnet.

»Also, was sagen Sie?«

»Ein Selbstmord war es wohl nicht.«

Fuentes musste grinsen. Sie waren sich viele Monate zuvor begegnet, der gehbehinderte deutsche Rentner und der forsche Kriminalinspektor aus Cartagena. Damals war es um einen angeblichen Selbstmord gegangen, der sich als Mord erwies. Dolf war nicht stolz auf seine Erkenntnisse. Er maßte sich nicht an, die Arbeit der Polizei kritisieren, geschweige denn korrigieren zu können. Er hatte einfach Glück gehabt. Am Ende der Geschichte hatte Fuentes ihm aus der Patsche geholfen, ihm vielleicht sogar das Leben gerettet.

Wahrscheinlich sollte Dolf dem Inspektor vertrauen. Sicher bildete er sich nur ein, dass Fuentes irgendwelche Hintergedanken hatte. Auch wenn diese Ahnung Dolf mehr und mehr beschlich. »Warum sollte mich das interessieren? Ich bin kein Polizist, *Señor Fuentes*.«

»Überraschen Sie mich: Was haben Sie gesehen?« Fuentes lächelte herausfordernd.

Oder redete Dolf sich das bloß ein? Er musste Zeit gewinnen, einen klaren Gedanken fassen. Ein paar unverfängliche Fragen konnten da nicht schaden.

»*Sadalsuud III?*« Der merkwürdige Name der Yacht war ihm schon beim Einstieg aufgestoßen.

»Das ist ein Fixstern, der hellste im *Acuario*, im Sternbild Wassermann. Wahrscheinlich ist es die dritte Yacht, die van Danz unter diesem Namen besitzt.«

Darauf wäre Dolf auch von alleine gekommen. »Was sind das für *Esposas?*« Die Spanier benutzten für Ehefrauen und Handschellen dasselbe Wort. »Polizei?«

»Keine Originale. Werden für Sexspielchen verwendet.«

»Den Unterschied kann ich nicht sehen.«

»Das ehrt Sie.«

Grinste Fuentes? Dolf musterte ihn kritisch. »Wo ist der Schlüssel dazu?«

»Wurde nicht gefunden.« Der Polizeiinspektor verzog keine Miene.

»Also hat ihn noch jemand in der Tasche.«

»Oder er liegt auf dem Meeresgrund. Wenn der Killer zu dem Zeitpunkt schon wusste, was er wollte, konnte er ihn genauso gut einfach wegwerfen.«

»Der Mann ist erdrosselt worden.«

»Garrotiert.«

»Wo ist der Unterschied?«

»Es geht langsamer, nur durch Luftabschluss. Ohne Unterbrechung der Blutzufuhr gibt es keine Hirnausfälle wie beim Erdrosseln. Jedenfalls dauert es viel länger.«

»Ein besonders grausamer Tod?«

»Könnte man so sagen, ja.« Fuentes ließ ihn nicht aus den Augen.

Dolf kam es wie eine Art Prüfung vor. Jedenfalls fühlte er sich wie im Verhör. Obwohl im Augenblick er es war, der die Fragen stellte.

»Spuren auf dem Werkzeug oder dem Tau?«

»Bis jetzt negativ.«

»Ein Profi? Was denken Sie?« Dolf hatte einmal Kontakt

mit einem professionellen Killer gehabt. Daran dachte er nicht gerne zurück.

»Nicht zwingend. Kann auch jemand mit sehr viel Glück gewesen sein. Was haben Sie noch gesehen?«

Dolf kämpfte seinen aufkommenden Unmut nieder. Er hatte keine Lust, so viele Fragen zu beantworten. Dass Fuentes ihm einen unbekannten Toten gezeigt hatte, musste etwas zu bedeuten haben. Was wollte der Inspektor von ihm?

»Die Tätowierung am Ringfinger kommt mir irgendwie bekannt vor. Haben Sie so was schon mal gesehen?«

»Keine Ahnung, sagt mir nichts. Sonst noch was?«

Das Zeichen am Finger des Toten war also nicht der Grund, warum der Inspektor auf Dolf gekommen war. Sollte ihn das beruhigen? »Das Zeug unter seiner Zunge – hätte sich das nicht auflösen sollen?«

»Nicht so rasch wie gestreckter Stoff.«

Dolf musste schlucken. »Jemand hat ihm das Koks unter die Zunge geschoben, und van Danz musste sich anstrengen, um es möglichst nicht zu berühren. Konnte er es nicht ausspucken?«

»Anscheinend nicht. Ohne Atem ist Spucken nicht so einfach.«

»Grauenhaft. Und trotzdem das Grinsen?«

Fuentes nickte bloß nachdenklich, sagte aber nichts. Er ließ seinen Blick über das sonntäglich verlassene Hafenbecken schweifen. Vor ihnen, am Anleger mit dem Schildständer der *Policía naval*, dümpelte das weißblaue Schnellboot der Hafenpolizei im dieselgrauen Brackwasser. Die Pause dehnte sich. Dolf wurde ungeduldig, wartete jedoch ab.

»Ich hatte gehofft, Sie könnten uns weiterhelfen.«

»Wie kommen Sie darauf?«

Anstelle einer Antwort sah Fuentes ihn nur lange und nachdenklich an. »Sie kennen den Toten bestimmt nicht?«

»Das sagte ich bereits.«

»Ich weiß.«

Dolf hatte keine Ahnung, worauf Fuentes hinauswollte. Aber es klang alles andere als harmlos.

2

»Erinnerst du dich an die kleine Tätowierung an der Hand von Eduardos Dealer?«

»Wovon um Himmels willen redest du, Dolfo?«

Er war hastig durch die Altstadt gehumpelt, hatte bei seiner Schwiegertochter geklingelt und sie auf einen Kaffee eingeladen. Anscheinend hatte er Santes aus ihrer Mittagsruhe geholt. Sie war nicht erfreut. Nur hastig und oberflächlich zurechtgemacht, wie sie war, tippte sie unwirsch mit den Fingernägeln auf ihrer Untertasse herum. Am Tresen des halbleeren Cafés machte das ein nervtötendes Geräusch.

»An seiner linken Hand, wo man den Ring trägt, zwei kleine Wellenlinien – sind dir die niemals aufgefallen?«

»An Benitos Hand?«

»Ja, sicher.«

»Aber ich hab den Typen nie kennengelernt, Adolfo. Ich bitte dich!«

Sie hatte selbstverständlich recht. Nur weil Dolf selbst den Dealer seines Sohnes mehrfach getroffen hatte, sogar in eine heftige Auseinandersetzung mit ihm geraten war, kannte er den jungen Mann. Aber Santes war selbstverständlich niemals dabei gewesen. Sie hatte Benito nie gesehen. Sie konnte nicht wissen, wovon Dolf sprach.

»Wieso fragst du?«

Das wusste er selbst nicht so genau. Weil er sich nicht wirklich vorstellen konnte, dass der grinsende Tote auf der Yacht etwas zu tun haben konnte mit dem Kleinkriminellen, der mehr als zehn Jahre zuvor den Stoff für seinen Sohn besorgt hatte. Der Gedanke war einfach zu abwegig. Nur das winzige Symbol verband die beiden.

»Entschuldige. Ich hab mich vertan.«

»Was ist denn?«

Er hatte sich verrannt. Er lag wahrscheinlich falsch. Es war sinnlos, seine Schwiegertochter da mit hineinzuziehen.

»Inspektor Fuentes hat mir seine neueste Leiche gezeigt.«

»Was will Victor denn von dir?«

»Keine Ahnung; weil es dabei um einen Deutschen geht. Hat er zumindest behauptet.«

»Ich frag ihn.« Schon hatte Santes ihr Smartphone herausgezogen. Anscheinend war der Inspektor in ihren persönlichen Kontakten gespeichert. Dolf wunderte sich nicht wirklich. Santes kannte Gott und die Welt. Die meisten davon persönlich.

»Victor? Hör mal, hast du meinem Schwiegervater einen Job angeboten?«

Dolf fuchtelte abwehrend mit den Händen: So war das ganz und gar nicht gelaufen! Aber Santes reichte ihm nur schelmisch grinsend das Telefon herüber. Dolf machte gute Miene zum bösen Spiel.

»Ob Sie nicht einen Dolmetscher gebrauchen könnten, hab ich mich gefragt, *Inspector*. Wo doch im Club alle nur Deutsch sprechen?«

Fuentes klang nicht besonders interessiert. Dolmetscher hatten sie genug auf dem Kommissariat. Die Kollegen auf Ibiza sicher auch.

»Oder so eine Art persönlicher Assistent, *Señor Fuentes*.«

Fuentes hatte kein Geld anzubieten. Stattdessen würden eine Menge Spesen anfallen: die Flüge, der Hotelaufenthalt, verschiedene Mahlzeiten.

»Ich würde auch auf eigene Kosten reisen.« Dolf deckte das Mikrofon mit der flachen Hand ab. »Santes, sag mal, kannst du mir ein paar Hundert vorstrecken?« Sie nickte achselzuckend und seufzte.

Bei den Flugtickets wollte Fuentes sehen, was sich machen ließ. Er klang nicht ganz uninteressiert, fand Dolf. Sie verabschiedeten sich und legten auf.

Santes tätschelte ihm aufmunternd den Arm. »Na, ihr seid euch doch einig geworden, sehe ich. Gut gemacht, Dolfo!«

Also hatte er einen Job. Oder besser: eine Aufgabe. Denn Geld würde er nicht verdienen.

»Sie unterliegen der Schweigepflicht, Chirén, damit das klar ist!«

Dolf nickte. Fuentes und er standen auf der Fußgängerbrücke über das trockene Flusstal des *Rio Algameca*, zwei Minuten zu Fuß vom Polizeirevier und doch weit genug weg, dass der Inspektor in Ruhe rauchen und Dolf seine Fragen loswerden konnte. »Was ist mit Spuren auf der Yacht?«

Es gab jede Menge Spuren, Fingerabdrücke und DNA, von Frauen, von jungen Männern, von alten Männern. »Die neuesten Spuren scheinen von einem mittelalten Mann zu stammen, keine Registrierung, und einer jungen Frau, möglicherweise asiatischer Herkunft.«

Ob die Yacht verchartert worden war, wusste der Inspektor nicht. Aber Dolf spürte, dass Fuentes, ganz wie er selbst auch, an den Ungereimtheiten interessiert war, die sich aus der Auffindesituation im Schiff ergaben: Ein Raubmord war ausgeschlossen, weil jede Menge Bargeld herumlag, in unterschiedlichsten Währungen, aus Nordafrika, dem Nahen Osten, aber auch aus der Karibik, von den Bahamas, aus den USA. Und jede Menge Kokain, in fast jeder Ecke.

»Hat er selbst gekokst?«

»Die Ergebnisse kommen erst in den nächsten Tagen rein.« Grinste Fuentes schadenfroh, dass Dolf im Trüben stocherte? Oder bildete der sich das nur ein?

Hastig klärte Dolf die übrigen Fragen, die er sich zurechtgelegt hatte, und erfuhr, dass die Yacht vor dem *Cabo de Palos* gefunden worden war, wenige Seemeilen entfernt. Sie war mindestens einen Tag und eine Nacht, aber nicht viel länger, getrieben, ohne aufzufallen. Der geschätzte Todeszeitpunkt lag zwischen drei und fünf Tagen, bevor die Meldung hereinkam. »Gibt nicht viele Schmeißfliegen auf See.«

Anhand des Madenbefalls konnte man auf ein paar Stunden genau den Eintritt des Todes rekonstruieren, das wusste Dolf von einem anderen Fall, in den er selbst verwickelt gewesen war. Wo auf den neunzig Kilometern zwischen Ibiza und dem Festland der Mord passiert war, ließ sich nur vermuten, räumte Fuentes ein.

»Wie sind die von Bord gegangen? Die müssen mindestens einen Helfer gehabt haben. Mit einem Motorboot.«

»Das denken wir auch. Sonst noch was?«

»Die Schlösser. Passen so gar nicht zum Rest der Einrichtung.« Die Beschläge für Vorhängeschlösser waren so offensichtlich nachträglich hingepfuscht, dass es Dolfs Handwerkerauge schmerzte. Er selbst war zwar Schlosser, kein Schreiner. Aber selbst Holzarbeiten bekam er besser hin. »Waren denn irgendwelche wertvollen Dinge an Bord? Hat van Danz irgendwas geschmuggelt, was er verschlossen aufbewahren wollte?«

Fuentes hob nur die Achseln. »Wir müssen den Bericht abwarten. Der Kollege aus Ibiza hat ihn mir für heute Abend versprochen.«

»Wo ist Ihr Pack-Ende, Fuentes?«

Der Inspektor schaute ihn groß an.

»Haben Sie gar nichts Auffälliges, keinen Ansatzpunkt? Wo wir jetzt doch Partner sind, gewissermaßen …«, legte Dolf grinsend nach.

Fuentes musste unwillkürlich lächeln. »Doch, es gibt da etwas. Ein Haar, asiatisch, sehr dick, sehr lang.«

»Eine Frau? Passend zu den neuesten Spuren?« Dolf war überrascht. Er machte sich keine Mühe, das zu verbergen.

»Schon. Nur haben die Kollegen jede Menge Haare gefunden. Alle Farben, alle Längen. Meistens von Frauen, auch ein paar Männer darunter.«

»Er hat es wild getrieben, wollen Sie sagen?«

»Sieht ganz danach aus.«

»Gewinnender Typ.« Dolf verzog genervt das Gesicht. Fuentes ließ ihn keinen Moment lang aus den Augen.

3

Die Bar sah aus, wie sie schon immer ausgesehen hatte, seit Dolf sich erinnerte. Wahrscheinlich war er vierzig Jahre zuvor, neu in Cartagena, verliebt und unternehmungslustig, schon einmal hier gewesen, vielleicht auch nicht. Jedenfalls hatte sich der Schuppen nicht mehr verändert, seit Dolf in diese Gegend gezogen war, diesen Platz zu seinem Wohnzimmer und den Alten hinter dem Tresen zu seiner bevorzugten Nervensäge erkoren hatte.

Angel sah aus, als sei er schon immer alt gewesen. Einzelne dunkle, vielleicht sogar gefärbte Haarsträhnen klebten nach hinten gegelt – oder sehr fettig – auf seinem Schädel und standen auf seinem Hemdkragen auf. Seine faltigen Tränensäcke trug er unter dunklen Augenringen. Dass Angel schon seit langem alt und verlebt aussah, hatte auch Vorteile: Er wurde nicht älter, wenigstens nicht sichtbar.

Über sein eigenes Aussehen machte sich Dolf keine Illusionen. Er wirkte keinen Tag jünger als Angel, auch wenn er das wahrscheinlich war. Angel konnte Ende sechzig sein oder Anfang achtzig. Seine Bewegungen waren beherrscht und jahrelang eingeübt, kein Zucken zu viel. Nur sein Mundwerk lief ohne Unterlass. Vor allem, wenn man, wie Dolf in diesem Augenblick, in Ruhe nachdenken wollte.

»*¿Qué te pongo?* Das Übliche?«

»Was sonst?«

Angel fingerte eine Flasche aus dem Regal über seinem Kopf und ein Schnapsglas von unter dem Tresen her, schenkte bis zum Rand ein und stellte Dolf einen Brandy hin. Aus der Kühltruhe langte der Alte eine Dose Bier heraus. »Zapfanlage ist hinüber. Muss ich jemanden kommen lassen. Das Bier geht aufs Haus.«

»Okay. Aber gib mir ein Glas, bitte.« Dolf seufzte. *Malteco* und Dosenbier also. Das kam dem am nächsten, was man in seiner Geburtsstadt Lütt un Lütt genannt hätte oder außerhalb des Hafens ein Herrengedeck. Aber Harburg war zweitausendfünfhundert Kilometer entfernt.

»Alles klar?«

»Alles bestens.«

»Santes macht dir Sorgen?«

»Nein, keine Sorgen, alles klar.« Dolf hatte keine Lust, an seine Schwiegertochter erinnert zu werden. Wie sie Fuentes mit einem einzigen Telefonat dazu gebracht hatte, ihn als Partner zu akzeptieren, ärgerte Dolf.

»Schlechtes Thema, was?«

»Musst du nicht arbeiten?«

Der Alte grinste, machte eine weitläufige Handbewegung, die den ganzen Raum umschloss: Er hatte alles im Griff. Dolf brauchte sich gar nicht erst umzusehen. Es war noch früh, es gab nur wenige Gäste. Zwei Offiziere in marineblauen Ausgehuniformen standen am Tresen und hatten sich nichts zu sagen. Eine Frau in Bürokleidung, die erschöpft aussah, nippte an ihrem Martini und wartete auf niemanden. Ein bärtiger Fischer erhob sich gerade schwerfällig und stieß lautstark die Luft aus. Er schlurfte rollend zum Tresen, steckte Angel sein Geld zu und bekam im Gegenzug sein Handy samt Ladegerät gereicht, das wohl an einer Steckdose hinter dem Tresen aufgeladen worden war. Der Mann grüßte flüchtig in die Runde und trat aus dem Lokal. Angel baute sich vor Dolf auf.

»Noch mal dasselbe?«

»Langsam, Angel. Ich muss morgen fit sein.«

Der Alte neigte seinen fettigen Kopf und sah Dolf fragend an, neugierig war er von Berufs wegen.

Das Einzige, was gegen seine Neugier half, war, sie zu befriedigen. »Wie viele Deutsche gibt es in diesem Teil Spaniens – was schätzt du?«

»Fünftausend? In Denia allein zwölfhundert.«

Ein paar Kilometer die Küste hoch, in *El Poblets*, einem Vorort von Denia, gab es eine ganze Kolonie Deutscher, die sich in Spanien niedergelassen hatten.

»Und von denen fragt er ausgerechnet mich?«

Angel hakte nicht nach. Er nickte nur abwartend.

»*Inspector Victor Fuentes*. Kriminalinspektor bei der *Policía judicial*, Gewalt gegen Leben. Kennst du den?«

»Hast du mich schon mal gefragt.«

Dolf konnte sich nicht erinnern. »Und, was hast du mir gesagt?«

»Nichts Besonderes. Macht seine Arbeit. Hält sich aus Schwierigkeiten raus.«

»Der wollte mir unbedingt was zeigen.«

»Polizeiliche Ermittlung?«

Angel schenkte ihm einen neuen Schnaps ein. Und sich selbst auch einen. Er hob sein Glas. »Na dann: auf deinen neuen Job.«

Dolf stieß mit an. Dass er kein Geld verdienen würde, sondern eher welches ausgeben, wollte er Angel nicht unbedingt auf die Nase binden.

»Kannst du bestimmt nicht drüber reden, was?«

»Stimmt. Geht um einen Deutschen.«

»Jünger als wir?«

»Nicht viel. Sieht nur zwanzig Jahre jünger aus.«

»Na ja, Geld hilft. «

»Und Drogen.« Dolf zeigte auf sein leeres Glas.

Angel kam der Aufforderung sofort nach und schenkte ein.

»Davon war bei Gunter immer genug da.«

Dolf stutzte. Hatte er den Namen schon erwähnt? Er konnte sich nicht entsinnen.

Der Alte schien seine skeptische Miene lesen zu können. »Sein Boot mit dem unmöglichen Namen liegt fest, hör ich.« Angel zeigte mit der Stirn Richtung Ausgang, wo eben der Fischer hinausgeschwankt war.

Dolf nickte. »Als ob es nicht genug andere Deutsche hier gäbe.«

»Keinen, der so viel Zeit hat wie du. Die anderen müssen sich ja alle krampfhaft entspannen.«

Dolf schwieg verdrossen. Angel wandte sich ab, drehte eine Runde durch sein Lokal. Dolf folgte ihm mit den Augen, winkte ihn schließlich zu sich her.

»Willst du zahlen?«

Dolf schüttelte den Kopf, senkte die Stimme. »Wenn ich mir Koks besorgen wollte, wo würdest du mich dann hinschicken?«

»Die lungern am Bahnhof rum, weißt du doch selber.«

»Mehr als ein paar Gramm?« Dolf hatte nicht vor, dem Alten zu erläutern, dass er eine Art Alleingang plante, eine Recherche auf eigene Faust. Je weniger Leute davon wussten, umso besser.

»Lass die Finger von der Sache. Das sind merkwürdige Typen. Nicht wie du und ich. Und jetzt, wo ...«

»Hast du eine Nummer? Oder soll ich jemand anderen danach fragen?«

»Im Moment musst du den Chinesen anrufen. Oder Taiwanese, keine Ahnung. Hier.« Angel kramte einen Notizzettel aus einer Schublade. Kein Name stand drauf, nur eine 630er-Nummer, ein Handy. »Miguel hat da mal bestellt.«

»Kenn ich den?«

»Betreibt einen Nachtclub an der Landstraße nach Murcia, hinter Miranda, du weißt schon.«

Spanische Bordelle lagen außerhalb der Ortschaften in neonbunt illuminierten Landgasthöfen oder Raststätten. In den baumlosen weiten Tälern der Gegend waren die blinkenden Pfefferkuchenhäuschen über zig Kilometer leicht auszumachen.

»Sag von mir aus, dass du ihn hier kennengelernt hast. Ist ja nicht verboten.«

Dolf nickte. Plötzlich hatte er es eilig, aus der Bar herauszukommen. Er kippte den Rest seines Bieres und legte ein paar Münzen auf den Tresen. »*Gracias*, alter Freund. *Hasta mañana.*«

Auf dem Rückweg, am trockenen Flussbett entlang, holte Dolf sein Handy heraus. Zum Glück war das Display so hell, dass er im grauen Licht auch noch den Zettel lesen und die Nummer eintippen konnte. Nach dem dritten Klingeln wurde abgehoben.

»*¡Diga!*« Eine Frauenstimme. Hell und dünn, vielleicht sogar ein Mädchen.

»*Chirén aqui. Soy alemán.* Miguel hat mir Ihre Nummer gegeben.«

»Wieso? Die steht doch im Telefonbuch.«

»Ich möchte einen größeren Posten einkaufen.«

»Wie war Ihr Name noch mal?«

»Chirén. Adolfo Chirén.«

»Klingt aber gar nicht deutsch.«

»Eigentlich Tschirner.«

»Tschirner? Wie Tschaikowski?«

»So ungefähr. Sie sind keine Spanierin, oder?«

»Wir rufen Sie an, Señor Tschirner.«

»Wann könnte das sein, ich bin nicht immer …« Ein Tuten. Sie hatte bereits aufgelegt.

4

Der Anruf kam weniger als eine halbe Stunde später, noch vor Mitternacht. Dolf war gerade dabei, sich seiner Schuhe zu entledigen. Ächzend nestelte er das Gerät aus seiner Jackentasche. Diesmal war eine Männerstimme dran, mit einem asiatischen Akzent: melodiöse Vokale, weiche Konsonanten, Singsang.

»Die Bushaltestelle an der Ecke *San Antón* und *Reina Victoria* stadtauswärts. Kennen Sie die?«

Dolf rief sich die Kreuzung vor Augen. Er kannte die Gegend. Die *Alameda de San Antón* war eine der Hauptschlagadern der Stadt. Die *Avenida Reina Victoria Eugenia* bot die vielleicht besten Geschäftsadressen. Aber ihre Verlängerung jenseits der Kreuzung, die *Soldado Rosique*, führte über eine nüchterne Betonbrücke direkt ins Niemandsland des Stadions. Dort waren staubige Parkplätze planiert. Wenn die Haltestelle auf der Brücke über das trockene Flusstal oder in allernächster Nähe lag, dann war der Ort aus weiter Entfernung einfach zu beobachten. »Sicher.«

»Wann können Sie dort sein?«

»Um zwölf.«

»Stellen Sie sich unter das Haltestellenschild.«

»Es fährt aber kein Bus mehr. Ziemlich auffällig.«

»Sie werden nicht lange warten.«

Er hatte recht. Dolf stand kaum zwei Minuten an der Bushaltestelle, als ein heller Lieferwagen vorfuhr und genau vor ihm hielt. Die seitliche Schiebetür surrte elektrisch auf. Der

Innenraum war dunkel. Ein Arm reichte Dolf einladend entgegen. »Señor Tschirner? Steigen Sie ein!«

Sobald er im Wagen war, noch bevor er sich im Halbdunkel richtig orientiert und einen Sitzplatz gefunden hatte, fuhr der Lieferwagen an. Die Schiebetür schloss sich fast geräuschlos. Das Fahrzeug schien eine Art Wohnmobil zu sein, der Fond bot eine bequeme Sitzgarnitur. Seitlich erstreckten sich längsovale Fenster mit Rauchglasscheiben, die Sitzflächen waren mit weichem Samt bezogen, gastfreundlich warteten Getränkehalter in den Armlehnen. Dolf fühlte sich wie ein Hollywoodstar im Innenraum einer Stretchlimousine.

Als seine Augen sich an die Dunkelheit gewöhnt hatten, sah er sein Gegenüber: ein junger Asiate, Koreaner oder Japaner, den hohen Wangenknochen nach zu schließen, kaum über dreißig, mit einem auffälligen, goldenen Schneidezahn, der selbst in diesem diffusen Licht funkelte.

»Wohin fahren wir?«

»Nur so im Kreis herum. Sie wollten ordern?«

»Sie sind *El Chino*?« Es gelang Dolf nicht wirklich, seine Skepsis zu verbergen.

Der junge Asiate schien das nicht übelzunehmen. Er lächelte dünn. »Nein. Ich leite Ihre Bestellung weiter.« Eine sachte Handbewegung Richtung Fahrer. »Und die Antwort. Falls es eine Antwort gibt.« Den Durchgang zur Fahrerkabine verhängte ein seidig glänzender dunkler Vorhang, der durch die Bewegungen des Wagens leise schwankte. Ab und zu blitzte ein Strahl der gelblichen Straßenbeleuchtung herein. Sie schienen auf einer Landstraße zu fahren. Durch die abgedunkelten Scheiben ließ sich kaum etwas erkennen.

»Angenommen, ich möchte größere Mengen Kokain kaufen …«

»Wie groß?«

»Ein Kilo pro Monat, vielleicht anderthalb. Könnten Sie mir helfen?«

Der Koreaner hob die Achseln. Auf den Vordersitzen gab es eine Bewegung. Der seidige Vorhang wurde auseinandergeschoben, und eine gertenschlanke junge Chinesin glitt herein in den Fond des Wagens. Sie setzte sich Dolf gegenüber. Ihre Beine schlug sie sehr eng übereinander.

»Sie sollten sich Sorgen machen, Herr Tschirner.« Ihr Spanisch war akzentfrei. Ihre Stimme war definitiv nicht die Kleinmädchenstimme vom Telefon. Sie klang kehliger, zugleich gelassener, dabei sehr geschäftsmäßig und kein bisschen mitfühlend.

»Sie wollen *El Chino* sein? Das kann ich nicht glauben.« Langsam kam Dolf sich veräppelt vor.

Die junge Frau lächelte nur milde und hob andeutungsweise die Achseln. Fernost – das würde er nie verstehen, sollte das wohl heißen. »Was um Himmels willen wollen Sie mit solch einer Menge, Herr Tschirner?«

»An meine Freunde verkaufen.«

Sie lächelte abwartend, nicht freundlich. »In Deutschland?«

»Deutsche in Spanien, in deutschen Feriensiedlungen.«

»Wie soll das gehen?«

»Das ist doch wohl meine Sorge.«

»Wir prüfen Ihre Seriosität, Herr Tschirner; die Plausibilität Ihres Geschäftsmodells.«

»Sie sind doch keine Bank!«

»Ähnlich. Nur gründlicher.« Sie lächelte freudlos. Sie mochte vielleicht fünfundzwanzig sein, maximal dreißig. Aber bei einer Partie Poker oder Ronda, wenn es um Geld ging, hätte Dolf sie nicht gerne als Gegner gehabt. Sie saß ihm aufrecht gegenüber, aufmerksam und sprungbereit, in einem eleganten Hosenanzug aus irgendetwas kostbar Glänzendem, Chintz oder so, dunkelblau oder schwarz, kunstvoll bestickt. Darunter trug sie eine bunt gemusterte Bluse mit gerüschtem Piratenkragen, der ihren sehnigen Hals vorteilhaft umspielte. Ihr Haar schien im Nacken zu einem Knoten gebunden, jedenfalls streng nach hinten gefasst. Viele Einzelheiten nahm Dolf im diffusen Rotlicht ohnehin nicht wahr. Nur, dass sie wunderschöne, gepflegte Hände hatte, die sie über ihren Knien verschränkt hielt. Der Wagen beschleunigte. Es kam Dolf so vor, als fuhren sie auf die Autobahn.

»Ich kenne viele Deutsche. Die gesamte Küste hoch, in Denia, aber nicht nur.«

Die kühle Bankprüferin wartete ab. Nickte sie? Dolf entwickelte sein improvisiertes Vertriebsmodell beim Reden. Er konnte nur hoffen, dass es funktionierte. Wenn er auf ein Lächeln seines Gegenübers gehofft hatte, wurde er rundheraus enttäuscht.

»Die sind in den Siebzigern sozialisiert worden. Die Hippiezeit, Sie wissen schon: Cannabis, Koks, LSD.«

»Ich habe davon gelesen.« Sie konnte damals noch nicht auf der Welt gewesen sein.

»Mit denen würde ich gerne ins Geschäft kommen.«

»Also kennen Sie Ihre Abnehmer noch gar nicht, Herr Tschirner?« Das skeptische Kräuseln der Augenbrauen war an der strengen jungen Frau fast noch attraktiver als ihr abweisendes Lächeln.

»Es ist ein riesenhafter Markt!« Das Gespräch lief nicht in seine Richtung, spürte Dolf. »Wenn er erst entwickelt ist.«

»Nun ja.« Die junge Bankprüferin wiegte die Stirn, überlegte. Machte eine winzige Handbewegung in Richtung Fahrerkabine. Der Wagen schien augenblicklich an Geschwindigkeit zu verlieren. »Nein, Herr Tschirner, danke. Wir sind nicht interessiert.« Ihr Blick verlor jedes Leuchten. Mit niedergeschlagenen Augen wies sie ihm die Tür, die auf ihren Wink elektrisch aufsurrte. Der Lieferwagen kam zum Stehen. »*Hasta luego*, Señor Tschirner.«

Der Wagen spuckte Dolf irgendwo an einer mehrspurigen Straße aus. Falls er einen Funken Hoffnung gehabt hatte, dass seine Unterredung irgendeinen Eindruck bei den Leuten von *El Chino* hinterlassen hätte, belehrte ihn die Gegend eines Besseren. Es war industrielles Niemandsland. Es kostete Dolf eine Taxifahrt von fast zehn Euro, wieder in seine Bude zu kommen.

5

Früh aufzustehen machte Dolf nicht viel aus. Im Morgengrauen lag er oft wach oder wälzte sich in düsteren Gedanken. Er hatte kaum vier Stunden geschlafen. Sein Termin im Polizeirevier war erst gegen neun. Er hatte genug Zeit, um zu frühstücken. Als er sich das nächste Mal umdrehte und auf den billigen Digitalwecker blinzelte, war es bereits acht Uhr durch. Plötzlich hatte Dolf es eilig.

Von außen wirkte das Gebäude der Nationalpolizei fast wie neu. Die neongrüngelbe Fassade warf das winterliche Licht schroff und grell auf die enge Durchgangsstraße vor dem Eingangsportal. Im Innern war der Glanz sichtlich verblasst. Dolf musste warten. Er kannte den Bau aus dem Jahr der Errichtung, als die Steinfliesen im Eingang noch spiegelnd glänzten wie knöcheltiefes Wasser und nicht von Schmutzrändern und Schleifspuren blind geschmirgelt waren. Die letzten acht Jahre hatten ihre Spuren hinterlassen. Damals war Dolf über das Erdgeschoss rasch in den Keller gebracht worden, in die Zellen für frisch Festgenommene. Die wurden für Verhöre im Revier gehalten, bevor man sie bis zum Prozess ins Untersuchungsgefängnis der Provinz verlegte. Nach seiner eigenen Verhaftung hatte Dolf Glück im Unglück gehabt und war schon nach wenigen Tagen wieder auf freien Fuß gekommen.

Dennoch machte ihm die Luft des Polizeireviers schlechte Laune. Der Geruch nach kaltem Schweiß und Plastikstühlen, nach Erbrochenem und billigem Rasierwasser lag kaum über der Wahrnehmbarkeitsschwelle. Aber Dolfs Nervensystem spielte in diesen feindseligen Räumen verrückt und nahm jeden Duft in wenigen Molekülen wahr.

»Da sind Sie ja endlich.« Kaum zwanzig Minuten nach der vereinbarten Zeit holte Fuentes ihn am Wartebereich des Reviers ab und winkte ihn eilig zum Aufzug. Es ging in den zweiten oder dritten Stock, Dolf hatte nicht genau hingesehen. Besser als im Keller war die Aussicht auch nicht. Der lange Flur wurde nur vom Flimmerlicht ewig brennender Neonröhren erhellt, die auf vergilbende Fahndungsplakate, Gewerkschaftsnachrichten und Essenspläne flackerten. »Salmón weiß Bescheid. Er wartet bereits auf uns.«

Fuentes war kein Segler. Dolf traute ihm eher ein Hobby wie Billard oder Darts zu, sah ihn in Bars herumstehen oder in guten Restaurants essen. Irgendetwas an Fuentes wirkte elegant. Vielleicht sein nach hinten gegeltes Haar, sein gepflegter, auf die hübsche, geschwungene Lippenlinie gestutzter Schnurrbart. Oder seine mittellange Stoffjacke. Seine ausgetretenen Schuhe oder seine zerknitterten Anzüge waren es jedenfalls nicht. Auf seine Laune war auch kein Verlass. Im Augenblick standen die Zeichen auf knurrige Ungeduld.

»Da sind wir.« Der Inspektor riss die Tür auf, ohne anzuklopfen.

Sein Kollege tippte auf seinem Computer herum. »Moment noch!«

»Das ist Avido Salmón.« Fuentes ließ sich von Salmóns Geschäftigkeit nicht beeindrucken. Der Yachtexperte sollte Fuentes auf alle Fragen nach van Danz' Seglerleben eine Antwort geben. Er war begeisterter Segler, auch früher bei der *Policía naval* gewesen. Dolf durfte zuhören, so war das vereinbart.

Salmón war eher schmächtig und sah nicht so sportlich aus, wie Dolf ihn sich vorgestellt hatte. Er mochte Ende vierzig sein, ein paar Jährchen älter als Fuentes, hatte müde Augen, bleiche Haut, blasse Bartschatten. Er war nicht der Typ Abenteurer und Weltumsegler, den Dolf erwartet hatte.

Als einzige Extravaganz bot Salmóns Büro ein Yachtmodell in einer Flasche. Der Segler folgte Dolfs neugierigem Blick. »Ein Geschenk der Kollegen zum Jubiläum.« Er griente. »Made in China.«

Sonst gab es nur noch den Fotokalender eines Yachtbetriebs aus der Umgebung, Hochglanzfotos mit Mädchen und Motoryachten, Konfektionsware.

»Kommen Sie!« Salmón schob seine Tastatur von sich und stand auf. Sein Lächeln war offen, sein Händedruck zupackend. »Sie sind also der deutsche Spürhund, was?«

»Jedenfalls nicht der Schäferhund. Und Sie sind Segler?«

»Nicht so oft, wie ich mir wünschte, leider. – Setzen wir uns doch.« Ein Ende von Salmóns Arbeitsplatz weitete sich zum Rund eines kleinen Besprechungstisches. Er räumte Unterlagen von den Bürostühlen.

»Schießen Sie los!« Damit legte Salmón eine Akte mit Fotos vor sich auf den Tisch – ganz offensichtlich die Akte van Danz. Dolf erkannte die Fotos vom Innenraum der Yacht. Er sah erwartungsvoll zu Fuentes hinüber.

»*Su turno, Chirén*. Lassen Sie hören, was Sie draufhaben.« Das Knurren des Inspektors klang aufmunternd.

Dolf wies mit dem Kinn auf die Akte vor Salmón. »Was sagt Ihnen das Boot über dessen Eigner? Was war der für ein Typ? Seine Unterlagen aus Ibiza sind noch nicht da.«

Salmón sah verwundert zu Fuentes hinüber. Dolf tat, als bemerkte er es nicht.

»Einhandsegler. Einzelgänger auf See. Ist lieber für sich als in Gesellschaft. Solides Schiff, gut ausgerüstet für lange Reisen, aber für Tagesausflüge nicht hübsch genug. Kein Protzboot, um Freunde oder Frauen zu beeindrucken.«

»Wozu die Autozeitschriften?«

»Auch Segler haben Hobbys. Wahrscheinlich nur ein Steckenpferd. Oder er brauchte ein neues Fahrzeug für sein Domizil auf der Insel.«

Dolf nickte unschlüssig. Er hatte beim Anblick der Automagazine das nachdrückliche Gefühl gehabt, dass damit irgendetwas nicht stimmte. Wahrscheinlich hatte er sich getäuscht. Er setzte neu an. »Welchen Eindruck haben Sie vom Fundort und den Tatwerkzeugen? Sprechen die nicht dafür, dass der Täter ebenfalls Segler war?«

»Nicht zwingend. Aber jemand mit Improvisationstalent, das schon. Bis auf die Handschellen hat er nur Bordmittel verwendet. Ist Ihnen sicher auch aufgefallen.«

»Andererseits sieht nichts nach Affekt aus. Wirkt auf mich alles gut überlegt.« Dolf suchte mit den Augen nach Fuentes' Zustimmung. Der nickte kurz, sagte aber nichts. Langsam ging Dolf das Schweigen des Inspektors auf die Nerven. Wollte er ihn herausfordern? Wollte er herauskriegen, welche Art Fragen er stellte? Dolf fühlte sich zu alt für diese Sorte Tests. »Täter und Opfer könnten einige Zeit zusammen auf der Yacht verbracht haben. Spricht irgendetwas dagegen, dass van Danz seinen Mörder gekannt hat?«

Die Frage war an Fuentes ebenso wie an den Yachtexperten gerichtet.

Salmón hob die Achseln. »Nichts, was mir auffällt. Im Gegenteil, der Täter scheint sich gut ausgekannt zu haben auf der Yacht, da haben Sie recht.«

Fuentes sah aus, als sei er gerade aus seiner Winterstarre erwacht. »Wie kommen Sie darauf?« Seine Augen waren in schmalen Schlitzen verborgen, funkelten jedoch angriffslustig.

»Ich stelle mir nur Fragen nach dem Ablauf. Wie kommen zwei Leute zusammen auf ein Boot? Wie kommt das Boot sechzig Meilen übers Wasser, was tun die beiden so lange? Solche Fragen.«

Fuentes sank wieder in seine Erstarrung. Dolf wandte sich an Salmón. Er wunderte sich, dass die Yacht zwei Tage herrenlos in der Bucht herumgetrieben sein sollte, ohne aufzufallen.

Salmón fand das nicht ungewöhnlich. Einhandsegler mussten auch mal schlafen. Außerdem hatte die Yacht einen Autopiloten. Salmón tippte auf die Fotomappe vor ihm. »Das Gerät war nicht eingeschaltet. Es konnte nur den Kurs halten, es ist ein einfaches Modell.«

»Wenn ich als Mörder das Boot bis nahe an die Küste segle, um es zu verlassen, drehe ich es dann nicht in den Wind, schalte den Autopilot an und schicke es wieder hinaus aufs Meer?« Dolf versuchte, einen Ablauf zu rekonstruieren.

»Als Segler schon. Als langjähriges Besatzungsmitglied sicherlich. Wenn Sie keine Segelerfahrung haben, ist das nicht so einfach.«

Salmón hatte recht. Dolf selbst hätte noch nicht einmal sagen können, wo der Autopilot auf einer Yacht saß. Oder wie man ihn einstellte. Von der Stellung der Segel ganz zu schweigen. Er an der Stelle des Täters hätte das Schiff wahrscheinlich in voller Fahrt aufs Land krachen lassen, damit einen Riesenradau ausgelöst und sich und seinen Standort verraten. Dolf biss sich auf die Lippe.

Salmón erklärte, was aus den Navigationsgeräten über die letzten angelaufenen Häfen und gespeicherten Anlegeplätze ausgelesen worden war: *Eivissa*, die Hauptstadt von Ibiza, *La Savina* auf Formentera und *El Portús* in der Nähe Cartagenas. Alle übrigen folgen erst mit weitem Abstand. »Nach El Portús kam die *Sadalsuud III* regelmäßig, vor allem im Sommer, etwa alle vier bis sechs Wochen.«

Salmón hatte auch das Logbuch des Bootes durchgesehen. Er zog die Kladde aus einem Klarsichtbeutel der Akte. Sie entpuppte sich als gewöhnliches kariertes Schulheft. Von Hand waren Spalten für das Datum und Bemerkungen eingetragen. Die Angaben zur Mannschaft am Anfang jeder Reise bestanden nur aus Initialen und Berufsbezeichnungen.

»Sollte nicht der volle Name der Crewmitglieder aufgeführt sein?« So weit Dolf wusste, war das Logbuch eines Schiffes ein Dokument. Es musste pingelig genau geführt sein, auch wenn es keine formalen Vorschriften gab, wie es auszusehen hatte. Die meisten Yachten hatten ein gebundenes Buch mit vorgedruckten Seiten.

Salmón lächelte dünn. »Oft verschiebt der Skipper die Eintragungen oder macht sich nur Notizen für später.«

Dolf ignorierte Salmóns herablassenden Tonfall und konzentrierte sich auf seinen Job. Dass Fuentes nicht zuerst ihm das Logbuch der Yacht gegeben hatte, ärgerte ihn. Andererseits: Salmón war wahrscheinlich derjenige, der mit den Angaben am meisten anfangen konnte.

»Viele Abkürzungen lassen sich ableiten. Vor allem die Verbindungen zu van Danz. Wir haben mit den neuesten Eintragungen angefangen. Geschäftsfreund und Tochter.«

»Sehr vielversprechend.« Jetzt war es Dolf, der sarkastisch klang. Fuentes tippte auf seinem Handy herum. Dolf kämpfte seinen Unmut nieder. Alles, was es über die letzten Stunden des Toten und der Yacht zu wissen gab, wollte er aus Salmón herausquetschen.

Im Winter waren meist längere Reisen mit der Yacht unternommen worden. Mit ausführlicheren Eintragungen im Logbuch. Zumindest die Reviere wurden erwähnt. Salmón nannte das komplette Mittelmeer, auch das Schwarze und Rote Meer. Die Kanaren, Südamerika, Karibik.

»Stammen alle Eintragungen von van Danz persönlich?«

»Die weiten Reisen ja. Bei kleineren Überfahrten taucht ein anderer Name auf: jü. Sonst niemand.«

jü benutzte das Boot viel seltener, für kurze Ausflüge oder Überfahrten nach Cartagena. jü hatte immer nur die Motorbetriebsstunden notiert. Er war viel unter Motor gefahren.

»jü – Könnte das eine Funktion an Bord sein, der Koch oder so?«

»Nicht, dass ich wüsste.«

»Also nutzt uns das Logbuch auch nichts.« Dolf verlor langsam die Geduld. »Und das viele Koks an Bord? Kommt das vom Eigenverbrauch des einsamen Weltumseglers?«

»Die Drogen brauchen uns im Augenblick nicht zu interessieren. Dazu kommen wir später.« Fuentes hatte aufgehört, am Handy herumzuspielen. Er beobachtete Dolf aus den Augenwinkeln.

Salmón tat unbeteiligt. »Das Zeug macht wach, damit hält man länger durch. Das ist nicht ungewöhnlich unter Leuten, die wenig Schlaf kriegen.«

Die Tür ging auf, ein Polizist steckte den Kopf herein. »Kommst du kurz, Victor?«

»Entschuldigung. Bin sofort wieder da.« Fuentes ging hinaus. Dolf sah vergrätzt zu Salmón hinüber. Der zuckte nur die Achseln.

Dolf nutzte die Unterbrechung. »Die Menge Kokain, von der wir reden, geht doch über den Eigenverbrauch weit hinaus. Könnte van Danz geschmuggelt haben?«

»Kaum. Anscheinend verbrauchen die auf Ibiza mehr, als man mit einer Segelyacht alle paar Wochen heranschaffen könnte.«

Zumindest im Sommer wurden auf der Insel jeden Tag zehntausend *lines* gezogen, eine für jeden dritten Touristen. Dafür hätte man rund zweihundertvierzig Kilo Stoff transportieren müssen; eine Vierteltonne alle anderthalb Monate, das musste auffallen. »So viel Rauschgift würde die Yacht sogar tiefer im Wasser liegen lassen. Oder sie hätten ein zweites Boot benutzen müssen.«

»Könnte er Base geschmuggelt haben, reines Kokain?«

»Die Rohmasse kommt nicht bis Cartagena.« Salmón wusste, dass der übliche Weg über einen Seehafen mit Zollfreibezirk lief. Einlaufende Container wurden so gut wie nicht kontrolliert. Dann war es nur noch ein kurzer Weg, ein bestochener Lagerarbeiter, ein geschmierter Zollkontrolleur, und die Ware war im Land. In Marseille, in Alicante, in Bilbao, in Rotterdam.

»Oder Bremerhaven.« Fuentes war wieder da. »Sorry, ein Notfall.«

Auf der Yacht hatten sie jedoch ausschließlich gestreckten Stoff gefunden, erinnerte ihn Salmón.

»Also schmuggelt keiner, der Eigner geht lieber auf große Fahrt. Dann muss ja wohl jü der Kokser sein.«

»Oder die Kokserin.« Salmón war auf Draht und machte kein Hehl daraus. »Wir sollten keine voreiligen Schlüsse ziehen, nicht wahr?« Er erhob sich hinter seinem Schreibtisch und schob die Papiere zusammen.

Falls Dolf sich nicht schon vorher darüber im Klaren war, hätte ihm spätestens jetzt eingeleuchtet, welches Bild er abgab: ein Amateur zwischen zwei Profis. Sie ließen ihn mitreden. Das hieß aber nicht, dass er irgendetwas zu sagen hatte.

6

Gepäck beanspruchte Dolf nur wenig. Höchstens drei Tage würden sie auf der Insel bleiben, hatte Fuentes angekündigt. Außer seiner Jacke nahm Dolf eine kleine Reisetasche mit, drei Polohemden, eine Khakihose, feste Schuhe. Es war bergig auf Ibiza, hatte er gehört. Er wollte gut zu Fuß sein.

Der Morgen war diesig und feucht, als er von seiner Bude die paar Meter über den neuen Steg bis zum Hauptquartier der Nationalpolizei humpelte. Den Diensthabenden, der hinter seinem Funkgerät fast eingedöst war, grüßte Dolf bereits wie einen alten Bekannten. An den Aufzügen ging er vorbei zum Hintereingang des Gebäudes. Auf dem Parkplatz saß Fuentes schon im Wagen. Es war ein Behördenwagen mit Fahrer, aber ohne die auffällige kontrastfarbene Lackierung und den Balken mit Blaulicht und Sirenen auf dem Dach. Der Inspektor hatte sich auf der Rückbank breitgemacht. Er blätterte in umfangreichen Unterlagen.

Dolf warf seine Tasche in den Kofferraum und setzte sich neben Fuentes. Die Papiere schob er zur Seite.

»Vorsicht! Das sind van Danz' Akten aus Ibiza.«

»Kann ich Kopien haben?«

»Eher nicht. Die Papiere müssen unter strengem Verschluss bleiben.«

»Aha.« Sollte Dolf eingeschnappt sein? Eigentlich gab es dafür keinen Grund.

Fuentes schien es trotzdem bemerkt zu haben. »Kommen Sie, beruhigen Sie sich, *hombre*. Wir beide sind keine gleichberechtigten Ermittler, aber das wussten Sie ja vorher.«

Er tippte dem Fahrer auf die Schulter. Der Polizist in Uniform nickte in den Rückspiegel und warf den Motor an.

»Das hier ist für Sie.« Fuentes reichte Dolf einen dicken Packen Papiere herüber, die den Aktendeckel, in den sie mehr schlecht als recht hineingestopft waren, zu sprengen drohten. Ein kräftiges Gummiband hielt das Konvolut zusammen. Dolf streifte das Gummi ab – der Hefter spuckte sogleich ein paar kleinere Zeitungsschnipsel aus – und versuchte, den Aktendeckel zwischen Hüfte und Wagentür zu bändigen. Er griff sich die ersten paar Seiten und überflog sie. Es war ein wüst zusammenkopierter Haufen von Ausrissen aus Gesellschaftsmagazinen, Tageszeitungen und Anzeigenblättern. Dazu Ausdrucke aus dem Internet auf dünnem, fast durchsichtigem Billigpapier.

Van Danz war auf jedem Foto abgebildet, er wurde in jedem Bericht erwähnt. Der Clubbesitzer als Partygänger, als Gesellschaftslöwe, als Begleiter schöner Frauen und erfolgreicher junger Männer. Es waren Blitzlichtaufnahmen wie nach Schablone. Auf jeder einzelnen grinste van Danz' hochglanzversiegelte Zahnreihe. Dolf blätterte ungeduldig den Rest des Konvoluts durch und stopfte es zurück in den Aktendeckel. Er spannte das Gummiband drum herum und legte es beiseite. Van Danz' Partyvergangenheit konnte warten.

Erwartungsvoll sah er zu Fuentes und seinen amtlicher aussehenden Akten hinüber. Der tat, als bemerke er es nicht.

Sie hatten das Stadtzentrum durchquert und nahmen die steile Rampe zur Autobahn, die sich hinter dem Bahnhof emporschwang. Von der Hochstraße auf Stelzen konnte Dolf das Industriegebiet im Dunst liegen sehen. Jedes Mal, wenn er hier herausfuhr, schien ein neues Gebäude, eine neue Halle aus dunkelbraunem oder sandgrauem Wellblech hinzugekommen zu sein. Das einzig Attraktive an den Schnellbauten waren die Leuchtreklamen.

Dolf kam nur noch selten hier vorbei. Der Weg zu den Stränden und zum Flughafen war der Weg der Touristen. Er fuhr ihn nicht öfter als ein, zwei Mal im Jahr.

Fuentes tat noch immer in seine Akte vertieft. Dolf stierte ihn böse an. Schließlich sah der Inspektor auf, verzog kopfschüttelnd das Gesicht und schob Dolf einen zweiten Hefter hinüber. »Das muss unter uns bleiben.«

Fuentes' Kollege von der Insel schien neben der eigentlichen Polizeiakte über die Jahre eine Art internes Dossier über van Danz geführt zu haben. Entweder der Beamte war besonders pflichteifrig, oder jeder Nicht-Spanier auf der Insel – und auf dem Festland? – wurde von der Polizei systematisch überwacht. Das war kein sehr angenehmer Gedanke.

Die frühesten Kopien bestanden aus uraltem Faxpapier, das sich zusammenrollen wollte. Wo die hitzeempfindlichen Bogen nicht geschützt im Dunkel der Akte gelegen hatten, waren sie verblasst und unleserlich. Die Anfänge des Dossiers schienen bis in die achtziger Jahre zurückzureichen.

Gunter van Danz war um 1972 herum mit Anfang zwanzig nach Ibiza gekommen, damals ins Hinterland, in einen kleinen Ort namens *Sant Carles de Peralta*. In einer winzigen Dorfkneipe hatte er seine Nächte verbracht, sein Geld vertrunken, seine Liebe gefunden. Als die Liebschaft zu Ende ging, schloss er sich einer Landkommune an.

In den achtziger Jahren heuerte er als Rausschmeißer und später Barmann in einer der Kneipen der Inselhauptstadt Eivissa an. Bald übernahm er die Geschäftsführung des Ladens und wurde Teilhaber. Und erkannte – damals sicher als einer der ersten –, welches Potential im verschlafenen Nachtleben des Örtchens steckte. Er baute die Bar seines Geschäftspartners zu einem Nachtclub, zu einer Disko, bald zu einem der größten Clubs der Insel aus. Es folgten legendäre wilde Jahre, die nach dem Jahrtausendwechsel noch wilder wurden.

Offiziell liefen die Bewirtungsbetriebe noch immer auf den Namen des Ureinwohners, *Ugo Dartell des Valls*, der inzwischen achtzig oder älter sein musste, auch wenn van Danz die Lokalitäten mehrfach erweitert, umgebaut und renoviert hatte. *El Acuario* war der drittgrößte Nachtclub der Insel. Nicht der prächtigste, nicht der eleganteste, nicht der angesagteste. Aber derjenige, in dem nicht die Engländer die Mehrheit stellten und das Nachtleben dominierten, sondern die Deutschen.

Van Danz' Verbindungen zur lokalen Politik, seine internationalen Kontakte klangen eindrucksvoll. Ein bekannter deutscher Geschäftsmann, Im- und Exportunternehmer, schien ein alter Freund von ihm zu sein. Im Verein der Exildeutschen auf Ibiza saß van Danz im Vorstand. Der Bürgermeister der Stadt gehörte ebenso wie der Provinzgouverneur auf Menorca zu seinen persönlichen Freunden, die führenden Politiker beider staatstragender Parteien luden ihn zu ihren Jubiläen ein.

Ein alternder britischer Popstar, der sich mit internationalen Charity-Projekten hervortat, war ebenso sein Nachbar im Hinterland der Insel wie der – geistig minderbemittelte, so das Dossier – Spross einer deutschen Versandhausdynastie und ein bretonisches Starlet mit süßer Zahnlücke, das zugleich die Alleinerbin eines französischen Parfüm- und Modeimperiums darstellte. Die Auflistung der Musiker, Filmstars, Topmodels, Industriellen, Fußballstars und ihrer Frauen, Partner, Gespielinnen und Windhunde hätte als Who is who der Inselprominenz durchgehen können. Van Danz hatte, soweit Dolf das beurteilen konnte, unter den Reichen und Schönen der Insel gelebt wie der sprichwörtliche Fisch im Wasser.

Der Flughafen von *San Javier* hatte eine flache, langgestreckte Halle, die sich zwischen Parkplatz und Runways duckte.

Abfertigung und Sicherheitscheck waren an einem Wintermontagmorgen eine Sache von wenigen Minuten. Der Flieger nach Ibiza und weiter nach Mallorca und Menorca stand bereits an seinem Platz auf dem Rollfeld. Es war eine kleine Propellermaschine. Sie gingen zu Fuß hinüber, hinter dem Elektrowagen mit nur einem Anhänger, der ihr Gepäck beförderte.

Der Flug dauerte keine neunzig Minuten. Unter ihnen waren die rosafarbenen Becken der Salinen zu ahnen und der fragile Sandarm von La Manga; verletzlich und dünn wirkte er aus dem Flieger, aber Dolf wusste, dass sich dort unten eine wuchtige Kette von Hotelburgen und Apartmenthäusern entlang der einzigen Straße drängelte, die durch die langgestreckte Halbinsel führte.

Dolf blätterte oberflächlich durch den fetten Hefter, den Fuentes ihm zuerst zugeschoben hatte. Fotos zeigten van Danz bei der Verleihung von Ehrenurkunden und Plaketten für Restaurants und Cafés. Immer wieder war er mit internationalen Größen der Schlager- und Popszene abgebildet. Es gab viele feuchte T-Shirts und knappste Bikini-Oberteile, unzählige dunkle Sonnenbrillen verbargen Augen und Blicke. Nur van Danz war überall leicht zu erkennen: an seinem zähnebleckenden Grinsen.

Dolf schwirrte der Kopf. Er ließ den Packen Papier auf seinen Schoß sinken und lehnte die Stirn gegen die Scheibe. Draußen verloren sich dünne bleiche Wolkenfetzen vor bleigrauem Meer. Die Propeller donnerten ohrenbetäubend und einschläfernd zugleich.

Selbst von einem derart übervollen Leben, wie es Gunter van Danz anscheinend geführt hatte, blieben am Ende nur Papierschnipsel.

7

[2000]

Dreizehn Jahre zuvor, in jenem Frühling des Jahres 2000, den es nach einigen Prophezeiungen gar nicht hätte geben dürfen, als der große Zusammenbruch des *Bug milenarista* ausgeblieben war, beruhigten sich die Gemüter rasch. Nur in der Ehe seines Sohnes hatte es einen Crash gegeben. Dolf hörte es aus einer Bemerkung seiner Schwiegertochter am Telefon heraus. Santes wollte alleine damit fertigwerden, Eduardo sprach sowieso nie über Wesentliches mit ihm.

Sie hatten sich getrennt, zumindest zeitweise, vielleicht auch für immer; Santes hatte sich bereits eine neue Wohnung gesucht.

Dolf fiel aus allen Wolken, er sprang überhastet in den Zug und fuhr nach Cartagena. Seinen Pappkoffer deponierte er am Bahnhof und nahm sich einen Bus entlang der Küstenstraße zu einer kleinen Ortschaft in der Bucht von *Mazarrón*. Das Dorf *Isla Plana* trug schon seit der Römerzeit seinen Namen nach einem platten Felsrücken, der wenige Meter vor dem Strand aus dem Meer ragte.

In der Ortsmitte zwängte sich eine Feriensiedlung in Ocker und Orange zwischen Küstenstraße und felsige Klippenkante, mehrere dichtgedrängte Reihen von Ferienmaisonettes, deren Treppentürme sich märchenhaft orientalisch wanden und so etwas wie Individualität ausstrahlen sollten. Nur eben vierzigfache Individualität. Dolf zwang sich, die zweistöckigen Häuschen nicht allzu hässlich zu finden. Schließlich stellten sie das Domizil seines Sohnes dar. Außerdem hatten sie alle Meerblick, konnten also nicht billig gewesen sein.

Eduardo öffnete die Tür in einem bunten Freizeithemd über dem Gürtel, einer verblichenen Leinenhose und *Chanclas*. Er gab sich betont locker. »Hallo, Paps. Wie geht's? Alles klar?«

Drinnen stellte er seine neue Gefährtin vor. Annea Berenson war eine üppige Blondine, ganz hübsch, kumpelhaft, sicher ein paar Jahre älter als Edu. Sie wirkte anpassungsfähig und unkompliziert. »Das ist Annea, meine Frau.«

Dolf schluckte. Von einer Heirat hatte er nichts gewusst.

Die Schwedin war freundlich, nicht überschwänglich. Sie sah aus wie aus dem Kinderbuch: rosig, blond, gesund und so entspannt, als könnte nichts sie so schnell aus der Ruhe bringen.

Im Essbereich war der Tisch sorgfältig gedeckt, eine Spur zu bunt für Dolfs Geschmack, grobes Steinzeug in Erdtönen, blumige Servietten. Es gab Instantkaffee und Butterkuchen aus dem Supermarkt, dänisches Erzeugnis.

Annea stellte kaum Fragen. Dolf war es recht. Die Kaffeetafel war bald vorüber. Annea wollte auf den Balkon gehen, eine Pfeife rauchen.

Edu zeigte seinem Vater das Haus. Die Einrichtung in seinem Zimmer, dem ehemaligen Gästezimmer, bestand fast nur aus einem kleinen Schreibtisch und dem Computer darauf. Fax, Modem und Drucker stapelten sich in einer Ecke, alles war nur provisorisch verkabelt. Edus Zimmer stellte den einzigen einigermaßen nüchternen Raum im Haus dar. »Meine Möbel muss ich noch herschaffen.«

Dolf nickte. Dabei sah er keine Möglichkeit, noch mehr Möbel in die zwei Etagen zu packen, aber das erwähnte er nicht.

Denn für den Rest des Hauses fehlten ihm die richtigen Worte. Kuschelige Einrichtung konnte man das wohl nennen: Duftkerzen, Bommel an den Knöpfen der Schränke, helle gemusterte Vorhänge an den Fenstern, pastellige Farben an den Wänden. Im plüschigen Schlafzimmer stand ein Himmelbett, über dem duftiger Stoff von der Decke rieselte, ein Liebesnest. Im Bad gab es ein fruchtiges Potpourri aus getrockneten Blüten oder Beeren, Duftkerzen und Räucherstäbchen: ein Vögelbad. Nichts war billig, es wirkte nur so. Dolf schnürte es die Luft ab. »Schön habt ihr's hier.«

»Danke. Sehr nett.« Anneas Spanisch klang rau und hauchig, mit kantiger Satzmelodie und ein paar kehligen Reibelauten an den falschen Stellen. Aber immerhin sprach sie die Landessprache, was man beileibe nicht von allen Sommerfrischlern sagen konnte. Dolf bemühte sich redlich, die neue Frau seines Sohnes zu mögen. Geld schien kein Problem zu sein, sie trug auffälligen Schmuck und Kleidung, die ersichtlich nicht vom Discounter war.

»Wie lange kennt ihr euch?«

»Ein halbes Jahr.«

»Sie wissen, dass mein Sohn zuvor schon verheiratet war?«

»Das ist er noch immer. Ich mache Edvard keinerlei Druck. Ich bin Witwe, finanziell abgesichert. Auch wenn ich interessiert bin, heißt das nicht, dass ich es eilig habe.«

Sie klang souverän, das musste Dolf ihr lassen. Annea vermutete, dass Dolf und sein Sohn viel zu bereden hatten, und bot an, sie alleine zu lassen. Dolf lehnte dankend ab. Lieber wollte er selbst hinaus und sich mit Eduardo die Füße vertreten.

Sie gingen auf die Promenade, am Kieselstrand entlang. Die Kommunalverwaltung plante seit Jahren, den Weg aufzuhübschen, aber die Anstrengungen blieben stets in den Anfängen stecken. Der Fußgängerweg am Meer war eine einzige langgezogene Baustelle mit ausgehobenen Gräben, signalfarbenen Absperrnetzen, Warnschildern und Baugattern. Er bestand aus nachlässig aufgeschüttetem grobem Kies und unregelmäßig zerbrochenen Betonplatten.

»Was ist passiert, Edu?«

Eduardo druckste herum, suchte großspurig und kleinmütig zugleich nach Erklärungen.

Dolf hörte sich die Ausflüchte seines Sohnes geduldig an. Hoffte er zumindest. Denn die Floskeln kamen ihm abgegriffen vor: dass sie sich auseinandergelebt hätten, dass mit Santes alles viel zu kompliziert gewesen sei, dass Edu etwas Neues anfangen und sein Leben leben wolle.

»Annea ist völlig anders. Die stellt keine Ansprüche. Die hat keine Launen. Die ist reifer, stabiler, erwachsener. Und nicht auf mein Einkommen angewiesen.«

»Santes hat immer eigenes Geld verdient.«

»Irgendwie war es nie genug. Sie wollte immer mehr, etwas anderes, nie war sie zufrieden.«

»Sie hatte noch etwas vor im Leben.«

»Annea ist so … ausgeglichen.«

Dolf tat sich schwer, seine Skepsis zu verbergen.

»Gönnst du mir mein Glück denn nicht?«

»Ganz im Gegenteil, Eduardo. Das musst du mir einfach glauben.« Dolf wusste nicht weiter.

So deutlich wie möglich hatte er artikuliert, dass er nicht fand, dass es seinem Sohn gutging. Aber wenn Eduardo partout darauf bestand …

Über den beiden Buchten, die den Badestrand des Ortes ausmachten, lag der *Club de socios*, eine Art Nachbarschaftsverein. Das Lokal war ein nüchterner Kubus, wahrscheinlich eine umgewidmete Lagerhalle, die von der jugendlichen Tresenmannschaft unbeschwertes Leben eingehaucht bekam. Sie waren auf Selbstbedienung eingerichtet. Dolf und Edu nahmen ihre Drinks und gingen auf die Terrasse. Der Blick über Strand, Küste und die Ruinen der römischen Badeanlagen war sensationell. Leider hatte Dolf keine Augen für die Umgebung.

Sie setzten sich an ein Tischchen, Dolf mit dem Rücken zum Meer, vor allem wegen der Sonne. Mitten im Reden machte Edu einen kleinen Wink, einen wischenden Zeigefinger: »Jetzt nicht!« Dolf konnte sich nicht rasch genug umdrehen. Doch im spiegelnden Glas des Clubfensters sah er, dass ein Junge, vielleicht dreizehn, abdrehte und davonschlenderte. Dolf konnte sich keinen Reim darauf machen.

»Worüber habt ihr denn gestritten?«

»Ich hab diese Firma, Paps, die ich gerade aufbaue. Da brauch ich jemand, die mich unterstützt. Die nicht dauernd an mir rumnörgelt.«

»Aber Santes hat dich geliebt!«

Als Dolf seinen Sohn eindringlich ansah, nahm er über dessen Schulter den Jungen wahr, den Edu eben so unauffällig abgewiesen hatte. Er lungerte auf einem Mäuerchen am Rand des Platzes herum.

»Wenn ich Urlaub mache, dann muss ich ausspannen. Annea versteht das. Wir waren schon unterwegs, immer nur für ein paar Tage. Auf Teneriffa, Gran Canaria, Mallorca, sie spricht sogar ein paar Brocken Deutsch, das müsste dir doch gefallen, Paps. Das ist eine leichtere Art zu leben, nach Lust und Laune.«

Darauf wusste Dolf nichts zu sagen.

»Sex unter Schnee ist das Größte, weißt du.« Edu lachte halb verschämt, halb herausfordernd.

Sex unterm Schnee? Dolf hatte keine Vorstellung, es kam ihm aber wie eine ziemlich fröstelige Angelegenheit vor. Er und Edu hatten nicht oft über Sexualität gesprochen, er hatte seinen Sohn aufgeklärt, als er es für an der Zeit hielt, und stets alle Fragen beantwortet. Aber viele Fragen hatte Edu nie gestellt. Und jetzt, wo Dolf alle möglichen Sorgen hatte, war ganz und gar nicht der richtige Zeitpunkt, um nachzufragen, was Edu damit gemeint haben könnte, Sex auf Eis. Dolf wechselte das Thema.

»Santes ist ernster, ehrgeiziger, das glaub ich. Sie könnte dich auch unterstützen, vielleicht anders. Kannst du dir nicht vorstellen, dass du ihr noch einmal eine Chance gibst?«

»Das musst *du* mir gerade sagen! Welche Chance hast du denn meiner Mutter gegeben?«

Da hatte Edu einen wunden Punkt erwischt. Machten Kinder das nicht instinktiv?

»Ich weiß ganz genau, dass ich euch zu oft alleine gelassen hab. Ich hab viel falsch gemacht. Doch du hast mich nie etwas Schlechtes über deine Mutter sagen hören, oder?«

Auch wenn ihm einiges eingefallen wäre: wie sie Hals über Kopf ausgezogen war, ihrem Sohn einen Stiefvater vorgesetzt hatte. Den Kontakt zu ihm unterbunden hatte. Ihn durch die Scheidung ruinieren wollte. Ihm jeden *Duro* abgepresst hatte, dessen sie habhaft werden konnte. Sie war nicht schuld an seinem Konkurs, das musste Dolf zugeben. Aber einer der wenigen Lichtblicke in den quälenden Zeiten der Bankverhandlungen, der schwierigen Entscheidungen, der demütigenden Forderungen des Insolvenzverwalters war, dass seine Exfrau nicht länger auf Unterhalt hoffen konnte, wenn er vor dem finanziellen Nichts stand. Eduardo war damals sechzehn. Ohne Unterhalt schickte ihn seine Mutter prompt zurück, und Dolf nahm seinen Sohn mit großer Bereitschaft – und ebenso großen Schwierigkeiten – bei sich auf.

»Gehen wir zurück?« Jetzt war Eduardo fast fünfunddreißig, aber der Schlacks, der nicht stillsitzen konnte, steckte noch immer in ihm. Sie standen auf, Edu brachte ihre Plastikbecher zum Müll.

War Dolf ein Frauenhasser geworden? Verneinen mochte er das nicht. Jedenfalls hatte er sich seit damals nicht wieder auf eine festere Beziehung eingelassen. Stand ihm persönlicher Neid im Weg? Dass sein Sohn eine Gefährtin gefunden hatte, die alle seine Bedürfnisse erfüllte, ihn glücklich machte und entspannte? Solange Dolf das nicht ausschließen konnte, war er vielleicht nicht dazu berufen, seinem Sohn zu erklären, warum er nicht mit der drallen Schwedin glücklich werden sollte …

»Eine Frage, sei mir nicht böse. Hattest du mit Koks zu tun? Kokain, du weißt schon.«

»Wie kommst du darauf?«

»Santes hat so was angedeutet …«

»Das ist meine Sache, das hab ich alles im Griff.«

»Aha.« Dolf wartete ab.

»Ich hab ein … ein hektisches Leben im Moment, es läuft gut, das muss ich mitnehmen; die Konkurrenz schläft nicht. Wir machen jede Menge Kohle mit der Baufirma, da wär auch für dich ein Job und ein Haufen Geld drin, größtenteils steuerfrei, einen guten Polier könnte ich jederzeit gebrauchen …«

»Da brauchst du das Zeug, um auszuspannen?«

Aber Eduardo ging nicht noch einmal darauf ein. »Du könntest wieder hier leben, nebenher ein kleines Konto auffüllen, bis deine Insolvenz ausgestanden ist.«

Dass das alles illegal war, schien Eduardo nicht zu stören. Dolf musste jeden Centavo, der über seinen Freibetrag von vierundsechzigtausend Peseten hinausging, an den Insolvenzverwalter abführen. Ihm fehlte das Zauberwort, um an seinen Sohn heranzukommen und ihm zu zeigen, dass er auf dem Irrweg war. Zugleich jedoch stand ihm glasklar vor Augen, dass er selbst nicht der Richtige war, um Eduardo zu predigen. Kein Wunder, dass der es besser machen wollte, dass er eine unkomplizierte, anpassungsfähige Partnerin wählte, dem schnellen Geld hinterherjagte und es zur Not an der Steuer vorbei hortete … Dolf schluckte schwer. Er machte Halt und reckte sich.

Der junge Streuner, der ihnen in einigem Abstand gefolgt war, verharrte ebenfalls. Dolf blieb keine Zeit, sich zu wundern. Sie waren vor der Abzweigung zur Feriensiedlung mit dem Haus der Schwedin angelangt.

»Kommst du nicht mit zurück, *Papá*?«

»Richte bitte meine Grüße an Annea aus. Sag ihr, dass ich sie sehr sympathisch finde, falls ihr das wichtig ist.«

»Ist es nicht. Sie ist da ganz anders, selbstbewusster, wenn du verstehst, was ich meine. Bis bald.«

Dolf nickte grimmig. Er war nicht an Eduardo herangekommen. Er hatte nichts erreicht.

8

[2013]

Die Anschnallzeichen gingen an, sie waren bereits im Landeanflug. Der diesige Himmel leuchtete vielleicht eine Spur blauer als auf dem Festland. Braungraue Felsen erhoben sich in gewaltigen Klippen aus blaugrauem Meer, die auffällige Formation *Es Vedrà* stieß durch den Dunst wie die Kühltürme eines Kraftwerks. Endlich zeigte sich der Anfang einer Küstenlinie, karg und waldig, rau und unverbaut – bis auf die Strandanlagen. Der Flieger zog einen weiten Bogen. Erste Siedlungen an idyllisch wirkenden Buchten schoben sich vor das kleine Sichtfenster, schließlich sogar überraschend das Stadtzentrum mit Festung und Altstadt.

Auf der Gangway blendete selbst die Wintersonne. Die Luft roch schwer und dumpf, mit einer Prise Feuerzeugbenzin und Fisch. Der Pilot hatte ihnen gesagt, dass sie Regen und Temperaturen bis dreizehn Grad, nachts nur bis acht Grad erwarten konnten. Es war kalt und feucht, fand Dolf.

Hinter der Absperrung wartete ein freundlicher Mann in den besten Jahren auf Fuentes. Antunio Sabadell teilte sein schütteres Haar in einem exakten Seitenscheitel und striegelte es bis in den säuberlich ausrasierten Nacken. Er trug den polizeiüblich zersessenen Anzug und die schief sitzende Krawatte. Fuentes und er fielen sich in die Arme.

»Wie lange ist das her, Antunio?«

»Fast drei Jahre, mein Bester.«

Fuentes drehte sich zu Dolf herum, winkte ihn mit einer versöhnlichen Armbewegung zu sich. »Das ist Adolfo Chirén, der für uns übersetzen wird.«

»*Encantado.*«

»Willkommen auf der Insel der Glückseligen.«

»Auch im Winter?«

»Gerade dann. Sie haben die beste Zeit erwischt, *Señor Chirén.*«

»Danke für das vorzügliche Material, Antunio. Wir sind wirklich gut vorbereitet.«

»Sehr beeindruckend.« Dolf nickte dem freundlichen Beamten zu.

Sabadell stutzte. Er schien überrascht darüber, dass auch Dolf die Akten kannte.

Fuentes tat es ab. »Chirén ist harmlos. Aber er stellt gute Fragen. Und ein Blick von außen kann sicher nicht schaden.«

Sabadell legt den Kopf schief. »Das hoffe ich.« Es klang nicht überzeugt.

Sabadells Wagen stand direkt vor der Halle geparkt. Fuentes' und Dolfs knappes Gepäck passte locker in den Kofferraum des kleinen dunkelgrauen Fahrzeugs ohne Hoheitszeichen. Die unwirtliche Gegend um den Flughafen herum ging sehr rasch in die kaum ansehnlicheren Vororte der Hauptstadt über. Vom Berg mit der Festung über der Altstadt war nichts zu sehen, weil die Route zwischen Betonwänden und später durch Häuserschluchten verlief.

Die beiden Polizisten brachten Dolf und das Gepäck in ein nüchternes Hotel in einer Seitenstraße am Hafen. Fuentes musste noch etwas erledigen, und Sabadell nahm ihn mit aufs Revier. Dolf war auf sich allein gestellt.

Abends würden sie zusammen essen. Und am nächsten Morgen mit der Arbeit anfangen. Es war sechs Uhr nachmittags, zu spät für ein Nickerchen, zu früh für einen Aperitif. Dolf ließ sich auf sein schmales Bett sinken.

Nach wenigen Minuten sprang er wieder auf: Er würde sich die Füße vertreten.

Direkt hinter dem Hotel begann der Anstieg in die Altstadt. Zunächst boten breite Straßen grobes Natursteinpflaster. Bald verengten sie sich zu schmalen Steigen, die nicht selten in Treppen mündeten. Rasch war Dolf außer Atem an der Umfassungsmauer der Festung angelangt. Der Weg endete im Nichts. Eivissa war nicht so übersichtlich, wie es aus der Höhe gewirkt hatte. In den hügeligen, winkligen Altstadtgassen mit ihren Treppen und überraschenden Durchgängen konnte man sich verlieren. Dolf ließ sich zurück zum Hotel treiben.

Auf einer Durchgangestraße am Hafenrand rauschte der meiste Verkehr. Der Fußweg am Hafenbecken entlang war mühselig. In Gedanken zogen die Bilder von van Danz und seinen spärlich bekleideten Damen an Dolf vorbei. Was suchte er? Es zog ihn in eine bestimmte Richtung, auch wenn er sich das nicht eingestand. Aber hier, auf einer staubigen Straße in der Nähe des Hafenbeckens, lag nur sumpfiges Ödland vor ihm. Er fühlte sich unfähig weiterzugehen und winkte einem entgegenkommenden Taxi. »Zum *El Acuario, por favor.*«

»Das ist geschlossen.«

»Zum Tanzen bin ich zu alt. Ich will es mir nur ansehen.«

Es war eine kurze Fahrt. Eine Gruppe von Gebäuden duckte sich hinter Palmen an einer Nebenstraße. Es gab keine Leuchtschrift. Nur der zweispurige Taxistand vor der Tür – an diesem Wintertag selbstverständlich ohne wartende Wagen – verriet, dass hier an jedem Wochenende von Mai bis Oktober die Luft brannte. Dolf bezahlte den Fahrer. Er ging einmal um den Block. Es war eine lange Runde. Bis auf den Hinterausgang, ein hohes Gittertor, war hinter den Mauern nicht zu erkennen, was dort verborgen lag. Am Ende des Blocks stand ein Hotel, ein verspielt südländischer Bau mit zwei Geschossen. Es wirkte unbelebt, und Dolf war überrascht, dass es geöffnet war.

Er klingelte am Tresen. Eine dünne junge Frau kam aus

einem Raum unmittelbar hinter der Rezeption, fummelte in ihren Haaren und riss die Augen auf. Sie trug einen naturfarbenen Leinenanzug, der ihr weich um die mageren Glieder fiel, dazu ein meerblaues Halstuch als Farbtupfer. Auf Dolf wirkte sie ätherisch und zerbrechlich wie eine Fee.

»Kann ich hier ein Zimmer bekommen?«

»Wie viele wollen Sie haben?« Sie war keck.

Als Dolf nach der billigsten Unterkunft fragte, gab sie freundlich Auskunft, reservierter zwar, aber noch immer herzlich. Dolf rechnete es ihr hoch an.

»Könnten Sie mein Gepäck aus dem *Hostal turistico* holen lassen?«

»Sicher. Kommen Sie.«

Im Erdgeschoss gab es einen langen, mit dunkelrotem Plüsch bespannten Flur. Die junge Frau lenkte Dolf daran vorbei, zu einem winzigen Zimmer am Ende eines düsteren Korridors. »Bitte sehr.«

Das Fenster ging auf einen Lichtschacht, in den mehrere Klimaanlagen ragten; eine schepperte blechern.

»Okay. Wann kann ich einchecken?«

»Bis Ihr Gepäck da ist, wird es eine halbe Stunde dauern.«

»Danke.«

Sie wünschte ihm freundlich einen angenehmen Aufenthalt und ging ohne Zögern hinaus, sie erwartete kein Trinkgeld. Wenn sich der Stil eines Hotels im Verhalten seiner Angestellten spiegelte, fand Dolf dieses Haus auf Anhieb sympathisch.

Er hatte sich noch nicht richtig auf dem Bett ausgestreckt, als es wieder an seiner Tür klopfte. Die junge Frau konnte kaum bis zur Rezeption und zurück gekommen sein. Sie strahlte über das ganze schmale Gesicht. »Glückwunsch, Herr Tschirner! Der Computer hat Sie für unser Bonusprogramm ausgewählt.«

Wahrscheinlich hätte Dolf sich wundern müssen, aber

dazu hatte er keine Lust. Die Rezeptionistin kündigte ihm ein schöneres Zimmer an, strich sein Bett mit wenigen kundigen Handgriffen glatt und führte ihn an der Rezeption vorbei durch einen kleinen Innenhof in den ersten Stock. Ein kurzer, lichter Gang brachte sie auf eine Galerie, wo die durchsichtige gute Fee eine Karte durch den Schlitz zog, die Zimmertür aufstieß und Dolf den Vortritt ließ. Das Zimmer wirkte großzügig, eine Doppeltür ging auf einen begrünten Innenhof. »Sehr schön.«

»Ken Späths Zimmer, wenn er in der Stadt bleibt.«

Dolf hatte den Namen noch nie gehört. Es schien sich um eine Berühmtheit zu handeln. Der Bürgermeister? Jedenfalls war es eine völlig andere Sorte Zimmer. »Sind Sie sicher?«

»Ist von der Geschäftsführung entschieden worden.«

Dolf riss die Flügel der Balkontür auf, irgendwo hinter den Autohupen jaulte idyllisch ein Esel. »Wunderbar.«

»Sehr gerne.« Die Durchsichtige lächelte freundlich, ging hinaus und zog die Tür hinter sich zu. Zum dritten Mal an diesem Nachmittag ließ sich Dolf auf ein frisch gemachtes Hotelbett fallen.

9

An seiner Zimmertür fand er eine Notiz. Dass eine Nachricht an der Rezeption auf ihn warte, sobald er aufgewacht sei. Dazu ein hingehuschtes Herzchen über dem i in der Unterschrift der Luftigen, die offenbar Cari hieß. Dolf musste grinsen. Er griff sich den Telefonhörer neben dem Bett und ließ es lange klingeln. Niemand hob ab; das ermutigte ihn.

An der Rezeption ging Dolf vorbei und auf den dunkelrot verkleideten Flur zu. Da holte ihn der Ruf von Cari ein. »Sie wollen einchecken, Señor?«

Dolf wandte sich rasch um. Cari schenkte ihm ein fragendes Lächeln.

»Sicher.« Dolf legte seine Identitätskarte auf den Tresen. »Hätten Sie mir auch eins von den roten Zimmern vermietet?« Dolf wies mit der Stirn auf den Plüschflur.

»Die sind nur im Sommer in Betrieb.« Cari hob die schmalen Achseln.

»Kann ich mir eins ansehen?«

»Die sind aber nicht im Bonusprogramm, tut mir leid.«

»Kein Problem. Ich bin nur neugierig.«

Cari seufzte leise. Sie kam mit einer Codekarte hinter ihrer Rezeption hervorgestöckelt und ging voraus. »Bitte sehr.« Sie öffnete die erste Tür, tastete nach dem Schalter und knipste das Licht an. Dann trat sie zur Seite.

Es war ein Bordellzimmer, wenn Dolf je eines gesehen hatte. Im Zentrum thronte ein großes, rundes Bett, flankiert von Spiegeln an Rückwand und Decke. Daneben stand einladend ein Sektkühler. Eine Frisierkommode mit Hollywood-

Garderoben-Beleuchtung wartete seitlich an der Wand mit bunter Lichterkette rund um den dreifach geteilten, verstellbaren Spiegel.

Der Durchgang zum Badezimmer wurde von schimmernden Funzeln eingefasst, ein Halbrundbogen in bordeauxrotem Samt.

»Hübsch.«

»Wer's mag.«

»Meins ist mir lieber.«

»Deswegen hab ich es Ihnen gegeben.«

»Danke schön.« Das konnte sich ebenso gut auf das Zimmer-Upgrade beziehen wie auf das Zeigen dieses Boudoirtraums in Rot und Violett. Dolf wandte sich zum Gehen.

»Hier entlang.«

Falls Cari gemerkt hatte, dass er absichtlich nach hinten, zum dunklen Ende des Flurs abgebogen war, ließ sie es sich nicht anmerken. Dolf kam es so vor, als hätte er dort einen Lichtschein unter einer Tür hervorlecken sehen. »Wer wohnt dort hinten?«

»Niemand von Belang, Señor. Kommen Sie.« Sie dirigierte ihn Richtung Rezeption.

»Stört es Sie, wenn ich mich ein wenig in die Bar setze?«

»Besser hier in der Lobby. Unsere Bar ist wie das Restaurant leider geschlossen. Aber ich bringe Ihnen zu trinken, was Sie wollen.«

Es dauerte keine fünf Minuten, da war sie schon wieder bei ihm und stellte sein Glas auf den winzigen Tisch neben einem Cocktailsesselchen, das er zuerst für zu schmal für seine Hüften gefunden hatte, das aber erstaunlich bequem war, wenn man erst einmal drinsaß.

»Hier, Ihr Sherry.« Unaufgefordert schob sie ihm noch ein Glas Wasser dazu. Und ein Schälchen Knabberzeug. Sie war süß. Mindestens zwanzig Jahre zu jung und für seinen Geschmack viel zu mager, aber süß war sie.

Kaum hatte er sie wieder in ihrem Kabuff hinter der Rezeption verschwinden sehen, ließ er seinen halb angenippten Sherry stehen und ging Richtung Ausgang, wo, wie er vermutete, der samtrote Flur enden musste. Ein schmaler Durchgang war hell erleuchtet, beige gestrichen und trug das Schild *Servicios*. Direkt hinter dem Zugang zu den Toiletten mündete der rote Flur. Die Tür, unter deren Trittleiste ein Lichtstrahl hervorlugte, war nicht zu übersehen. Dolf legte sein Ohr an das samtüberzogene Holz. Ein Wimmern, vielleicht ein Schluchzen war zu hören. Er klopfte leise.

Das Wimmern hörte sofort auf. »Jüno? Was ist los?« Das war auf Deutsch gesprochen.

Dolf drehte am Türknauf, drückte gegen die Tür. Sie gab nicht nach.

»*¿Quién es?*«

»Ich bin Deutscher.«

»Gehen Sie weg, oder ich schreie.«

»Kann ich Ihnen helfen?«

»Gehen Sie weg!«

Fuentes hatte sich von seinem Kollegen ein Fischrestaurant empfehlen lassen. Es lag nicht am Hafen, nicht mit Blick auf die Altstadt, sondern in einer Seitenstraße mit viel Verkehr. Aber die Meeresfrüchte sollten spektakulär sein. Der Inspektor konnte nicht wissen, dass Dolf keine Meeresfrüchte aß, oder es war ihm gleichgültig. Jedenfalls hatte er, als Dolf ihn zur vereinbarten Zeit im Hotel abholte, nicht lange gefragt, sondern ihn kurz angebunden die paar Meter zum *Pescado Marisco Quentín* bugsiert.

Der Kellner führte sie an einen Tisch für drei, der unter eines der hoch liegenden Fenster gerückt war. Schatten von Beinen gingen draußen vorbei, auch ein Hund. Anscheinend war das Lokal in den Hang hineingebaut, und hinter diesem Raum wand sich ein Fußgängerpfad bergauf.

»Die Babycalamares sollen phantastisch sein. Wenn sie frisch sind.« Wie die meisten Spanier warf Fuentes nur einen flüchtigen Blick in die Speisekarte und wartete stattdessen auf den Kellner.

»Rotwein?«

Dolf hätte ein Bier vorgezogen. Aber wenn schon Wein, dann war er für Rotwein. Selbst zu weißem Fisch. Fuentes orderte den offenen *Tinto de la casa*, einen ganzen Liter. Arbeiten würden sie heute wohl nicht mehr.

Als der Kellner kam, wischte Fuentes mit großer Geste über die Speisekarte. »Welchen Fisch habt ihr heute frisch?«

Der Kellner zählte auf. Fuentes wurde schnell mit ihm handelseinig. Die Tintenfische waren am Nachmittag hereingekommen. Dolf suchte sich einen Eintopf mit Kaninchenfleisch und *Chorizo* aus. Das herzhafte *Cocido* mit Rinderbrust und Kichererbsen aus der Karte wäre ihm lieber gewesen, es war ein typisches Wintergericht, dazu sehr preiswert, aber es war ihnen ausgegangen.

Fuentes machte sich über die kalten Gambas her, die der Kellner ungefragt als Appetitanreger hingestellt hatte. Orangerotes Öl lief ihm aus dem Mundwinkel. »Sie halten es also für eine gute Idee, sich im Club des Mordopfers einzuquartieren?«

»Ich hatte vor, mich schon mal umzusehen.«

»Könnte man leicht ein Verdachtsmoment draus machen, Chirén.«

Dolf verstand nicht.

»Dort ist es sicher schicker als in dem Laden, den uns die Kollegen empfohlen haben, was?«

»Nicht wirklich. Sie haben mir ein einfaches Zimmer gegeben.« Den Hinweis auf das Upgrade und Bürgermeister Ken Späth verkniff er sich.

»Haben Sie den Eindruck, van Danz' Tod hat sich schon rumgesprochen?«

»Nein, wieso?«

»Und, haben Sie?« Fuentes deutete auf die Krabben.

»Keine Meeresfrüchte für mich, danke.«

Dabei hatte Fuentes die kleine Schale für sie beide praktisch alleine geleert. Gerade mal zwei mickrige blassrosa Gambas waren noch übrig. Und das Zitronenviertel, das Fuentes verschmäht hatte. »Was Sie rausgekriegt haben, meine ich!«

»Nicht viel. Ich hatte auch erst drei Stunden Zeit.«

»Aha.« Fuentes kaute nachdenklich.

Die letzten beiden Gambas mussten dran glauben. Auch der Wein war bereits zur Hälfte geleert. Wenigstens daran hatte Dolf sich angemessen beteiligt.

10

Sabadells Büro war nicht größer als Fuentes', aber freundlicher und mit besserem Licht, in einem zweistöckigen, ehemals weiß verputzten, gedrungenen Bau am Rand der Salzsümpfe. Davor lag ein staubiger Parkplatz, dahinter brusthohes Schilf und Gestrüpp, fast schon ein Idyll. Doch der einzige Zugang war ein schmaler Feldweg vom Hafen her. Das Kommissariat der *Policía judicial de la Region de Ibiza* lag von Grün umgeben, aber es war kein Ort, um in der Mittagspause einen Spaziergang zu machen.

»Machen wir Ibizenker einen guten Eindruck?« Sabadell war die Freundlichkeit in Person. »Wo fangen wir an?«

»Wodurch van Danz sich Feinde gemacht haben könnte. Was du uns geschickt hast, Antunio, kannst du getrost voraussetzen.«

»Gut.« Sein Blick auf Dolf verriet nichts von der Verstimmung vom Vortag, er hatte ihn als Insider akzeptiert.

»Victor, eine Kleinigkeit. Du kennst das ja schon alles. Aber für Herrn Tschirner hier ist es vielleicht interessant, dass ich mit Gunter van Danz bekannt war. Wie du ebenfalls weißt, habe ich ab und an im Nachtclub verkehrt, obwohl das nicht meine Welt ist. Auch auf der Yacht bin ich ein paar Mal gewesen. Das sozusagen für das Protokoll.«

Niemand schrieb mit. Dolf war bereit, sich Notizen zu machen, hatte bisher jedoch noch keine Zeile angefangen. »Waren Sie und van Danz befreundet?«

»Das ist vielleicht ein zu großes Wort. Er hätte mir einen Gefallen getan, wenn ich ihn darum gebeten hätte.«

»Und Sie hätten sich revanchiert?«

»Im Rahmen der gesetzlichen Vorschriften selbstverständlich.«

»Das ist eh klar.« Fuentes wechselte das Thema. »Was hältst du von seinen Mitarbeitern?«

»Gute Leute. Die laufen an der langen Leine. Van Danz hatte ein Händchen für Menschen, würde ich sagen. Im Hotel hält ihm Señora Mbembe den Rücken frei, Mitte vierzig, stammt ursprünglich aus Kamerun. Im Club ist Daniel Gamsreiter seine rechte Hand, ein Deutscher. Die Verbindung ist undurchsichtig, ich glaube, die hatten mal was miteinander. Der Junge hängt an van Danz. Mit dem solltet ihr vielleicht anfangen.«

Dolf machte sich ein Kreuz an den Namen, den er bereits früher notiert hatte. Fuentes nickte nur. »Kümmern wir uns um seine gesellschaftlichen Verbindungen.«

Sabadell führte auf, was er für erwähnenswert hielt. Demnach war van Danz eine öffentliche Person auf Ibiza und den Balearen, so eine Art Berühmtheit, um nicht zu sagen eine Legende. Vor allem Exildeutsche schien er als Freunde gewählt zu haben. Sabadell zählte bereitwillig an den Fingern mit. »Der Hollywoodschauspieler, dem die benachbarte Finca gehört. Ein miesepetriger Theaterregisseur. Ein Drehbuchautor aus Bayern. Ein Topmodell, ein Fußballer, ein schwuler Industrieller. Der Obermacker der englischen Kolonie, die mit den Deutschen noch immer im zweiten Weltkrieg ist.«

»Puh.« Fuentes stöhnte.

Auch Dolf hatte aufgehört, mitzuschreiben. Es waren einfach zu viele.

»Er war also eine öffentliche Person.« Fuentes klang nicht überrascht. »Und sein Geschäft?«

»Von Mai bis Oktober macht er jedes Jahr ein kleines Vermögen. Der Club ist einer der beliebtesten, seit über zwanzig Jahren. Seine Einkünfte legt er ausschließlich auf der Insel an, was ihm zusätzliche Sympathien einträgt. Der Laden gehört ihm, das Hotel ebenfalls und außerdem eine Finca in *Sant Antoni*, mit Blick auf die Westküste der Insel, eine halbe Stunde über Land.«

Gunter van Danz hatte so lange auf der Insel gelebt, dass er schon fast als Ibizenker durchging. »Bis auf sein Outfit, selbstverständlich.« In seiner Freizeit – und die nahm den größten Teil seines Tages ein, wie Sabadell nicht ohne Neid anmerkte – schätzte van Danz eine Art Guru-Tracht: weite weiße Hemden, plusterige Stoffhosen oder weiße Jeans, dazu Sandalen, die seine gepflegten Füße zur Geltung brachten. Oder goldbestickte Cowboystiefel. Den Lebensstil aus seiner Hippiezeit hatte er niemals wirklich abgelegt. Er lebte vegetarisch, trank nicht viel. Dafür hatte er eine Schwäche für LSD, Haschisch, vor allem aber für Kokain. Aber er zog sich das Pulver niemals durch die Nase ein, die war ihm zu kostbar. »Die OP hat ihn eine Stange Geld gekostet und zwei Wochen Aufenthalt in Teheran.« Weil dort die weltbesten Nasenchirurgen praktizierten. Tausendfach machten sie kleine Stupsnasen aus den herrlichen Zinken, die viele Perserinnen von Geburt an zierten …

Dolf hatte noch nie davon gehört. »Wie konsumierte er das Zeug?«

»Er aß es. Schob es sich unter die Zunge, zerdrückte es zwischen Zahnfleisch und Gaumen. Sah aus und hörte sich an wie ein Schnalzen.« Sabadell machte das Geräusch vor. »Guten Stoff hatte er immer.«

»Wieso haben Ihre Ermittlungen nie zu Verfahren geführt?« Dolf klang vielleicht eine Spur zu misstrauisch. Er hatte in der Akte von Glücksspiel, Prostitution und Drogenhandel gelesen, aber stets ohne rechtliche Konsequenzen.

»Aus seinem Konsum hat Gunter nie ein Geheimnis gemacht. Die Mengen lagen stets im unteren Bereich, ausschließlich zum Eigenverbrauch, das war glaubwürdig. Das Glücksspiel war sein Privatvergnügen, er hat nie in seinem Club gespielt und so etwas auch nicht geduldet. Und Prostitution? Der Mann war Tag und Nacht von schönen Frauen und erfolgreichen Gentlemen umgeben. Wer da aus welchen Motiven dabei ist, das war auch als Beteiligter nicht immer leicht zu durchschauen, kann ich Ihnen sagen.«

»Moment mal! Im Hotel gibt es, kaum getarnt, einen Flur mit Bordellzimmern. Das wissen Sie doch, Sabadell.«

»Die betreiben dort einen Puff, das ist klar, und zwar ohne Konzession. Weil Prostitution und Beihilfe dazu in geschlossenen Ortschaften bei uns nicht legal ist. Also könnten wir ihn und Señora Mbembe dafür zur Rechenschaft ziehen. Das tun wir aber nicht, weil der Polizei ein überschaubares illegales Geschäft lieber ist als das Herumvögeln am Strand. Wenn Sie verstehen, was ich meine, Señor Tschirner.«

Sabadell war ebenfalls abweisend geworden. Sollte Dolf vermuten, dass es nicht nur rein professionelle Gründe waren, die ihn so großherzig über die Aktivitäten in den roten Zimmern hinwegsehen ließen? War er etwa selbst dort schon Gast gewesen? Dolf verkniff sich die Frage.

11

Um die Mittagszeit war die Rezeption des Hotels unbesetzt. Dolf hob die Hand, um auf die Tischklingel zu hauen.

»*¡Un momentito!*« Durch die offen stehende Glastür zum Restaurant war ein hochbeladener Wäschewagen zu sehen. Eine üppige Schwarzafrikanerin trat dahinter hervor, einen Stapel Tischwäsche auf einer Hand balancierend. »*¡Ya voy!*«

Auch sie trug das tiefblaue Halstuch, sogar zweifach. Eins zu einem naturfarbenen Shirt über einem knielangen, weich fallenden Rock, der Dolf an eine Yogalehrerin denken ließ. Das andere um ihren Kopf geschlungen. Sie kam zu ihm an den Tresen. »Wie kann ich helfen?«

Dolf verlangte lediglich nach dem Zimmerschlüssel.

»Herzlich willkommen, Herr Tschirner.« Sie sprach akzentfrei Deutsch. »Schön, Sie hier zu haben. Gefällt Ihnen Ihr neues Zimmer?« Sie ging um die Rezeption herum und angelte nach seiner Magnetkarte. »Ich bin Nadina Loulouga Mbembe. Nadina, wenn Sie mögen.« Sie schenkte ihm einen grandiosen Augenaufschlag.

»Gerne. Ist Cari heute nicht da?«

»Caridad hat frei. Sie is schnuckelisch, nit?«

»Ihr Deutsch ist beeindruckend …« Gerade hatte er sie fragen wollen, woher sie so akzentfrei Deutsch sprach. Das hatte sich erübrigt. »Höre ich da einen Akzent heraus«?

»Isch hob in Monnem gearbeit'. Fost zwanzsch Joa.«

»Aber wie kann das sein? Sie können nicht viel älter sein als …«

»Danke. Sehr charmant.« Ihr Lächeln war noch breiter, noch herzlicher geworden. Doch jetzt schob sich ein Schleier über ihren strahlenden Blick. »Ich war sehr jung.« Ein kehliges, warmes Lachen, das jede Nachfrage nach den Einzelheiten erstickte.

»Sehr schön haben Sie's hier, Nadina.«

»Ja. Gerade in der Mittagszeit, wenn alles schläft. An diese Sitte kann man sich wirklich gewöhnen.« Nadina klang träge. Als ob sie beim letzten Satz beinahe gegähnt und sich innerlich gerekelt hätte. »Ich hab gehört, Sie haben sich bereits bei uns umgesehen.«

»Nur oberflächlich.«

»Das wäre aber nicht typisch für die Deutschen, die ich kenne.«

»Wo sind Ihre Eltern geboren, wenn ich fragen darf?«

»Kamerun.«

»Sie waren sehr jung, als Ihre Familie nach Deutschland kam, sagten Sie?«

»Ach, die alten Geschichten … Ich war sechzehn. In meinen Papieren stand achtzehn. Meine Mutter lebt noch immer in einem kleinen Dorf bei Yaoundé. Meinen Vater hab ich nie kennengelernt.«

»Oh, tut mir leid.«

»Und das Land hieß damals BRD.«

»Ich erinnere mich.«

»Ich nicht so gerne.« Wieder dieses kehlige Gurren, das vielsagend klang und doch so wirkte, als wollte Nadina, ganz gleich wie selbstbewusst, einnehmend und lebensklug sie auftrat, das Thema nach Möglichkeit nicht vertiefen.

Dolf tat ihr den Gefallen. »Es war auch nichts zu sehen.«

»Wie?« Wenn Nadina Mbembe fragend die Augenbrauen zusammenzog, geriet ihr gesamtes Gesicht in Bewegung, die hohe Stirn kräuselte sich unter der Bandana und den kunstvoll geflochtenen Miniaturzöpfen, die Grübchen in ihren

Wangen hüpften, und die üppigen Lippen warfen sich zu einem schmollenden Kussmund auf.

»Als ich mich umgeschaut habe. Nichts Unrechtes.«

»Ich mache Ihnen einen Vorschlag, Herr Tschirner: Sie halten es wie die Inselbewohner, ruhen sich ein wenig aus, machen sich frisch. Und wenn Sie so weit sind, zeige ich Ihnen den Laden. Wir haben hier nichts zu verbergen.«

Wie zufällig holte sie tief Luft, straffte ihren Oberkörper unter dem Baumwollshirt und reckte ihm ihr Dekolleté entgegen. Oder bildete er sich das nur ein, als alter Mann mit schlüpfriger Phantasie?

»Haben Sie mich eigentlich erwartet?«

»Sie persönlich selbstverständlich nicht. Aber ich hab so eine Ahnung, weshalb Sie hier sind.«

»Und dennoch wollen Sie mir alles zeigen?«

»Wann immer Sie Zeit haben.«

»Gleich jetzt?«

»Dann los. Wenn ich hier gebraucht werde, kriege ich das schon mit.« Sie griff sich einen Pager aus einem Fach unterhalb des Rezeptionstresens und steckte ihn in eine Tasche des Leinenjacketts, das über ihrem Drehstuhl hing und zur Uniform zu gehören schien. Die Jacke warf sie sich locker über die Schultern und nahm einen Schlüsselbund.

»So wie ich Sie einschätze, geben Sie eh keine Ruhe, bis Sie alles gesehen haben.«

»Ihren Chef müssen Sie darüber nicht informieren?«

Nadina warf Dolf einen langen, durchdringenden Blick zu. »Sie wissen so gut wie ich, dass das nicht möglich ist. Also lassen Sie die Spielchen, Herr Tschirner.«

Dolf verzog grimmig den Mund. Es war nicht sein Job, einer Verdächtigen zu erklären, was er hier suchte. Fuentes konnte so etwas sehr leicht als Kompetenzüberschreitung auffassen. Aber der Tatsache, dass sie beide wussten, dass Nadinas Chef tot war, waren sie so nahegekommen, wie sie konnten, ohne offen darüber zu sprechen. Und dabei ließ Dolf es auch bewenden.

»Einverstanden. Ich danke Ihnen für Ihre Kooperation.«

»Warten Sie's ab. Hier ist das Restaurant.« Nadina schob den riesigen Wäschewagen seitlich vor eine Anrichte. »Hier haben Sie gefrühstückt.«

Sie hatte recht. Und doch wirkte der Raum am Nachmittag festlicher, großzügiger. Auch wenn er nur Platz für wenige Tische bot, Stühle für vielleicht vierzig bis fünfzig Personen, schätzte Dolf.

»Unsere Küche ist recht anerkannt unter den Stadtbewohnern. Im Sommer decken wir auch die Terrasse ein, dann haben wir an die hundert Plätze. Und sind dennoch in der Regel auf zwei oder mehr Wochen ausgebucht.«

»Wo ist das Personal jetzt?«

»Formel eins, Gstaad, Breitjochbahn.«

»Wie bitte?« Dolf schien allzu einfältig geschaut zu haben.

Sie erklärte es ihm wie einem Siebenjährigen. »Die haben alle mehrere Jobs im Jahr. Die Kochbrigade macht das Catering für Alfonso, also für McLaren. Solange Saison ist, egal wo auf der Welt der Rennzirkus gerade einfällt. Über die Feiertage sind sie und die Bedienungen in einem Grandhotel in der Schweiz. Und die Jungkellner bewirtschaften eine Mittelstation in Österreich. Also eine Gondelbahn.«

»Interessant.«

»Vor allem, wenn man jung ist. Kiteboarden im Sommer, Snowboarden im Winter, so steht's zumindest im Prospekt. In der Realität erholen die sich von einem Stressjob in einem anderen Stressjob. Halten selbst die Fittesten nicht lange durch. Hier ist die Küche.«

Restaurantküchen faszinierten Dolf. Tausendmal gescheuerte Edelstahlflächen glänzten matt im erbarmungslosen Arbeitslicht. Die Position vor der Herausgabe war ein Holztisch, an dem letzte Soßenreste gewischt und letzte Dekorationen justiert wurden. Der Platz war mit einer Klingel ausgestattet. Dolf schlug darauf. Es hallte blechern in der leeren Küche nach.

»Kostet Sie eine Flasche Champagner.«

»Die Klingel?«

»Sie haben Glück, dass keiner da ist. Läuten ohne Grund macht jeden in der Küche rebellisch.«

»Ich werd's mir merken.« Sie waren an der entfernten Seite der Restaurantküche vor einer schweren Stahltür angekommen. »Vorratskammer?«

Nadina nickte. Dolf half ihr, die schwere Kühltür aufzustemmen. Das Licht ging von alleine an. Dutzende Meter leerer Stahlregale erstreckten sich vor ihnen. Irgendwo im Dämmerlicht stapelten sich Gewürze und Zutaten in Großpackungen: Zucker, Mehl, Salz. Plastikdosen mit Pulvern, Schrot und Körnern, die Dolf nicht zuordnen konnte, standen herum. Und Tomatenkonserven. Dolf griff sich eine Dose. Es war ein kleines Behältnis, 375 ml. »Dosentomaten? Die brauchen doch keine Kühlung!«

»Die sind hier nur zwischengelagert. Ohne Kühlung verschimmelt der komplette Raum. Alleine den wieder sauber zu machen und abnehmen zu lassen kostet ein Vermögen. Das rechnet sich nicht.«

»Aber Tomaten? Wir sind doch nur eine Tagesreise vom spanischen Tomatenparadies entfernt … merkwürdig.«

»Denken Sie, was Sie wollen, Tschirner. Ich koche nicht, ich kann nur sagen, dass die hier eine top Küche am Laufen haben. Auch mit den Tomaten aus der Dose. Haben Sie genug gesehen? Dann gehen wir weiter.«

»Komme schon.« Aber tatsächlich ließ Dolf eine der Konservendosen in seine Hosentasche gleiten. Sie beulte sich dort etwa so unauffällig wie eine Hasenpfote oder eine Rolle Socken.

Die Tomatendosen kamen Dolf bekannt vor. Ganz ähnliche Dosen hatte er schon einmal gesehen. Dass Nadina möglicherweise vermuten musste, dass ihn der Anblick einer leeren Speisekammer erregte, war sein geringstes Problem. Ungelenk wankte Dolf hinaus. Nadina ließ die schwere Stahltür hinter ihm zufallen und schloss ab.

»Was jetzt? Die roten Zimmer haben Sie bereits gesehen, sagt Cari.«

»Das letzte war gestern bewohnt, schien mir.« Dolf hielt sich eine Hand vor den Schritt.

»Ach, was! Die Zimmer stehen leer.«

Den Weg durch die Küche und zurück durch das Restaurant ging Nadina vor Dolf. »Wenn einer der Angestellten nicht nach Hause findet oder Besuch bekommt, nutzen die manchmal ein Zimmer. Kommt aber nicht oft vor. Sonst hätte ich auch was dagegen.«

Die Entschiedenheit in Nadinas Stimme hielt Dolf davon ab, über sein Erlebnis vom Vorabend zu sprechen und über das Wimmern, das er gehört hatte.

12

Als der Inspektor kam, um Dolf abzuholen, hatte die Sonne bereits ihre äußerste Kraft verloren. Der Himmel duckte sich malvenfarben hinter die Festung über der Altstadt. Auch Fuentes stellte sich vor Dolfs Balkontür und genoss die Aussicht. »Schön haben Sie's hier.« Das war nicht ohne Sarkasmus bemerkt.

Dolf zeigte ihm seine Tomatendose. »Die haben hier Tomaten in Dosen, die ein deutscher Importeur aus Bremerhaven verschickt, abgefüllt in Ecuador!«

Fuentes wandte sich mit einem milden Kopfschütteln zu Dolf um. »Sie untersuchen jetzt die Etiketten von Dosentomaten?«

Dolf musste zugeben, dass sich das nicht nach tiefschürfender Polizeiarbeit anhörte.

»Kommen Sie. Wir treffen Gamsreiter in seinem Büro. Ich habe uns schon angekündigt.«

Fuentes marschierte zügig voran. Es ging durch den Innenhof und über eine Einfahrt zu einem Seiteneingang des Komplexes.

Von Dolfs Balkon aus hatte alles gepflegt und solide ausgesehen, aber aus der Nähe war zu erkennen, dass sich überall in den Ecken Zedernnadeln häuften. Der Kiesweg führte auf ein Hallengebäude zu und endete an einer hohen Mauer mit Strukturmörtel. Dort war eine Reihe schwerer Stahltüren eingelassen. Eine stand einen Spalt offen. War Fuentes dort hinein verschwunden?

Dolf stemmte die schwere Stahltür vollends auf, folgte

einem düsteren Flur eine breite Treppenflucht hinab. Plötzlich, so schien es Dolf, öffnete sich der Gang zur Halle, und er stand unversehens im Allerheiligsten. Blinzelnd sah er sich um. Ihn umgab ein Saal von riesenhaften, aber uneindeutigen Ausmaßen, der halb unter der Erde zu liegen schien. Haushoch über dem Boden standen Oberlichter weit offen und warfen das letzte Licht des Tages gegen eine fassadenhohe Wand mit schweren, fließend fallenden Vorhängen aus metallisch glitzerndem Gewebe.

»Kommen Sie?« Fuentes winkte ihm vom gegenüberliegenden Ende der Halle zu, wo sich unter einer Art Hängebrücke eine Terrasse ins Freie öffnete und den Blick auf eine Außenanlage mit Palmen und mehreren kleinen Pools freigab.

»Ich kann nicht so schnell.« Unwillkürlich verstärkte Dolf sein Hinken. Die tiefer liegende Tanzfläche war mit gebürstetem Industrieblech ausgelegt und mit Abflüssen versehen. Laufstege verbanden die Bars im seitlichen, dunkleren Teil der Halle. Es gab eine sinnvolle Trennung zwischen dem Gästebereich und den Bereichen des Personals.

Endlich erreichte Dolf den Durchgang zum Freigelände. Fuentes und ein drahtiger Rockertyp unterhielten sich zwischen zwei Palmen. Sobald Dolf zu ihnen aufgeschlossen und Fuentes ihn vorgestellt hatte, fuhren sie fort.

»Wann haben Sie Ihren Chef zuletzt gesprochen?«

»Heute früh. Um halb zehn hab ich ihn angerufen.«

Wusste der Mann etwa nichts vom Tod seines Arbeitgebers? Weder Fuentes noch Dolf ließen sich ihre Überraschung anmerken. Das hoffte Dolf jedenfalls. »Und?«

»Voicebox. Wie seit Tagen.« Besonders groß war Daniel Gamsreiter nicht, doch so dünn, dass er trotz allem schlaksig wirkte. Sein blondes Haar trug er in einer Art Tolle, jedenfalls stand es über der Stirn struppig hoch und hing im Nacken lang über den Kragen seines Lederhemds. Er hatte Ohrringe und ein Zappa-Bärtchen, bloß in blond.

»Da macht man sich Sorgen, oder?«

»Ach Quatsch, Günni meldet sich manchmal wochenlang nicht, wenn er weg ist, im Herbst oder Winter, *you know*. Den ganzen Sommer über arbeiten wir hier rund um die Uhr. Wenn Sie da nicht mal ausspannen, werden Sie verrückt!« Gamsreiters Spanisch war nicht schlecht, er lispelte wie ein Andalusier.

»Wann haben Sie tatsächlich zuletzt telefoniert?«

»Vor paar Tagen. Hier läuft alles rund, da brauche ich ihn nicht dauernd zu stören, *you know*.« Gamsreiter zog die Tür zu seinem Büro auf. Es musste am Außenrand des Komplexes liegen, weil es ein Fenster zum Grünen hatte, auf einen mit hellem Kies bestreuten Zufahrtsweg hinaus.

Zwei Schreibtische standen in dem kleinen Raum. Ein ordentlich aufgeräumter mit polierter Platte. Und der andere, übersät mit Notizen, Kassenzetteln, Unterlagen und Kaffeebechern, hinter dem Gamsreiter es sich bequem machte. Er bot ihnen zwei Sessel an, billige Freischwinger-Imitationen in Chrom und rotbraunem Leder.

»Was haben Sie ihm auf die Voicebox gesprochen, wenn ich fragen darf?«

»Ach, nichts von Belang. Auf den neuesten Stand gebracht. Kleinigkeiten.« Gamsreiter wirkte gelöst, ohne Arg. Er musste sicher über dreißig sein, wirkte aber jünger.

»Wir können das nachprüfen, wissen Sie?« Fuentes schlenderte hinüber zum makellosen Schreibtisch mit der weiß polierten Platte, der den hellsten Platz im Raum einnahm, direkt am Fenster zum Hof. »Das ist sein Schreibtisch, oder?«

»Haben Sie eigentlich einen … einen Durchsuchungsbeschluss?«

Sie sprachen selbstverständlich Spanisch. Fuentes führte die Befragung. Wenn Gamsreiter ein Wort fehlte, wenn er einen Ausdruck suchte, half Dolf aus, so gut er konnte. »*¿Un decreto de allanamiento*?«

»Brauchen wir den?« Der Inspektor tat überrascht. »Nur, wenn Sie uns verbieten, den Schreibtisch zu durchsuchen.«

»Dann verbiete ich Ihnen das.«

»Das macht Sie verdächtig.«

»Dass ich auf meinem Recht als unbescholtener Bürger beharre, das macht mich verdächtig? Sehr ungewöhnlich.«

»Na schön.« Ohne ein weiteres Wort ging Fuentes zur Tür und verließ den Raum. Er fing an, um den Pool herumzumarschieren, das war durch die offen gebliebene Tür zu sehen. Gamsreiter starrte Dolf irritiert an. Sollten sie dem Inspektor hinterhergehen?

Dolf räusperte sich, überspielte seine eigene Verwunderung. »Im Winter können Sie die Yacht also nicht benutzen?«

»Herbst, Frühjahr, jederzeit. Wann immer Gunter sie nicht braucht, *you know*.«

»*You know*?« Dolf begriff schlagartig. Es war der Klang des englischen *You know* in Gamsreiters leicht bayrischem Akzent, der ihm seinen Spitznamen verpasst hatte. »Sie werden nicht zufällig *Jüno* genannt, Herr Gamsreiter?«

»Kommen Sie endlich, Chirén?« Fuentes rief ungehalten von draußen. Der Pool war nierenförmig und hatte eine gewundene Umrandung. Fuentes war schon halb herum.

Achselzuckend stand Dolf auf. »Wollen wir uns die Füße vertreten?«

Gamsreiter war nicht begeistert, aber er kam mit.

»Sie wissen, dass wir aus Cartagena kommen?« Fuentes rief von der anderen Seite des Pools herüber.

»Sicher. Die Kollegen hier auf der Insel kenne ich.« Auch Gamsreiter musste die Stimme erheben.

»Würde es Sie sehr überraschen, wenn Sie hörten, dass Ihr Chef tot ist?«

»Aber total!« Gamsreiter rief es ohne jede Emotion.

»Dann sollten Sie jetzt überrascht sein.«

Gamsreiter ließ sich seine Tolle mit einem Nicken in die Stirn fallen und strich sie dann mit großer Geste aus dem Gesicht. »Ertrunken?«

»Nicht ertrunken. *Ahogado*.« Das leere Becken zwischen ihnen schien Fuentes' Stimme zu verstärken.

Dolf musste übersetzen. »Erdrosselt.«

»Auf seinem Boot?«

Fuentes nickte. Er ließ Gamsreiter nicht aus den Augen.

»Deswegen konnte ich ihn nicht erreichen ...« Gamsreiter wirkte zerstreut und besorgt. Aus dem Gleichgewicht gebracht, aber nicht schockiert, fand Dolf.

»Auf der Yacht, die Sie oft genutzt haben, waren große Mengen Kokain, in allen Ecken.« Fuentes versuchte, den kleinen Schwächemoment zu nutzen.

»Zum, wie sagt man? ... Eigenverbrauch.«

Dolf musste wieder aushelfen.

»In diesen Mengen?«

»Alle in der Branche schnupfen. Die Polizei übrigens auch. Sonst stehen sie den Job gar nicht durch.« Gamsreiter zuckte die Achseln. »Wollen Sie mich jetzt festnehmen?« Er gewann schon wieder Oberwasser.

Fuentes kam mit schnellen Schritten um das Becken herumgeeilt. »Wir können auch unangenehm werden, Herr Gamsreiter. Vergessen Sie das nicht. Wozu waren Sie so oft in Cartagena?«

»Ausflüge, Tagestouren, Lustreisen, Sie wissen schon.« Gamsreiter versuchte ein verschwörerisches Grinsen unter Männern. Damit war er bei Fuentes völlig an der falschen Adresse.

»Warum haben Sie Ihre Gäste in *El Portús* an Land gebracht, einem winzigen Hafen, wo der Campingplatz größer ist als das Dorf?«

»Kennen Sie das nicht auch, *Señor Inspector*? Wenn man einen Hafen kennt, steuert man ihn immer wieder an, aus reiner Gewohnheit, *you know.*« Gamsreiter hatte seine Gelassenheit wiedergefunden. So kamen sie nicht weiter.

»Sie zeichnen mit jü, vermute ich?« Dolf versuchte, Gamsreiter mit ihren Unterlagen in Zusammenhang zu bringen. Fuentes wirkte nicht erfreut.

»Sicher. Stimmt was nicht?«

»Nein, nein. Uns geht es ja auch nicht um das Logbuch.« Fuentes übernahm wieder und schnitt Dolf das Wort ab. »Die letzte Fahrt der *Sadalsuud* ging hinüber nach Formentera und dann weiter. Sie ist nicht besonders gut dokumentiert.«

»Oft sind die Gäste nicht gerade scharf drauf, mit Klarnamen in den Unterlagen aufzutauchen.« Gamsreiter zuckte die Achseln.

»Sie haben keine Ahnung, wen oder wie viele Gäste ihr Chef am elften November an Bord genommen hat? Darunter seinen Mörder.«

»Quatsch.«

»Ach?« Fuentes ließ ihn nicht aus den Augen, wartete ab.

»Auf so ein kleines Boot nehmen Sie keine Unbekannten. Für eine Tagesfahrt vielleicht, aber nicht für einen längeren Törn.«

»Wer sagt Ihnen denn, dass es nicht nur um die Überfahrt zur Nachbarinsel ging?«

Gamsreiter geriet ins Stammeln. Er suchte nach einer Erklärung. Sein selbstgefälliges Gehabe war nur Fassade. Irgendwie musste sie aufzubrechen sein. Dolf spürte deutlich, dass dieser Möchtegern-Cowboy ihnen etwas vormachte.

»Wir hören.« Auch Fuentes blieb dran.

Gamsreiter biss sich auf die Lippen. Er dachte fieberhaft nach. Seine Augen wanderten über die leeren Platten und Fliesenflächen, die einsamen Palmen in ihren Kübeln. Er starrte lange in den leeren Pool. Dann schien er einen Entschluss gefasst zu haben, er räusperte sich. »Ich muss nachdenken. Wie Sie vielleicht begreifen werden, meine Herren, ist die überraschende Nachricht vom Tod meines Geschäftspartners und Freundes ein schwerer Schock für mich. Im Augenblick bin ich nicht in der Lage, einen klaren Gedanken zu fassen. Daher bitte ich Sie, mich entweder formgerecht zu einem Verhör zu laden oder jetzt zu gehen.«

»*¿Cómo?*«, Fuentes schnappte nach Luft. Er prustete los, riss sich aber sofort zusammen, als er Gamsreiters unbewegte Miene sah.

Der blickte gelassen von einem zum anderen, ohne mit der Wimper zu zucken.

Dolf konnte sich ein Grinsen kaum verkneifen. Wo holte der kleine Pseudo-Rocker diese aufgeblasene, wohlformulierte Abfuhr her?

Fuentes war ganz und gar nicht nach Grinsen zumute. Er tötete Dolf mit Blicken.

Gamsreiter zeigte mit ausgestrecktem Arm zum Ausgang. »Sie finden alleine hinaus, vermute ich?« Es war keine Frage.

Fuentes stürmte ohne ein weiteres Wort davon. Dolf starrte wie hypnotisiert auf Gamsreiters ausgestreckte Hand. Die Tätowierung am Ringfinger war winzig, aber im flachen Nachmittagslicht deutlich zu erkennen: zwei übereinandern liegende Wellenlinien. Genau wie an der Hand des Toten.

13

Kopfschüttelnd humpelte Dolf vom Gelände. Fuentes dirigierte ihn über die kiesbestreute Einfahrt an ein schmiedeeisernes Tor. Von innen ließ es sich unkompliziert öffnen. Sie standen in einer schmalen, schattigen Seitenstraße. »Da vorne ist eine Bar, kommen Sie.«

Dolf hatte den Überblick über die verschiedenen Gebäude, ihre Zu- und Abgänge, Einfahrten und Wege verloren. Den wievielten Zugang zum Club hatten Fuentes und er eben benutzt? Die selbstverständliche Orientierung des Inspektors auf dem Nachtclubgelände irritierte Dolf.

Die Bar gegenüber bildete die Ecke des Blocks. Zur Hauptstraße hin konnten Markisen ausgespannt werden. Die baumelten aber jetzt, im November, an der Hauswand. Es gab nur einen Tisch und ein paar abgeschrammte Stühle im Freien. Sie gingen hinein.

Als die Kellnerin einen *Café solo* für Dolf und einen kleinen *Tinto* für Fuentes brachte, dazu *Boquerones*, in Essig eingelegte Sardinenfilets und ein paar frittierte gesalzene Maiskörner, lehnte Fuentes sich zurück. »Was halten Sie von dem Typen?«

»Dass er vom Tod von van Danz nichts gewusst hat, glaube ich ihm, ich weiß selbst nicht, warum.«

»Mhm.« Daraus wurde nicht klar, ob Fuentes das auch so wahrnahm.

»Aber plötzlich ist er eiskalt und wirft uns formvollendet hinaus.«

»Und das macht Sie so sauer, Chirén?«

Dolf konnte es anscheinend nicht gut verbergen. »Woher kennen Sie sich so gut im Club aus, Fuentes? Als wären Sie schon hundert Mal dort gewesen.«

»Orientierungssinn. Aber nicht nur. Ich hab mich vorbereitet.« Fuentes griff nach seiner Aktentasche und zog eine Mappe heraus. »Die letzte Baugenehmigung – sie ist nie erteilt worden.«

Der Bauantrag war eine dünne Mappe mit Beschreibungen und Tabellen, die im hinteren Teil auch großformatige Pläne enthielt. Fuentes breitete den Grundriss auf dem Tischchen aus. »Van Danz hat immer wieder Anträge zur Erweiterung seiner Anlage gestellt, teilweise auch ohne Genehmigung gebaut.«

Dolf sah sich den Plan an. Der Nachtclub gruppierte sich um drei große Partyflächen herum. Wenige Dutzend Meter vom Club entfernt stand das Hotel. Aber zwischen den beiden Komplexen, zwischen Hotel und Club, bog sich ein Verbindungspavillon mit geschwungener Fassade.

»Ist nie genehmigt worden.« Fuentes wollte den Plan bereits wieder wegschieben.

Doch Dolf erinnerte sich an eine Stahltür im Keller des Hotels, über die er sich gewundert hatte. Offenbar stumpf an einer Außenwand ergab sie keinen Sinn. »Kann es sein, dass der Keller bereits errichtet ist?«

Fuentes verstand nicht. »Keine Ahnung.« Er faltete den Grundriss zusammen. »Jedenfalls muss ich los. Ich habe einen Termin bei der Bürgermeisterei vereinbart.«

»Dabei stör ich doch nur, oder? Spricht was dagegen, dass ich mir diesen Keller ansehe?« Dolf hatte keine Ahnung, was er dort zu finden hoffte. Aber dass er ihn untersuchen würde, stand außer Frage. Fuentes hatte keine Einwände.

Nach dem Abendessen – Dolf hatte sich auf dem Rückweg vom Eisenwarenladen ein paar *Bocadillos*, belegte Brotstangen, mitgebracht – schlich er sich an der Rezeption vorbei ins Untergeschoss vor die Stahltür, die ihm aufgefallen war.

Er hatte sich zwei Laubsägeblätter besorgt, ein grobes, tief gezacktes und ein feines, für Eisen, und beide unmittelbar hinter der Zahnung abgebrochen. Auf sein Fingerspitzengefühl für Metall konnte er als gelernter Werkzeugmacher sich verlassen. Zu seinen besten Zeiten hatte er ein einfaches Fahrradschloss innerhalb von dreißig Sekunden geknackt. Ohne Gewalteinwirkung, wohlgemerkt. Für ein Sicherheitsschloss, einen Schließzylinder mit sechs Steuerstiften, wie er ihn jetzt vor sich hatte, brauchte er länger. Allerdings nicht länger als eine Viertelstunde. Das gröbere der beiden Sägeblätter schob er mit den Zähnen aufwärts in den gezackten Schlüsselschlitz. Damit übte er auf den Schlosszylinder einen leichten Druck entgegen der Schließrichtung aus. Mit dem feineren, dünnen Laubsägeblatt stocherte er im Mechanismus an den Stahlspitzen der Steuerstifte so lange herum, bis sie einer nach dem anderen in der Stellung eingerückt waren, in der sie den Schließzylinder freigaben. Etwas Geduld war alles, was Dolf dafür benötigte.

Als das Schloss sich drehen ließ und die Verriegelung freigab, schob er seine beiden Sägeblattstücke in die Gesäßtasche und drückte die Klinke so langsam herab wie er konnte, um kein Geräusch zu machen. Ebenso bewegte er die schwere Stahltür so behutsam und kontrolliert wie möglich.

Er hatte Glück. Kein Quietschen verriet ihn, als er in die Dunkelheit trat und die Stahltür hinter sich zudrückte.

Die kleine Taschenlampe hatte er aus seinem Reisenecessaire herausgesucht. Sie war eigentlich für den Fall gedacht, dass in seiner Bude in Cartagena der Strom ausfiel und er sich in absoluter Dunkelheit aus dem Bad hangeln musste. Damit er sich in seiner Unordnung nicht verhedderte.

Der Lichtstrahl der winzigen Lampe drang nicht weit. Vor Dolf lag ein langer Flur. Das gegenüberliegende Ende war nicht zu sehen, weil die Grundmauern so gekrümmt waren wie die Fassade des Gebäudes, das sie hätten tragen sollen. An einem Schalter neben der Tür knipste Dolf das Licht an und packte seine Taschenlampe weg. Falls er auffiel und jemand ihn ertappte, wollte er wenigstens nicht aussehen wie ein Einbrecher.

Der Flur war eine einzige Enttäuschung. Er stand leer. Wände, Decke und Boden ragten noch immer fast im Rohbauzustand auf. Die Mauern waren zwar verputzt, aber niemals gestrichen worden. Seitlich mündeten unzählige Räume, alle ohne Türen, alle leer. In einem dieser Räume, etwa auf der Mitte des Flurs, fand Dolf die Schränke und Regale einer ausrangierten Einbauküche, achtlos in den Raum gestellt, jedoch offensichtlich genutzt, denn ein Mixer und eine Waage warteten angeschlossen und einsatzbereit. Was in der Ecke herumstand, hätte man für Baumaterialien halten können: ein Sack gelöschter Kalk, ein weiterer Zementsack mit der Aufschrift *Glasmühle Sulzbach-Rosenberg*. Der Staub, der die Oberflächen überzog wie Puderzucker, hätte Gipsstaub sein können.

Dolf sah sich die Geräte genauer an: eine Kitchen-Aid, ein altes amerikanisches Modell. Die Edelstahlrührschüssel war blitzblank, aber zerkratzt und blind von jahrelangem Gebrauch. In einer Schublade unter der Küchenwaage lagerten ein Klebebandspender und Mini-Gefrierbeutel. Als einzige Werkzeuge gab es Schöpfkellen, Servierlöffel und Spatel, auch winzige. Und ein Teppichmesser.

Dolf vermisste einen Abfalleimer. Abfälle hinterließen in der Regel die eindeutigsten Spuren der Aktivitäten in einem Raum. Aber es gab keinen Müll. Wer immer in dieser Küche Zutaten mischte, entsorgte seinen Abfall umsichtig.

»Was tun Sie da?«

Dolf fuhr hastig herum. Nadina Mbembe stand im Türdurchbruch, eine starke Taschenlampe in der linken Hand. Sie leuchtete Dolf ins Gesicht, schaltete dann die Lampe aus.

»Nadina! Wie schön!«

Sie sah ihn nur herausfordernd an.

»Wie schön Sie es hier haben! Ich hab ein bisschen herumgeschnüffelt. Alte Schwäche von mir, handwerkliches Interesse sozusagen. Das wird ein schöner Anbau, das sieht man bereits an den Fundamenten.«

»Haben Sie sich verlaufen, Herr Tschirner? Habe ich Ihnen nicht genug gezeigt?«

»Diesen Flur, diesen Keller ... dürfte es doch eigentlich gar nicht geben.«

»Dass man einen Bauantrag stellt, das ist typisch deutsch. Habe ich Gunter auch erklärt. Hier im Süden fängt man an, und wenn man fast fertig ist, dann erkundigt man sich beiläufig, wie das aussieht mit einer Baugenehmigung. Dann kommen die vom *Ayuntamiento* und schauen sich das an. Wenn es einigermaßen solide aussieht oder teuer oder schick, dann genehmigen die das auch.«

»Also hat Ihr Boss den Keller ohne Genehmigung erstellen lassen.«

»Das war mehr oder weniger meine Idee, wenn Sie es genau wissen wollen.«

»Warum geht der Bau nicht weiter?«

»Irgendwann hat Gunter es sich anders überlegt. Ist allerdings Jahre her. Kommen Sie!« Sie forderte ihn mit einer Handbewegung auf voranzugehen. Wenn Nadina die Sägeblätter in seiner Gesäßtasche bemerkte, so ließ sie es sich jedenfalls nicht anmerken. »Die Baustelle sollte immer abgeschlossen sein.«

Dolf zwängte sich durch die schwere Stahltür. »War sie aber nicht.«

Nadina verzog keine Miene. Sie schloss die Tür mit dem

Schlüssel ab. Drehte ihn zwei Mal. Einmal mehr als zuvor, registrierte Dolf.

»Dann muss ich mit dem Reinigungspersonal schimpfen.« Dabei zeigte ihre Miene keine Spur von schlechter Laune. Eher im Gegenteil.

14

Dolf lag auf dem Bett, Unterarme unter den Kopf geschlagen. Von draußen drang nur das grünliche, gedämpfte Licht der Gartenbeleuchtung herein.

Er hätte sich gerne eingeredet, dass er den Fall Revue passieren ließ oder Einzelheiten durchdachte, aber das traf nicht zu. Immer und immer wieder grübelte er einzig über die Situation, wie Nadina ihn in der improvisierten Kellerküche überrascht hatte. Nichts daran erschien ihm normal. Er hatte sich kaum ertappt gefühlt, und er war sich völlig im Klaren, dass das nicht an seiner Selbstsicherheit gelegen hatte, sondern an der Reaktion der Hotelchefin.

Sie musste die Sägeblätter in seiner Gesäßtasche gesehen haben, es ging gar nicht anders. In Dolfs übersteigerter Erinnerung glühten die beiden Metallstreifen hellrot und verbrannten ihm beinahe den Hintern. Wie er vor ihr her zur Stahltür humpelte. Wie sie kein Wort darüber verlor, dass sie ihn beim Herumschnüffeln erwischt hatte. Wie sie die ganze Zeit freundlich, mehr noch: fast zutraulich geblieben war. Irgendetwas stimmte hier ganz und gar nicht.

Es klopfte.

Dolf richtete sich auf. Einen Moment überlegte er, ob er sein Bein umschnallen sollte, verwarf jedoch den Gedanken, hopste zur Tür, öffnete sie einen Spalt.

Nadina stand draußen. In einem seidig glänzenden Cocktailkleidchen mit fadendünnen Trägern. »Ich hab frei. Sie schlafen noch nicht, hoffe ich? Kann ich reinkommen?«

Was sollte er sagen? Er schob die Tür vollends auf und

machte sich dünn an der Wand, an der er lehnte. Sie schob sich an ihm vorbei, ohne ihn zu berühren. Nur ihr Parfüm stieg in seine Nase. Irgendetwas Schweres, Blumiges. Sie hatte eine Flasche und zwei langstielige Gläser dabei. Stand unschlüssig mitten im Raum. »Ich hab *Cava* mitgebracht.«

»Das sehe ich.«

»Wollen Sie nicht die Tür zumachen?«

»Was soll das werden?«

»Kommen Sie schon, Tschirner. Sagen Sie nicht, dass ich Ihnen nicht gefalle. Das habe ich in Ihren Augen gelesen. Helfen Sie mir?« Sie hielt ihm die Sektflasche hin und stellte die beiden Gläser auf ein Tischchen.

Dolf hüpfte zum Bett, setzte sich darauf. Sein leeres Hosenbein flappte gegen sein gesundes Bein. Dass ihm ein Bein fehlte, konnte niemand übersehen, nicht einmal Nadina. »Eine Kriegsverletzung?«

»Danke auch. Ich bin nicht so alt, wie ich aussehe.« Er musste grinsen.

»Bei uns sind Kriege alltäglich. Nicht wie in Europa.«

Sein Grinsen war wie weggeblasen. Fast hätte er verdrängt, aus welchem Land, aus welchen Verhältnissen Nadina stammte. »Arbeitsunfall. Schon sehr lange her.«

»Merkt man kaum.« Sie schaute zu seiner Prothese im Zimmerwinkel hinüber, gerade lang genug, dass er es bemerkte, viel zu kurz, um es als Starren übel nehmen zu können. »Sie sind ein schöner Mann, Tschirner. Auch auf einem Bein.«

Dolf musste auflachen.

»Aber das haben Ihnen bestimmt schon viele Frauen gesagt, oder?«

So viele waren es nun auch wieder nicht, fand Dolf. Jedenfalls hatte er sich noch nicht daran gewöhnt. Er reichte Nadina die ungeöffnete Sektflasche zurück. »Nadina, ich weiß nicht, ich fühle mich sehr geschmeichelt, aber ich bin müde und …«

Sie stellte die Flasche zu den Gläsern, drehte sich herausfordernd zu ihm herum, setzte einen Fuß vor den anderen, hob die dazugehörige Hüfte und stemmte die entsprechende Hand mit abgespreiztem Ellbogen darauf.

Seinen anerkennenden Blick hielt sie aus, ohne Scham oder Befangenheit. »Müde? Das glaube ich Ihnen nicht. Wenn Sie mich jetzt fortschicken, müsste ich das persönlich nehmen. Wir sind beide keine Teenager mehr. Sie sehen aus, als wüssten Sie, was eine reife Frau zu bieten hat. Ich weiß, wie man einen Mann glücklich macht. Das war jahrelang mein Beruf. Oder stört Sie das?«

»Sie sind sehr offen. Das imponiert mir.«

»Wir tun nichts, was Sie nicht zulassen. Ich sowieso nicht.« Sie machte ein paar kleine, vorsichtige Schritte auf ihn zu. Nahm seine Hand und legte sie an ihre Hüfte.

Unter der Seide war ein dünner Elastikstreifen zu spüren. Es fühlte sich nicht unangenehm an. »Das geht aber nicht auf Spesen, Nadina.«

»Das erwarte ich auch nicht. Der Inspektor würde sich eher die Nägel abkauen, als so etwas auf einer Abrechnung zu unterschreiben.«

Dolf sah keinen Sinn darin, ihr auf die Nase zu binden, dass er auf eigene Kosten unterwegs war. Oder eher auf Kredit von Santes.

»Sie kennen ihn?«

»Ja.« Ihre Hand fuhr um sein Kinn, ihr Zeigefinger folgte der Kontur seiner Lippen.

Dolf schluckte. »Woher?«

»Den Typ Mensch, nicht die Person. Die sind doch alle gleich. Kommen Sie schon! Wollen Sie mir nicht aus dem Kleid helfen?« Sie wandte ihm herausfordernd den Rücken zu. Ein Reißverschluss zog sich von den Schulterblättern bis zum Po. »Bis ganz unten, bitte.«

Konnte sich ein Rücken in eine hohle Hand schmiegen?

Ihr Rücken konnte das. Ihre Taille ebenso. Das Kleid sank um ihre Pumps zu Boden. Über die Schulter lächelte sie ihn an. »Mache ich Ihnen etwa Angst?«

»Angst ist vielleicht nicht das richtige Wort.«

Sie betrachtete seine deutlich sichtbare Erregung. Lange genug, dass er ihren Blick wahrnahm. Sie schmunzelte, gurrte ihr kehliges Lachen. Drehte sich zu ihm herum und stand fast nackt vor ihm, Arme vor der Brust verschränkt. »Kommen Sie schon, Tschirner. Es gibt keine Hintergedanken. Ich möchte, dass Sie mich und mein Leben respektieren. Wenn ich dazu meinen Körper einsetzen muss, dann tue ich das. Sie sollen mich mögen und mich in guter Erinnerung behalten. Das ist alles.« Sanft drückte sie seine Schultern auf das Bett und schob sich halb über ihn.

»Ich würde Sie auch mögen, wenn wir … ohne das.«

»Lassen Sie uns sichergehen, Tschirner. Und halten Sie den Mund.« Sie küsste ihn. Ihre Zungenspitze suchte nach der Öffnung zwischen seinen Lippen, fand sie.

Sie hatte recht. Sie hatte reichlich Erfahrung.

Dolf war nicht oft bei Prostituierten gewesen und niemals ohne Skrupel. Aber er erkannte eine professionelle Herangehensweise, wenn er sie spürte. Das verstand er, und das flößte ihm Achtung ein: Handwerk, bei dem jeder Griff saß; Maßarbeit, die auf Anhieb passte; Verbindungen, die sich fügten.

Er gab sich Mühe, Nadinas Zärtlichkeiten ohne Hintergedanken zu genießen. Wirklich große Überwindung kostete es ihn nicht.

Später versuchte sie, auch etwas für sich zu tun, und setzte sich rittlings auf ihn. Sog ihn ein wie einen tiefen Lungenzug. Aber irgendwas funktionierte nicht, er schien ihr nicht zu genügen. Als er das begriff, war es rasch vorbei mit seiner Erregung.

Nadina richtete sich auf. »Sie müssen müde sein. Wir probieren das ein andermal. Ich lasse Sie, Adolfo.«

Wenn es einen Preis für Diskretion und Rücksicht gegeben hätte, hätte sie den auch noch abgeräumt.

15

»Es sieht phantastisch aus.« Fuentes war geräuschlos neben Dolf getreten. »Kein Wort zu viel haben Sie versprochen. Fangen wir an?« Er lud sich bereits Brot und Charcuterien auf einen kleinen Teller und verhandelte mit der Lateinamerikanerin am Frühstücksbuffet über gebratene Eier.

Die Ecuadorianerin oder Mexikanerin war äußerst hilfsbereit, auch wenn sie kurz zuvor abgelehnt hatte, die ungeöffnete Sektflasche unter Dolfs Arm als Geschenk anzunehmen. Er hatte sie irgendwo hinter das Buffet gestellt.

Dolf setzte sich an den einzigen gedeckten Tisch hinter seine leere Untertasse und eine einsame Weißbrotscheibe mit Butter und eingeschweißten Marmeladenschälchen. Fuentes kam dazu und stellte ein großes Glas Orangensaft neben seinem überladenen Teller ab.

Während sie frühstückten, berichtete Dolf, was er im Keller gefunden hatte, und verschwieg, dass und wie er ertappt worden war. Fuentes setzte ihn darüber ins Bild, was er auf der Behörde über strittige Grenzverläufe an van Danz' Finca erfahren hatte.

Danach ging der Inspektor vor die Tür, um eine zu rauchen. Dolf zog sein Handy heraus und strebte auf den Ausgang zu, als suchte er einen ruhigen Ort zum Telefonieren. Die Ecuadorianerin oder Mexikanerin war damit beschäftigt, die beiden Frühstücksgedecke abzuräumen.

Auf seinem Display sah Dolf einen verpassten Anruf von Santes. Er rief zurück. »Was gibt's denn?«

»Nichts eigentlich.« Santes hatte kein besonderes Anliegen, sie war nur interessiert zu hören, wie sie vorwärtskamen, wie er sich mit Fuentes vertrug, solche Sachen.

»Alles okay.« Er war brummig, nicht in Redelaune.

»Erzähl doch! Du klingst unzufrieden.«

Also schilderte Dolf kurz gefasst, was er bisher unternommen hatte und wie merkwürdig ihm das Verhalten der Hotelmanagerin vorkam. Wie sie sich einerseits höchst kooperativ zeigte, geradezu offenherzig, wie sie ihn praktisch mit der Nase auf die Tomatendosen in ihrem Kühlraum gestupst hatte. »Irgendwas stimmt da nicht.«

»Ist sie vielleicht attraktiv?« Santes achtete nur auf das, was sie zwischen den Zeilen heraushörte.

»Schon. Aber was hat das damit zu tun?«

»Klang nur so.« Sie kicherte und gluckste am Telefon. Dolf räusperte sich streng.

»Und mit Victor? Kommt ihr klar?«

»Geht gut. Langsam gewöhnen wir uns aneinander. Er hat so seine Launen.«

»Na, wer nicht! – Ich meld mich wieder.« Damit legte sie auf.

Dolf stand im Vorraum, halb im Treppenhaus, und fragte sich, was er eigentlich vorgehabt hatte. Bevor er in den roten Flur abbiegen konnte, hörte er wütende Stimmen aus dem Keller. Besonders Nadinas rauchige Vokale, die er noch schmeichelnd und lockend im Ohr hatte, klangen erbost. Dolf trat näher an den Abgang zum Untergeschoss.

»Die stand offen. Wie kann das sein?« Nadina zischte böse. Sicher herrschte sie jemanden vom Reinigungspersonal an.

»Unmöglich.« Eine Männerstimme. Dolf konnte sie nicht einordnen.

»Kannst du mir das erklären?«

»Mach mich nicht an wie einen Angestellten.«

»Sondern?«

Dolf konnte die Antwort nicht hören. Er trat noch einen Schritt näher.

»Wie möchtest du gerne angesprochen werden?« Das klang sehr hämisch.

Sie sprach mit Gamsreiter. Dolf konnte Hüfte und Beine des dünnen Geschäftsführers hinter Nadinas Rücken sehen. Der Rocker winkte ab.

»Also find dich damit ab, dass ich den Laden übernommen hab, oder lass es«, zischte Nadina. »Aber sorg dafür, dass dein Bereich ohne Probleme funktioniert. Sonst muss sich jemand anderes darum kümmern. Verstanden, Jüno?«

Er schien sie lange anzusehen, sagte aber nichts.

Dolf zog sich zurück. Nadina konnte ein ziemliches Biest sein, fand er. Nicht, dass ihn das überraschte. Aber es gab seiner Nacht mit ihr einen faden Beigeschmack.

Gamsreiter schlurfte die Treppe herauf und ging grußlos an Dolf vorbei zum Frühstücksbuffet. »*Traeme uno con leche*.«

Die Lateinamerikanerin machte sich an der Espressomaschine zu schaffen. Fuentes kam vom Rauchen zurück und stellte sich frech neben Gamsreiter ans Buffet. »Wer wird den Club jetzt führen, frag ich mich?«

Fuentes hatte entweder einen verdammt guten Riecher oder Informationen, die er nicht mit Dolf teilte. Dolf hatte keine Gelegenheit gehabt, ihm von der Szene im Untergeschoss zu erzählen. Und dennoch packte der Inspektor den Clubmanager exakt an der richtigen Stelle. »Sind Sie als Bevollmächtigter eingesetzt? Oder müssen Sie den Club schließen?«

»Eine Goldgrube wie diese? Sind Sie verrückt?« Gamsreiter nippte an seinem Milchkaffee.

»Also werden Sie Geschäftsführer?«

»Oder Nadina.« Gamsreiter klang bitter. »Fragen Sie die.«

Die Mexikanerin oder Ecuadorianerin tat, als hörte sie nicht zu.

»Wonach?«

Gamsreiter biss sich auf die Unterlippe. Seine Schneidezähne sahen nicht gut aus, uringelb mit ockerfarbenen Rändern. »Sie werden Nadina doch verhören, oder?«

»Kann uns Frau Loulouga Mbembe sagen, wer Gunter van Danz ermordet hat, denken Sie das?«

»Wenn sie überrascht tut, dann lügt sie jedenfalls.«

Fuentes gab Dolf mit der Stirn ein Zeichen. Sie gingen zum Empfangstresen. Der Inspektor hatte sie beide angekündigt. Nadina kam strahlend aus ihrem Büro hinter der Rezeption, begrüßte Dolf mit Küsschen und Umarmung und Fuentes mit einem herzlichen beidarmigen Händedruck. »Kommen Sie! Ihren Assistenten hab ich ja schon ein wenig kennengelernt.« Nadina schickte ein breites Lächeln in Dolfs Richtung. Der nickte freundlich und beiläufig. »Wollen wir uns in die Lobby setzen? Da sind wir ungestört. Ungefähr bis Ende April.« Sie lachte ihr kehliges Lachen. Fuentes wirkte angetan.

»Wo fangen wir an?«

Fuentes brachte sie zum Erzählen. Nadina hatte einige Jahre zuvor als Go-go-Girl angefangen, sie hatte im Käfig und an der Stange getanzt. Bald hatte Gunter ihre Geschäftstüchtigkeit erkannt und sie in immer ausgedehntere Bereiche seiner Unternehmungen einbezogen, sie übernahm die Verteilung der Mädchen und die Abrechnung, später die Führung des gesamten Personals.

Nadina erzählte schlicht und zugleich selbstbewusst. Mehrfach warf sie Dolf einvernehmliche Blicke zu. Es war nichts Anzügliches daran, aber doch eine Vertrautheit, die schließlich auch Fuentes auffiel. Nadina schilderte unbekümmert weiter, wie nicht zuletzt auf ihre Anregung der Nachtclub um Restaurant und Hotel erweitert worden war. Dass sie schon viele Jahre im Club arbeitete, als Chefin aber erst seit Neuestem. »Erst seit Günni tot ist.«

»Wie haben Sie davon erfahren?«

»Eine der Angestellten, Cari, hat mir davon erzählt. War das nicht sogar an dem Abend, als du eingecheckt hast, Adolfo?« Sie sandte einen vielsagenden Augenaufschlag in Dolfs Richtung.

»Auf keinen Fall!« Als ob Dolf sich verplappert hätte! Fuentes schien es zu glauben, denn er tötete ihn mit Blicken.

»Oder nein, Entschuldigung, *Señor Inspector*!« Nadina machte große, scheinheilig entsetzte Augen und grinste dabei über das ganze Gesicht. »Eins der Zimmermädchen wusste davon.«

Nadina hielt die Unterhaltung souverän am Laufen, war charmant und unbeschwert und völlig Herrin der Situation. Fuentes gefiel das kein bisschen, wenn Dolf seine Miene richtig interpretierte.

»Also gut, Frau Loulouga Mbembe ...« Der Inspektor setzte innerlich die Dienstmütze auf.

Auch Nadina richtete sich in ihrem Stuhl auf, strich sich das Shirt glatt und nahm eine offizielle Miene an.

»Wir haben Grund zu der Annahme, dass Sie in diesem Hotel gewerbsmäßig Zimmer an Bardamen und Prostituierte vermieten.«

»Das ist richtig.«

»Mehr haben Sie dazu nicht zu sagen?«

Nadina erklärte ihnen, dass jeden Sommer vierzig- bis sechzigtausend Gäste die Insel besuchten. Dass rund ein Viertel davon einen oder mehrere Abende im Club verbrachte. Dass viele der jungen Männer aus ihren Heimatländern mehr an Amüsement gewohnt waren, als Pools, Bars und Tanzflächen ihnen boten und der Club innerhalb der Stadtgrenzen legal anbieten durfte. »Die Behörden möchten Sexpartys im öffentlichen Raum nach Möglichkeit vermeiden. Deshalb dulden sie, dass wir während der Saison mehrere Zimmer und verschiedene Mädchen offerieren. Das geschieht möglichst diskret in einem separaten Flur der Hotelanlage.« Nadina ratterte den Text herunter, als hätte sie ihn schon Hunderte Male vor Kongressteilnehmern vorgetragen.

»Wie viele Mädchen?«

»Auf die Saison gerechnet vielleicht ein Dutzend. In manchen Jahren mehr.«

»Dieser … Geschäftsbereich untersteht ebenfalls Ihrer Leitung, und Sie führen darüber Buch?«

»Selbstverständlich.«

»Die Unterlagen können wir einsehen?«

»Aber, *Señor Inspector*, Sie wissen doch, dass Sie dafür eine Vollmacht der Steuerbehörden brauchen.«

»Hören Sie, es geht uns nicht um das Geld, das Sie hier verdienen, Frau Loulouga Mbembe.«

»Nennen Sie mich ruhig Nadina. Alle anderen tun das auch.« Kleines Lächeln in Dolfs Richtung. Der tat, als hätte er es nicht gesehen. Um es nicht erwidern zu müssen.

Fuentes behielt seinen offiziösen Ton bei. »Wo finden wir die Mädchen?«

»Danach dürfen Sie mich nicht fragen. Außerhalb der Saison sind die über die halbe Welt verstreut.«

»So wie Ihre … eure Kochbrigade?« Dolf hatte sich eingemischt. Fuentes zog die Augenbrauen hoch.

Nadina nickte. »Nur in anderen Gegenden. Rotterdam, Sankt Petersburg, Arabische Halbinsel.«

»Haben Sie Namen und Adressen?« Fuentes ließ den Beamten raushängen.

»Haben Sie eine Vollmacht der Steuerinspektion IV?«

»Das lassen Sie ruhig meine Sorge sein … Nadina.« Fuentes sprach den Namen wie eine Drohung aus. Eine leere Drohung. Denn mehr hatte er nicht auf der Pfanne.

Fuentes schäumte praktisch den gesamten Weg aus dem Hotelrestaurant ins Café an der Ecke und pfiff wie ein Kessel unter Überdruck. Dolf humpelte ihm hinterher. Vor der Glastür blieb der Inspektor stehen und dreht sich erbost um. »Warum können Sie ihren Schwanz eigentlich nicht in der Hose halten wie jeder andere Ermittler auch? Dazu noch gegenüber einer derart wichtigen Zeugin? Können Sie mir das sagen?«

»Nein.«

Fuentes sah ihn groß an.

Was konnte Dolf schon erwidern? Er zog die Achseln hoch, hob die offenen Handflächen, versuchte so genau wie möglich die typische Körperhaltung nachzuahmen, wenn ein Ehemann seiner betrogenen Frau einen Seitensprung beichtet. Er hatte das niemals gebraucht, er kannte die Haltung nur aus Fernsehserien. Vielleicht bekam er sie deshalb nicht richtig hin.

Aber für Fuentes schien es zu reichen. »Ach, verdammt noch mal. *¡Que lío!* Was für ein Schlamassel.« Damit stieß er die Tür auf, schlug Dolf schwer auf die Schulter und schob ihn ins Café. »Sie ist aber auch eine Naturgewalt.«

Sie setzten sich an den Tisch des Vortages, fast schon so etwas wie ihren Stammplatz. Die Bedienung kannte sie auch bereits. Fuentes bestellte für sie beide. Dann sah er herausfordernd zu Dolf herüber. »Also: Was haben Sie gesehen?«

Dolf hatte Ahnungen und Empfindungen, die sich widersprachen, das genaue Gegenteil einer nüchternen Sicht auf die Fakten. Vor allem Nadinas Verhalten schien ihm widersprüchlich und undurchsichtig, und so beschrieb er es auch.

Fuentes nickte.

Das Trockengebäck, *Polvorones*, das der Inspektor zusammen mit seinem Kaffee hatte kommen lassen, war nicht nach Dolfs Geschmack. Das Zeug war pulvrig, weich und so süß, dass es fast bitter schmeckte. Als er das Tellerchen mit seinem Keksen von sich schob, griff Fuentes danach. »Sie mögen nicht? Dann nehme ich.«

Warum war er nicht dick, schoss es Dolf durch den Kopf, so unablässig wie er aß?

»Schilddrüse.« Der Inspektor schien seine Gedanken lesen zu können. »Wahrscheinlich werde ich irgendwann an Diabetes erkranken. Aber nicht heute. Machen Sie weiter!« Fuentes wirkte fast gut gelaunt. Seine unerklärlichen Stimmungsschwankungen brachten Dolf aus der Fassung. Ließen die sich wirklich mit irgendwelchen überschießenden Hormonen erklären? Oder war der Inspektor einfach nur sprunghaft?

Dolf schluckte seinen Unmut hinunter und beschrieb seine Eindrücke, so nüchtern es ging: Van Danz schien ein Mensch gewesen zu sein, der seine Mitarbeiter motivieren und vielleicht auch manipulieren konnte, ohne dass sie es groß merkten. Irgendetwas schien besonders Gamsreiter näher mit ihm zu verbinden, am Ringfinger trug er die gleiche Tätowierung wie sein Chef, auch wenn Dolf keine Ahnung hatte, was sie bedeuten sollte.

Fuentes nickte und brummte skeptisch.

Gamsreiter und Nadina waren zwei potentielle Nachfolger, die van Danz ganz bewusst an ihre Position gesetzt hatte. In Dolfs Augen war es kein Wunder, dass sie sich jetzt um das Erbe stritten.

Fuentes nickte. Er hatte Puderzucker an der Wange wie von frischem Schneegestöber. »Weiter.«

»Nadina hat ein Motiv, Gunter umzubringen: um den Betrieb zu übernehmen.«

»Schwach. War sie auf dem Boot?«

Sie wussten beide, dass das kaum möglich war. Nadina war nach ihren Angaben die gesamte Zeit im Hotel gewesen. Als Zeugen hatte sie nur ihre Angestellten. Dennoch sollte man ihr glauben, fand Dolf.

Fuentes nickte.

Bei Gamsreiter sah es ähnlich aus. Seine Alibizeugen waren eine Putzkolonne und verschiedene Lieferanten für Getränke und Elektronik.

Gamsreiter hatte Zugriff auf die Yacht, von Nadina war das nicht bekannt. Ob einer von beiden die Mädchen mit der Yacht auf die Insel brachte? Das jü im Logbuch deutete auf Gamsreiter hin, war aber nicht mehr als ein Indiz.

»Menschenhandel?« Fuentes sah zweifelnd drein.

»Würde jedenfalls die Schlösser an den Kajüttüren erklären.«

16

Den Yachthafen kannten sie von ihren Wegen zum *El Acuario* und zum Polizeirevier. Die Liegeplätze lagen, von der Straße aus sichtbar, hinter einem übermannshohen Maschendrahtzaun. Das Clubgebäude war ein zweistöckiger Nutzbau, der unten die Räume der Verwaltung beherbergte und oben ein Restaurant mit großer Sonnenterrasse.

Fuentes hatte einen Termin beim Clubmanager gemacht. Dessen Büro lag im Erdgeschoss nach hinten auf eine enge, muffige Gasse mit eingelassenen Schienen hinaus. Der Besitzer des Büros war ein schmaler, gut geölter Verkäufertyp aus dem »ach so schönen Sevilla«, wie er in seinem ersten Satz zu erwähnen nicht versäumte. Die Liebe zu einem der wunderschönen Inselbewohner hatte ihn hierherverschlagen, schob er ungefragt hinterher. Sein bis zur Brust offenes Hemd zeigte an Kragen und Ärmeln Schweißränder, trotz *Aire accondicionado* auf höchster Stufe.

Van Danz schien ein beliebter Vorsitzender zu sein, jedenfalls machte der Mann aus Sevilla einen eifrigen Eindruck, zu jeder Auskunft bereit. Oder er hörte sich bloß gerne reden.

Dolf überließ Fuentes das Wort. Er kannte die Abläufe in einem Yachtclub von einem früheren Fall. Er hätte nicht jede der Fragen gestellt, die Fuentes interessierten. Aber wer war er, den Inspektor zu kritisieren?

Van Danz benutzte sein Boot oft spontan, eher kurz entschlossen, »wochenlang gar nicht, dann konnte es drei, vier kurze Törns *back to back* geben, mit Gästen, mit Damen, geskippert von Señor Gamsreiter oder Señor van Danz«.

Nicht von Señora Mbembe, notierte Dolf in Gedanken.

Der Club im Hafen von Eivissa war keiner der mondänen Clubs für anspruchvolle Superyachteigner und Partypeople, »mit *Port Hercules* in Monaco oder dem *Pasito Blanco* in Gran Canaria überhaupt nicht zu vergleichen«, wie der Manager in falscher Bescheidenheit unterstrich. Doch eine gewisse Gediegenheit strahlte das Clubheim schon aus. Und van Danz schien seine Position dort würdevoll ausgefüllt zu haben: Auf sämtlichen Vorstandsfotos der letzten fünfzehn Jahre war er abgebildet, mit Kapitänsjacke samt Goldknöpfen, in weißem Hemd mit Clubschlips. Und selbstredend mit seinem eingemeißelten Grinsen.

Dolf wusste, dass die Boote in der Regel von Helfern zur Ausfahrt hergerichtet und übergeben wurden. Sie hatten Glück. Der Clubchef selbst hatte das neun Tage zuvor eigenhändig erledigt.

»War Ihr zweiter Vorsitzender an jenem Abend irgendwie nervös, ängstlich, ahnte er irgendwas, erinnern Sie sich?«

»Gunter doch nicht! Der war vom alten Schlag. Der konnte noch richtig feiern. Der hat sich auf die Ausfahrt gefreut!« Van Danz war alleine hinausgeglitten in die Meerenge zwischen Ibiza und Formentera, erinnerte sich der Mann aus Sevilla. Aber er fügte sofort bereitwillig hinzu, dass der Skipper problemlos weiter draußen am Hafen Gäste oder Freunde hätte aufnehmen können. Oder eben drüben in Formentera. Was sogar wahrscheinlich war, weil van Danz, »das aber nur unter uns, meine Herren«, das Restaurant im Club nicht besonders schätzte.

Das derzeitige Lieblingslokal des Clubbesitzers, so erfuhren sie, lag am Hafen der Nachbarinsel. »Gut möglich, dass Gunter dorthin wollte.«

»Wie weit?«, wollte Dolf wissen. Er machte seine Sätze so knapp wie möglich, weil er hoffte, dadurch auch den Redefluss des Clubmanagers einzudämmen. Weit gefehlt.

»Aber das ist sie doch schon!« Der Mann aus Sevilla zeigte auf die Hügel, die jenseits der Hafenausfahrt lagen wie die gegenüberliegenden Berge eines Alpentals. Zur Nachbarinsel war es nur ein Katzensprung. Ihr Haupthafen *La Savina* lag anderthalb Stunden entfernt. Oder zwanzig Minuten mit einem Motorboot.

Es gab eine kleine öffentliche Fähre. Dolf wollte sich den Hafen von Formentera und van Danz' Lieblingslokal ansehen. Fuentes war es wichtiger, mit Sabadell und den Unterlagen auf dem Revier weiterzukommen.

Auf der Personenfähre reisten neben Dolf und einer Marktfrau mit leeren Körben nur zwei Mountainbike-Rentner in hautengen knatschbunten Sportklamotten.

Die Fahrt ging ein paar Meilen an der Küste entlang, an ockerfarbenen Pfannkuchenfelsen und blendend weißen Stränden vorbei. Formentera wirkte karger als Ibiza, weniger grün, ursprünglicher und kahler. Aber nur im Winter; im Frühjahr, Sommer, Herbst war die kleinere der Pityusen genauso populär wie die Hauptinsel, las Dolf in den ausliegenden Broschüren. Eher noch überlaufener, vermutete er, weil sie weniger Unterkünfte und Städte bot.

Das kleine Fährboot brachte Dolf in einer halben Stunde an den einzigen erwähnenswerten Anleger. Das Restaurant, das der Sevillaner erwähnt hatte, war schon vom Meer aus zu sehen. Es überragte die kurze Promenade, die am Hafenbecken verlief und dann rechtwinklig in die Stadt abbog. Das *El farol*, ein gelb getönter Betonbau mit einem Säulengang im Erdgeschoss, dahinter dunkel gefärbte Scheiben, wirkte eher nüchtern als gemütlich. Es war kein Ort, den sich ein Tourist ausgesucht hätte.

Dolf fand den Geschäftsführer sofort. Und fast genauso rasch erfuhr er zu seiner Enttäuschung, dass es hier nichts herauszufinden gab. Van Danz war am Montag, dem elften

November nicht in seinem Lieblingsrestaurant aufgetaucht. »Hätte ich doch gewusst, wenn mein Freund Gunter sich angekündigt hätte!«

Dolf dankte. Einen letzten Schuss ins Blaue probierte er. »Wenn an dem Abend mit Kreditkarte bezahlt worden wäre …?«

»Das hat Gunter immer.«

»Läge seine Abrechnung noch vor?«

Die Belege fanden sich mit einem Griff.

Tatsächlich hatten an dem Abend drei Leute im Clubrestaurant auf van Danz' Rechnung gespeist. Drei Aperitifs, drei Vorspeisen, drei Hauptgänge, vier Stella Artois, eine Flasche Wasser, eine Flasche Wein, zwei Schnäpse standen auf der Rechnung. Dazu ein Gin Tonic, diverse Knabbereien, eine Flasche Ching-Tang-Bier.

Der Geschäftsführer tat angemessen irritiert. Augenscheinlich hatte er sich vertan, gab er kleinlaut zu. Anhand der Abrechnung nannte er den Namen des Kellners, der van Danz an jenem Abend bedient hatte.

Der Kellner konnte sich an nichts erinnern. Einer von Dolfs roten Zehnern ließ ihn zumindest nachdenken. Er grübelte an der Rechnung herum. Van Danz kannte er nicht. Von den anderen beiden auch keinen. *Cerveza Stella Artois*. Er erinnerte sich, dass die Leute schwedisch oder dänisch gesprochen hätten. Jedenfalls kein Englisch. Der Kellner konnte das unterscheiden, er kam aus Tunesien, doch seine Freundin war Costa Ricanerin.

»Kannten die sich?«

»Die beiden alten Männer schon.«

»Der dritte Gast?«

»Ein Gin Tonic sagt: eine Frau. Aber da ist keine Erinnerung.«

»Hat die auch dänisch gesprochen?«

»Keine Ahnung. Die hat gar nicht gesprochen. Vielleicht weil sie die Sprache nicht konnte?«

»Könnte es Deutsch gewesen sein?«

»Gut möglich.«

»Sind die drei zusammen weggegangen?«

»Keine Ahnung. Einer hat bezahlt. Das war das Wichtigste. Wann die gegangen sind und wohin, hab ich nicht beachtet.«

Ein Deutscher also. Und eine sprachlose Frau. Dolf machte sich auf den Weg zum Fähranleger. Er konnte in den nächsten zehn Minuten fahren oder zwei Stunden warten. Die vielversprechenden Sehenswürdigkeiten der Insel mussten sich wohl oder übel bis zu seinem nächsten Besuch gedulden: *El Pilar de la Mola* mit seinem Leuchtturm über den Felsen am Strand, das *Cap de Barbaria*; sogar die Trümmer des prähistorischen Dolmens hätten Dolf interessiert. Er hatte auf der Herfahrt genügend Zeit gehabt, die ausgelegten Prospekte zu studieren.

Fuentes erwartete ihn am Hafen und brachte ihn ins Hotel. Er ging mit hinein, er wollte dieser Madame auf den Zahn fühlen. Er brauchte sie nicht lange zu suchen.

Nadina winkte die beiden Männer zu sich an die Rezeption. »Ich hab was für Sie.«

Sie verschwand kurz im Büro hinter dem Tresen, kam mit einem mehrseitigen Ausdruck zurück und hielt dem Inspektor die Papiere hin. »Wenn ich den Laden übernehme, dann mache ich das auf meine Art. Dies hier sind meine Mädchen.«

Fuentes ließ Dolf einen Blick auf die Liste werfen. Es war eine Tabelle mit mehreren Spalten: Nachname, Vorname, Geburtsdatum, Nationalität, Passnummer, Ausstellungsdatum. Und die Daten des Aufenthalts im roten Flur. Von … bis … – wie in einem gut geführten Hotel.

Dolf überflog die Angaben zu den Herkunftsländern. Kroatien, Polen, Rumänien. Ukraine, Bulgarien, Weißrussland.

Kongo, Nigeria, Ghana, Sierra Leone. Thailand, Taiwan, Kambodscha.

»Chronologisch geordnet.«

Es waren sicher an die sechzig Namen. Dolf schluckte.

»Sind das alle?« Fuentes wirkte nicht beeindruckt.

»Die letzten vier Jahre. Weiter zurück bräuchte ich mehr Zeit.«

Fuentes blätterte um. »Also sind das die letzten drei?« Er zeigte auf die Namen am Ende der Liste. Eine Chinesin, eine Nigerianerin, eine Usbekin.

»Die kamen Ende Juli aus Cartagena rüber.«

»Wie lief der Kontakt?«

»Ein Anruf von einem Handy, auf Deutsch, aber mit spanischer Nummer.« Sie notierte sie rasch auf einem Zettelblock, den sie aus einer der oberen Schubladen zog. Die Originalnummer, in einer anderen Handschrift, stand auf einem ganz ähnlichen Klebezettel, nur in anderer Farbe.

»Kamen die aus Deutschland?«

»Keine Ahnung. Meistens hat Günni mit denen gesprochen.«

»Und an diesen Terminen hat van Danz die Mädchen dann in Cartagena abgeholt?«

»Irgendwer. An den Tagen haben sie jedenfalls bei uns angefangen.«

»Wirkten die eingeschüchtert?«

»Ich weiß, worauf sie hinaus wollen. Aber dafür hatte ich keinerlei Anhaltspunkte. Nicht auf Zwang, nicht auf Druck, nicht auf Drogen. Alle meine Mädchen sind freiwillig hier.«

Fuentes sog skeptisch Luft durch die Zähne ein.

»Ich hab sogar eine Adresse. Muss irgendwo im Industriegebiet sein. Dahin hat Günni mal ein Taxi bestellt.« Nadina schrieb Straße und Hausnummer auf.

Dolf kannte die Adresse. Es war die Anschrift seiner ehemaligen Firma. Straße und Hausnummer von *Hielos Chirén*.

17

Die Handynummern zu überprüfen, die Aufenthaltsorte der Mädchen herauszubekommen und sie zu vernehmen, zumindest telefonisch, das war eine Menge Arbeit. Fuentes würde sie in Cartagena von seinen Leuten erledigen lassen. Sie würden herausfinden, welche der jungen Frauen zuletzt auf der Yacht waren. Genügend Haare und andere Spuren zum Abgleich hatten sie. Dolf konnte nur hoffen, dass er den Inspektor in einem seiner lichten Momente erwischen und über die Ergebnisse informiert würde. Hier auf der Insel blieb ihm jedenfalls nichts mehr zu tun.

Bis auf eines. Dolf hatte das Wimmern aus dem letzten roten Zimmer noch im Ohr. Dem würde er nachgehen, bevor er das Hotel verließ.

Es klopfte.

Dolf ging zur Tür. Nadina stand davor. »Kann ich reinkommen?«

»Sicher.« Er ging zur Seite, ließ sie vorbei, blieb aber in der Nähe des Türrahmens stehen. »Es ist schon spät. Wir müssen sehr früh am Flughafen sein.«

»Dein Kollege ist ein strenger Mann.«

»Aber gerecht, soweit ich das beurteilen kann.« Eine Pause. »Was kann ich für dich tun, Nadina?«

Sie antwortete nicht. Sah sich um. Überall lagen seine Sachen herum, bereitgelegt, um in die Reisetasche gepackt zu werden.

»Wirst du wieder einmal herkommen?«

»Dann komme ich dich auf jeden Fall besuchen.«

»Das zwischen uns, das war nicht nur geschäftlich, oder?«
»Geschäftlich oder nicht, es war sehr schön.«
Sie wartete auf eine bessere Antwort und seufzte unbestimmt.
»Auf der Yacht gab es Spuren von sehr vielen Mädchen.«
»Gunter hat oft welche mitgenommen. Für Gesellschaften, für Geschäftsfreunde, manchmal auch für sich. Partys feiern war Teil seines Lebens.«
Dolf nickte nur. Wahrscheinlich war ihm seine Geringschätzung für van Danz und dessen Ballermann-Gehabe anzusehen.
»Hättest du es gewusst, wenn eins deiner Mädchen mit dem Chef ein paar Tage auf der Yacht verbringt?«
»Selbstverständlich.«
»War denn vor zwei Wochen noch eine da?«
»Nur Feli. Sie ist die ganze Zeit hier.«
»Die Mädchen arbeiten europaweit. Könnten sie nicht innerhalb von wenigen Stunden überall sein?«
»Theoretisch schon«, gab Nadina gedehnt zu. »Und dann bräuchte ich nichts davon zu wissen.«
»So einfach ist das für dich?«
»Sie sind alle freiwillig hier. Das ist entscheidend.«
Dolf machte ein skeptisches Gesicht. »Und die nachträglich angebrachten Schlösser auf der Yacht? Klingt nicht sehr freiwillig.«
»Ich wünschte, du würdest mir glauben, Adolfo.«
»Ist nicht ganz leicht.« Er sagte es achselzuckend, nicht böse. »Pass auf dich auf, Nadina.«
»Ich versuche, das Geschäft auf meine Weise zu führen, ohne krumme Dinger, ohne …« Sie ließ sich von seinem Abwinken aus dem Konzept bringen.
Er wandte sich seinen Sachen zu, schob einen Stapel Poloshirts zurecht. Nadina schlich geräuschlos hinaus.

Sie saß an der Rezeption, als Dolf zur Abendessenszeit hinunter kam. Mit einem teuer aussehenden Füller schrieb sie in ein Notizbuch mit schwarzem Ledereinband und klappte es beiläufig zu, als Dolf näher trat; wahrscheinlich war es so eine Art Tagebuch. Nadina lächelte freundlich, als wäre nichts vorgefallen zwischen ihnen. Dolf baute sich herausfordernd vor ihr auf. Jetzt doch verwundert, kräuselte sie die Augenbrauen. »Noch was?«

»Ich werde jetzt in das letzte Zimmer im roten Flur gehen. Wirst du mich daran hindern?«

»Was ist mit Feli? Hat sie wieder geschrien? Ich dachte, Jüno kümmert sich.« Nadina war schon aufgesprungen.

»Ich möchte mir das ansehen.« Ohne weiter auf Nadina zu achten, bog er in den dunkelroten Flur ab, ging zur letzten Tür am Ende des Ganges, klopfte, lauschte, hörte aber nichts.

Er probierte die Klinke aus. Die Tür war unverschlossen.

Dolf klopfte noch einmal. Dann drückte er die Tür auf.

Das Zimmer war nicht groß, auf den ersten Blick ähnlich geschnitten wie das erste Zimmer, das Dolf gesehen hatte. Ein fast quadratischer Raum, dessen hohe Decke sich im Schummerlicht verlor, mit einer Bettlandschaft im Zentrum. Über dem Kopfende schwebte, abgehängt an dünnen Drähten, ein schräger Spiegel wie ein Baldachin. Die Wände schimmerten in einem dunklen Rotweinton, mit glänzenden Effekten, die den Raum wie eine feuchte Körperhöhle wirken ließen. Mitten im Zimmer, wo das gedämpfte, konturlose Licht am wenigsten duster schien, lagerten in Schichten die Spuren und Reste der Bewohnerin um das zerwühlte Bett: Nudelboxen, Coladosen, Pizzakartons, mehrere überquellende Aschenbecher.

Das Bett selbst war ein ovales Plüschsamtpodest und bot Platz für mehr als zwei Personen. Glänzende Bettwäsche in mehreren Schattierungen von Himbeer- bis Burgunderrot war zerwühlt und verrutscht.

Die Bewohnerin des Bettes lag zur Seite gedreht. Sie war ein zartes, zerbrechliches Ding, im Alter schwer zu schätzen, aus Haut, Knochen und gerade genug Fleisch, dass ihre schwarzrote Spitzenunterwäsche nicht kränklich aussah. Wahrscheinlich war ihr Körper einmal attraktiv gewesen, doch jetzt wirkten seine Konturen sehnig und ausgetrocknet wie an einem dieser anorektischen Models. Die Männer, die so was mochten, hatte Dolf noch nie verstanden.

Die junge Frau regte sich und stemmte sich auf die Ellbogen. Wirres blondiertes Haar hing ihr ins Gesicht und stand am Hinterkopf ab. Ihr Mund war zu einer erdbeerfarbenen Wunde geschminkt, Kajal trug sie fingerbreit um die Augen. Trotz allem musste sie einmal sehr hübsch gewesen sein. Als sie noch genug Gewicht gehabt hatte, um sich elegant zu bewegen. Jetzt zitterte sie nur. »Was wollen Sie? Lassen Sie mich in Ruhe!«

»Feli?«

»Na und?«

»Ich hab Sie wimmern hören.«

»Gehen Sie weg!«

Die übrige Einrichtung des Zimmers, eine Art Kommode oder Schminktisch, ein kleiner Schrank, ein Telefontischchen, war übersät mit Kleidungsstücken, noch mehr Unterwäsche, leeren Gläsern, Zigarettenschachteln.

Irgendetwas fehlte. Es gab keine Drogenutensilien. Keine Löffel oder Spritzen, Glasröhrchen oder Handspiegel. Nichts dergleichen.

»Ich möchte wissen, was mit Ihnen los ist. Sagen Sie mir, wie ich helfen kann, und ich bin weg.«

»Mir geht's gut. Ich brauch nur viel Ruhe.«

Und dann sah er, was ihr fehlte. Er erkannte es an den Handtüchern.

Handtücher lagen überall herum, manche griffbereit, andere achtlos weggeworfen. Auf den Armlehnen des Bettpodestes, auf dem Nachtisch, in Reichweite an der Schminkkommode und hinter dem Bett.

Weil man auf Crack ekligen kalten Schweiß ausdünstete. Weil man immer ein Tuch zur Hand haben musste, um dieses verräterische Sekret abzuwischen. Von der Stirn, vom Hals, aber vor allem von den Handflächen. Weil der kalte Schweiß auf der Haut juckte wie Glasstaub, ätzte wie Säure.

Dolf hatte es nicht selbst erlebt, doch er hatte es sich eindringlich schildern lassen. Solche Haufen von Handtüchern hatte er zuletzt bei seinem eigenen Sohn gesehen …

18

[2002]

Es war Weihnachten 2002. Dolf klingelte am Haus, das einmal Santes und Edu hätte gehören sollen. Es lag in einem Neubaugebiet am Rand von *Canteras*, einem Vorort. Vorwiegend junge Leute hatten sich dort mit Krediten der Bank oder Hilfen ihrer Eltern und Großeltern eingekauft. Pastell getünchte Bungalows und Garagen reihten sich aneinander, mit winzigen betonierten Vor- und Hintergärten, die gerade groß genug waren, um eine Hollywoodschaukel oder ein aufblasbares Planschbecken aufzustellen, einen Grill anzuheizen oder einen Biertisch aufzuklappen.

Der Vorgarten vor dem Haus von Santes und Edu lag verwaist. Dolf wusste, dass Edu dort wohnte und zu Hause war, sie waren verabredet. Die Schwedin hatte ihn hochkant rausgeworfen und alle Schlösser austauschen lassen.

Dolf klingelte noch einmal. Wartete. Schließlich donnerte er gegen die Tür.

Eduardo kam verschlafen heraus. »Was' denn los?«

Es war nachmittags, Zeit für die Siesta. Noch machte Dolf sich keine Gedanken. »*Feliz Navidad!* Kann ich reinkommen?«

»Gerade nicht so gut. Nicht aufgeräumt. Wollen wir irgendwo was essen gehen?«

»Gut. Und ich warte solange hier draußen?«

»Wenn es dir nichts ausmacht …«

»Also, hör mal!«

Edu zögerte. Halb gab er nach, halb drängte sich Dolf an seinem Sohn vorbei. Der hatte abgenommen, er wirkte hinfällig.

Drinnen begriff Dolf, warum Edu ihn nicht hereinlassen wollte. Das Haus stand völlig leer. Eduardo hauste zwischen beigen, apricotfarbenen und lindgrünen Wänden, die kein bisschen Freundlichkeit mehr ausstrahlten. Helle Flecken zeigten an, wo Santes' Drucke gehangen hatten.

Jetzt gaben die bunten, öden Wände den Hintergrund ab für Edus kärgliches Chaos. Seine Möbel bestanden aus einer auf dem Boden liegende Matratze und ein paar Apfelsinenkisten. Und Handtüchern, in allen Größen und Farben. Überall griffbereit. Flauschig gewaschen oder ausgebleicht und fadenscheinig. Handtücher ohne Ende.

»Wo sind die Möbel hin?«

»Die braucht kein Mensch.«

»Du hast sie verkauft?«

Edu nickte nur, winkte ab.

»Und wo ist Santes' Anteil geblieben? Hat sie einen *Centavo* davon gesehen?«

»Ich bin keinem was schuldig.«

»Das sehen die von der Bank aber ganz anders.«

»Es sind auch Santes' Schulden!«

»Santes versucht wenigstens, sie abzustottern. Sie wohnt in der Stadt, damit das Haus verkauft werden kann. Was hast du hier verloren?«

»Momentane Schwächephase. Steuerprüfung. Das Verfahren läuft noch. Zurzeit mach ich keine Geschäfte.«

»Mir musst du nichts erzählen, ich weiß, wie ein Bankrott aussieht. Du musst hier raus.« In der leergeräumten Küche fehlte nicht nur der Kühlschrank, sondern jegliches Mobiliar. Kabel und Anschlüsse ragten aus den kahlen Wänden.

»Und wohin? Soll ich vielleicht bei dir wohnen? Im schönen Benidorm?«

»Du musst hier weg, Eduardo. Du brauchst Hilfe.«

»Unsinn. Sobald im Frühjahr die Geschäfte wieder anziehen…«

Dolf kam nicht an seinen Sohn heran. Aber irgendwas musste er tun. Irgendwie musste sich dieser Absturz doch aufhalten lassen!

Der Müll, die Utensilien und Überreste in Edus Chaos zeigten an, wie er seine Tage verbrachte. Apfelsinenkisten dienten als Anrichte, auf der Eduardo die Pfeife herrichtete, bevor er den Glaskolben anzündete. Als Tisch, auf dem Eduardo sich seine kargen, zuckerhaltigen Mahlzeiten zusammenrührte. Als Kommode, auf der die unzähligen Handtücher lagen und so ziemlich den einzigen Komfort darstellten, den Edu noch hatte.

»Du musst aufhören mit dem Dreckszeug.«

»Ja, ich weiß.«

»Ich muss über den Jahreswechsel arbeiten. Am Tag nach *Reyes* bin ich wieder da. Wirst du so lange ohne das Zeug auskommen?«

»Selbstverständlich, jederzeit. Das verspreche ich dir.«

Misstrauen war gut. Kontrolle war besser. Noch besser, Dolf schob der Sache einen Riegel vor. »Wo find ich den Typen, der dir diesen Scheiß verkauft?«

»Benito geht dich nichts an!«

Trotzdem holte er sich Eduardos Handy. Es war eines dieser abgerundeten Dinger, bei denen man seitlich oben eine Antenne herausziehen konnte. Dolf probierte ein paar Tasten, kam zuerst nicht zurecht, schaffte es dann doch. Benito stand im Verzeichnis unter »Benito«.

Dolf rief ihn an, um mit ihm einen Treffpunkt auszumachen. Seinen Sohn schloss er solange im Badezimmer ein. Dort würde er vorerst bleiben müssen. Sein Handy nahm Dolf jedenfalls mit.

Es war ein trüber Nachmittag, Heiligabend, der in Spanien kein besonderer Abend war. Einfach nur der Vorabend der Feiertage. Es gab keine Fischer, keine Händler, keinen Betrieb. Der Fischmarkt schlief bis zur Woche nach Weihnachten.

Der Fischereihafen war eine Gegend von Lagerschuppen, Gleisen und Kopfsteinpflaster. Brackwasser schwappte im Hintergrund, zwischen den Schuppen war es zu sehen, zu hören und zu riechen. Ein Geruch nach altem Fisch und frischem Urin dunstete aus den Furchen der Eisenbahnschienen. Knäuel gebrauchter Fischernetze, noch mit Schwimmkörpern dran, lagerten an einem Zaun. Ihr Styropor war orange lackiert und weiß angestoßen.

Benito hatte den Treffpunkt vorgeschlagen. Dolf war es recht. Er hätte sich an jedem Ort der Stadt mit dem Dealer getroffen. Aber dieser unbelebte Ort war für sein Vorhaben ideal.

Benito fuhr mit einem aufgemotzten Mustang vor, himmelblaumetallic mit extragroßen Auspuffrohren. Dem Sound nach war es ein Achtzylinder, der Motor kam sputternd zum Stehen. Benito stieg aus, sah sich lässig um. Dolf machte ihm ein Zeichen. Der Dealer blieb in der Nähe seines Wagens, Dolf schlenderte zu ihm hinüber.

»Du bist Benito? Wir haben telefoniert.«

»Und wie heißt du?«

»Mein Name tut nichts zur Sache. Ich will, dass du aufhörst, Eduardo zu beliefern.«

»Er kommt und bettelt mich an.«

»Muss ich dich anzeigen?«

»Tu, was du für richtig hältst, fetter alter Mann ohne Namen. Aber sag mir nicht, was ich tun oder lassen soll.«

Dolf schätzte Benito ab. Gutgeschnittenes Gesicht. Lederhose, Jeansjacke, halbhohe Stiefel, strähnige Haare, die ihm ins Gesicht und in den Nacken fielen, dabei aber keinen ungepflegten Eindruck machten. Ein gutaussehender Typ, der das auch wusste. Er war vierzig Jahre jünger als Dolf, er war durchtrainiert oder wenigstens sehnig, vielleicht siebzig Kilo schwer. Wenn er eine Waffe dabeihatte, musste es eine sehr kleine sein, denn Dolf fiel keine Ausbuchtung an Benitos hautenger Hose oder seiner Jacke auf.

Falls Dolf sich hätte Sorgen machen wollen, dann wäre jetzt der richtige Zeitpunkt gewesen. Aber er hatte zu viel Wut im Bauch, um daran einen Gedanken zu verlieren. Und er hatte den höheren Schub. Hundertzehn Kilo gegen siebzig Kilo, durchtrainiert oder nicht, Dolf walzte den Jungen einfach platt. Sein erster Schlag traf den Dealer nicht richtig, nur an der Schläfe, warf ihn aber gegen die Fahrertür. Benito jaulte auf. Ob wegen des Schmerzes oder wegen der Lackierung, war Dolf egal. Er legte mit einem heftigen Stüber vor die Augen nach. Benito hob schützend die Arme vors Gesicht, wich zurück. Seitlich um den Wagen herum.

So leicht wollte Dolf ihn nicht davonkommen lassen. Er griff den Dealer an der Schulter und drehte ihn zu sich. Sein dritter Schlag mit der flachen Hand drückte dem Jungen die Nase gebrochen ins Gesicht. Der blutete sofort wie ein Schwein.

Tat er Dolf leid? Nicht besonders. Aber viel wichtiger war, dass er aufhörte, Eduardo zu beliefern.

Benito rutschte an der hohen Kante des Kofferraumdeckels herab. Die Nieten am Rücken seiner Jacke machten ein hässliches Geräusch im wasserblauen Lack. Schließlich saß er auf seinem Hintern, Hände vor der blutigen Nase. Rote Brühe tropfte ihm in den Schoß.

»Wird das reichen?«

»Willste mich totschlagen oder was?«

»Wirst du aufhören, meinen Sohn zu beliefern, ja oder nein?«

»Denkste, das is so einfach? Dass er sich das Zeug nicht direkt von einem anderen besorgt?« Benito sog den roten Schnodder durch die Nase hoch. Keine gute Idee, er verzog wehleidig das Gesicht. Spuckte stattdessen verächtlich aus. »Wie naiv bist du eigentlich, Fettsack?«

Dolf hatte schon wieder den Arm gehoben, ausgeholt. Aber Benito fing an zu wimmern.

Dolf ließ die Hände sinken. »Merk's dir! Komm mir nicht noch mal unter die Augen.« Er wandte sich ab und zog sich die Jacke enger um den Nacken.

»Das wirst du bereuen, Fettsack!«

Bis sein Zug fuhr, hatte Dolf noch Zeit. Also kaufte er ein, um ein paar Vorräte zu hinterlassen. Toastbrot, Cornflakes, Aprikosen in Dosen, Orangensaft. Alles haltbare Sachen, damit der Junge sich etwas herrichten konnte in den Tagen zwischen den Jahren. Das dachte Dolf jedenfalls, als er aus dem Taxi stieg.

Im Wohnraum sah er, dass Edu die Badezimmertür eingedrückt und sich befreit hatte. Aber das Haus zu verlassen hatte er nicht gewagt, er wartete ängstlich auf die Reaktion seines Vaters. Dolf überlegte. Das Telefon war seit Monaten stillgelegt. Er gab seinem Sohn das Handy zurück. Auch wenn er ahnte, dass er damit möglicherweise einen Fehler machte.

19

[2013]

Der Winter 2013 sollte trocken und klar sein. Am frühen Morgen auf der breiten Vorfahrt vor dem Nachtclub kam er Dolf eher feucht und dumpf vor. Sabadell brachte sie zum Flughafen. Er betonte noch einmal seine Bereitschaft, bei weitergehenden Untersuchungen zu helfen und Nachforschungen anzustellen. Sie würden sicherlich in Verbindung bleiben, hoffte er.

Am Flughafen wuchteten sie ihr Gepäck aus dem Wagen und verabschiedeten sich. Fuentes' Koffer wog eine Tonne.

Der Rückflug ging rasch vorüber. Sonnig über Ibiza, diesig in San Javier. Als sie ihr Gepäck wiederhatten, klärte sich das Geheimnis um Fuentes' Koffer. Er hatte fünf große Gläser Honig dabei und prüfte, ob sie unversehrt waren. »Finden Sie nirgendwo sonst in Spanien, dick und weiß von Thymian und wildem Majoran.«

Dolf fragte, ob er ihm die Tomatendose aus dem Kühlraum im *El Acuario* zur Analyse mitgeben konnte, aber Fuentes wollte sich nicht lächerlich machen und lehnte unwirsch ab. Später an diesem Abend, als Dolf in seiner Kochecke ganz unzeremoniell den Dosenöffner ansetzte, war er dankbar dafür: Die Konserve enthielt nichts außer Tomatenmatsch. Dolf musste sich vertan haben.

Für die Rückfahrt nach Cartagena hatte Fuentes einen Wagen kommen lassen. Der Fahrer war ein geschwätziger Typ von Streifenpolizist, der alles und jedes kommentieren musste. Dass das Getriebe des Dienst-Seats hakelte. Dass der Motor Öl verbrannte. Dass er runterfuhr von der Autobahn wegen eines Staus. Dass sie auf der Landstraße auch nicht viel länger brauchen würden. Dass die Bordsteinschwalbe viel in Bewegung sei, obwohl sie doch stets an derselben Stelle fläze, ging sein abschätziger Witz.

Dolf blickte hinaus. Am Rand der Landstraße, auf einem billigen Plastikstuhl, halb im Schatten einer struppigen Pinie saß eine hübsche junge Frau in Hotpants, die schlanken Beine auf einen zweiten Plastikstuhl gestreckt. Reglos, ohne Blickkontakt zur Landstraße, aber weithin sichtbar.

»Auf der Autobahn dürfen die das nicht.« Sie fuhren vorbei. Währenddessen überlegte Dolf, ob er sie oder eine ihrer Kolleginnen nicht einmal aushorchen sollte. Unter Handwerkern desselben Gewerbes, zumal unter Gesellen auf der Walz, tauschte man sich aus über Arbeitgeber, Unterkünfte, Erfahrungen in verschiedenen Betrieben und an verschiedenen Orten. Warum sollte es bei den Huren anders sein?

Dolf ließ sich vor seiner Bude absetzen. Sie verabschiedeten sich für das Wochenende. Am Montag, so hoffte Fuentes, könnten sie schon erste Ergebnisse haben, vielleicht sogar Kontakt zu den letzten drei Frauen auf der Liste, einer Usbekin, einer Nigerianerin, einer Taiwan-Chinesin.

Am Samstagmorgen kickte Dolf seine eingerostete Vespa an, brachte den spuckenden Motor auf Touren, kletterte ächzend hinauf und bretterte die Landstraße nach La Manga hinaus, die sie zwei Tage zuvor gekommen waren.

Die junge Frau saß bereits in der frühen Sonne. Dolf bockte den Motorroller auf. »*¿Señorita? ¡Muy buenos dias!*« Er wollte besonders höflich und freundlich klingen.

Sie regte keines ihrer schlanken Glieder, sondern deutete nur spöttisch mit dem Kinn auf den schmalen Roller. »Das wird aber ungemütlich, das sag ich dir gleich.«

»Kein Problem.« Er ging auf sie zu, ließ sich neben ihrem Stuhl auf sein gesundes Knie nieder, so dass ihre Gesichter auf gleicher Höhe waren. »Nur eine Frage: …«

»Fragen kostet extra.«

»Gut. Was ist die günstigste Einheit?«

Ein schwerer Sattelschlepper rauschte auf der Landstraße vorbei und ließ ein gellendes Nebelhorn tuten, feuerte Dolf sozusagen rhythmisch an.

»Bist du ein Sparfuchs, oder was?« Grüßend hob sie den Arm um Dolf herum zu einer obszönen Geste, einem Händeschütteln mit halb offener Faust, als der Sattelschlepper sich lautstark hupend wieder entfernte.

»Nur für ein Viertelstündchen.«

»Ein Zwanziger für einen Handjob, Schätzchen. Vorkasse.«

»Okay.« Dolf nestelte einen Schein aus seiner Geldbörse und reichte ihn hinüber. Blitzschnell verschwand er in ihrem Ausschnitt. »Jetzt gehöre ich dir. Für dreizehn Minuten. Ich bin Doreen.« Schon wieder hupte ein Schwerlasttransporter vorbei, diesmal in der Gegenrichtung.

»Können wir woanders hingehen, Doreen?«

»Nicht für die kurze Zeit. Ich muss akquirieren.«

»Okay.« Er richtete sich ächzend auf und griff nach dem zweiten Plastikstuhl. »Darf ich?«

Seufzend hob sie ihre Beine. Dolf stellte die Stühle seitlich versetzt auf, wie für ein Gespräch.

»Macht mir die Kundschaft verrückt, Mann.« Aber sie wandte ihm den Kopf zu, als lausche sie interessiert. »Also?«

»Einmal vom *Acuario* auf Ibiza gehört? Oder kennen Sie jemand, die dort gearbeitet hat? Eine Kollegin?«

»Nein. Ist das ein Club?« Doreen hob müde die Achseln.

»Habt ihr keine Gewerkschaft oder so? Irgendeinen Austausch? Helft ihr euch nicht gegenseitig?«

Doreen schüttelte skeptisch den Kopf. »Sie sind ein Romantiker, was?«

»Unter den Lastwagenfahrern, da herrschen raue Sitten, stell ich mir vor. Da kann man Hilfe gebrauchen, oder?«

»Sind auch Kavaliere dabei.«

»Treue Familienväter.« Er versuchte, nicht allzu sarkastisch zu klingen.

Sie hatte kein Ohr dafür. »Das sind die Nettesten. Aber selten, so ein Leben hält keine Frau lange aus …«

»Ihre Kolleginnen sind nicht alle aus Spanien, oder?«

»Kaffee geht nicht, Caramel auch nicht. Nur Sahne.«

»Also keine Frauen mit Migrationshintergrund?«

»Südamerikanerinnen höchstens. Die müssen reden können, sonst machen sie's nicht lange auf der Straße.«

»Wie ist es in den Nachtclubs?«

»Auf dem Land sind die völlig vom Wirt abhängig. Ohne eigenen Wagen vegetieren die vor sich hin, ganz schlimm.«

»Touristen – sind das angenehme Kunden?«

»Die übelsten.«

»Aha. Wieso?«

»Deine Zeit ist um, Schätzchen.« Sie brauchte dafür noch nicht einmal auf die Uhr zu sehen. Dolf kontrollierte an seinem Handgelenk; sie lag falsch, aber was sollte er machen? Er musste den Mund verzogen haben, ohne es zu merken.

»Hab dich nicht so. Es ist Nebensaison. Im Sommer heb ich dafür noch nicht mal die Füße. Außerdem hab ich einen Sohn auf der Kollegstufe.«

»Elternsprechtag stell ich mir spaßig vor.« Das war ihm nur so rausgerutscht.

Sie lachte mit ihm. »Na, die Professoren kommen doch auch hier vorbei. Hier ist jeden Tag Elternsprechtag.«

Dolf schmunzelte in sich hinein. »Okay, Doreen. Danke für Ihre Zeit. Wenn ich noch Fragen habe …«

»Gehen Sie woanders hin, Señor. Tun Sie mir den Gefallen. Reden ist schlecht fürs Geschäft.«

»Alles Gute.«

»Ihnen auch. Wie hieß der Club noch mal?«
»*El Acuario*, auf Ibiza.«
»Sprechen Sie mit meiner Mutter, wenn Sie wollen.«
»Die weiß, wie Sie hier ihr Geld verdienen?«
»Muss sie wohl. Sie hat es mir schließlich beigebracht.«

20

Doreens Mutter, die ebenso wenig bei ihrem richtigen Namen genannt werden wollte, lebte in einem stationär gewordenen Wohnmobil mit mehreren bepflanzten Terrassen auf dem trockenen Terrain eines ehemaligen Olivenhains. Von den Bäumen waren nur noch Stümpfe und Sträucher übrig, aber mit ein wenig Phantasie konnte man sich vorstellen, dass der Hang an klaren Tagen vielleicht Meerblick hatte. Doreens Mutter war so patent wie ihre Tochter, »zu alt für die Straße, zu jung zum Sterben«.

Sie mochte Mitte fünfzig sein, und man sah ihr sowohl ihre frühere Attraktivität als auch ihr raues Leben an. Sie wohnte mit einem ehemaligen Lastwagenfahrer zusammen, einem drahtigen unrasierten Männchen mit Kippe im Mundwinkel, der eine Zigarette an der anderen anmachte.

Doreens Mutter hatte nichts gegen ein kleines Gastgeschenk im Wert eines Handjobs einzuwenden. Aber vielleicht hätte sie auch so frei von der Leber weg erzählt.

Sie war dreißig Jahre zuvor, Ende der Achtziger, ein paar Sommer lang auf Ibiza gewesen, wahrscheinlich auch im Club, der damals noch *Nautilus* hieß.

Sie hatte Günni van Danz gekannt, es tat ihr leid, dass er umgebracht worden war. Er war immer fair gewesen zu den Mädchen im Club, da gab es weitaus schlimmere Typen in der Branche. Schon damals, lange vor Nadinas Zeit, waren nur wenige der Animiermädchen legal auf der Insel und wurden oft entsprechend schlecht behandelt.

»Wie kamen die Frauen nach Ibiza? Wissen Sie das?«

»Die meisten Kolleginnen wurden auf kleinen Motoryachten geschmuggelt. Kontrollierte im Sommer kein Mensch. Sahen aus wie Touristenboote.«

»Haben Sie jemals gehört, ob das mit einer Segelyacht gemacht wurde?«

»Nie. Aber warum eigentlich nicht?«

»Über Cartagena?«

»Das ging eher über kleinere Häfen, Portmán zum Beispiel.«

»Oder El Portús? Kennen Sie den?«

»Nein. Aber mein Mann kennt einen, der ihn kennt. Der weiß so ziemlich alles, was dort läuft. Oder, *Tesoro*?« Das Letzte hatte sie mit erhobener Stimme auf die Terrasse zu ihrem Mann hinausgerufen.

Der schmale Kerl im Trägerhemd nickte, nahm die Kippe aus dem Mundwinkel, brummte seine Zustimmung, spuckte aus, wechselte die Zigarette in den anderen Mundwinkel und sog rasselnd den nächsten Lungenzug ein.

Der Hafen von El Portús war an sich nicht hässlich. Nur irgendwie verbaut, von der Natur und von den Menschen.

Die Launen der Natur hatten seitlich vor den Strand einen Felsen hingeklotzt, der den Badegästen die Aussicht auf die Bucht und die Vormittagssonne verbaute und größere Schiffe daran hinderte, den Kai zu erreichen. Der Anleger war kurz, nur für kleinere Arbeits- oder Fischerboote.

Die Menschen hatten den sanften Abhang, der zur Küste und zum Strand hinabführte, mit einer Ferienkolonie zugebaut, deren Häuschen einem zutiefst demokratischen Gestaltungswillen zu folgen schienen: Alle mussten gleichförmig unansehnlich sein.

Die schmale Bucht von El Portús lag abseits der Küstenstraße, niemand verirrte sich zufällig hierher. Das machte sie interessant für Leute, die gerne unter sich blieben. Sie war fest in der Hand von Nudisten. Oben an der Abzweigung von der Küstenstraße war das eindeutig markiert, *Campo nudistas*, es gab keine Probleme. Wer nach El Portús kam, hatte dort zu tun, Geschäfte zu machen, oder wollte nackt sein.

El holandés, ein ehemaliger Trucker aus Groningen, war nicht nackt. Es war schließlich ein Vormittag Ende November, feuchte Nebel standen in der Bucht. Also hatte der Mann außer seinem Filzhut eine Daunenweste an, Halstuch und Stiefel. Sonst nichts. Er saß an seinem Lieblingsplatz am Kai, auf einem dieser modernen Stadtmöbel, die wie fragile Gartenstühle aussahen, aber tatsächlich zentnerschwere Hartplastikteile waren, dazu unverrückbar im Grund verankert. Dort thronte der Mann breitbeinig, mit Blick über Bucht und Hafenzufahrt, genau wie von Doreens Mutters Gatten beschrieben.

»*¿Con su permiso?*« Dolf macht eine fragende Handbewegung auf den freien Stuhl schräg gegenüber.

»Hm.« Das war nicht unfreundlich, mit einem Nicken gesagt.

Dolf setzte sich. Wie er vermutet hatte, sprach der Holländer besser Deutsch als Spanisch, obwohl er, wie er bereitwillig erzählte, seit inzwischen mehr als fünf Jahren hier lebte und als Aushilfsplatzwart im Camping jobbte.

Auch Dolf erzählte ein bisschen von sich, auch er war schließlich Rentner und lebte in Spanien. Und auch er nahm gerade einen Aushilfsjob wahr.

Johan, genannt Joop, kam so gut wie jeden Tag, *weather permitting*, an seinen Platz am Kai. Seine Eier hatten schon eine Kuhle in die Bank geschliffen, tat er schmunzelnd kund. War das eine niederländische Redensart? Dolf wollte es so genau gar nicht wissen. Und nachsehen schon gar nicht.

Wenn Joop nicht am Kai saß, dann meist vor seinem Campinganhänger auf der untersten, besten Parzelle mit Blick auf den Strand. Es gab nicht viel, was seiner Aufmerksamkeit entging.

Tatsächlich hatte Joop nichts dagegen, Dolfs Fragen ausführlich zu beantworten, zumal Dolf als Belohnung einen Kaffee oder einen Genever – auch die Bar war fest in niederländischer Hand – in Aussicht stellte. In die Bar kam Joop aber nicht ohne Hose. Also blieben sie am Kai.

Dolf beschrieb Gunter van Danz und dessen Yacht, von der er wusste, dass sie mehrfach im vergangenen Jahr in diesem Hafen festgemacht hatte. Joop kannte eher das Boot als den Mann. Er beschrieb den Skipper als dürren Cowboy, in dem Dolf unschwer Jüno Gamsreiter erkannte.

Auch die *Meisjes* waren Joop aufgefallen. Die Passagiere waren fast alle auffallend hübsche junge Frauen, nicht immer ganz nüchtern, die spät am Tag auf die Yacht gebracht und erst mitten in den Nacht wieder abgesetzt wurden.

»Das habt ihr gesehen, Jupp, dass die wieder abgesetzt wurden?«

»Das nu nich.« Das hatte Joop sich zusammengereimt. »Wo sollten die sonst hin? Die hatten ja ihr Wohnmobil noch hier.«

Auf Nachfrage musste Joop eingestehen, dass die Frauen niemals zurückkamen, solange er wach war. Und das Wohnmobil wurde von irgendwelchen Kerlen gefahren.

Dolf erhielt eine ziemlich genaue Beschreibung des Fahrzeugs. »Mit Wohnmobils kenn ich mich schließlich aus!« Es war ein Volkswagen LT 31 Karmann Alkoven mit polnischem Kennzeichen, jedoch deutschen Aufklebern, in der Farbe cremeweiß. Seine Fahrer waren zwei Männer, ein Deutscher und einer aus dem Ostblock, jedenfalls Slawien, was immer das hieß.

»Aber die bringen auch was. Zwei Reisetaschen. So schwere Dinger. Wie für Golfer.«

Dolf verstand nicht gleich.

»Mit dem *Skipje*.«

»Und verladen die in das Wohnmobil?«

»Das kommt später. Die ham einen Dodge. Zwölfzylinder, mindestens acht. Der so bullert, wisst ihr. Hochgebocktes Teil, armdicke Endrohre am dingens, am *exhaust*, am Auspuff. Damit jagen die davon.«

Dolf hatte den Faden verloren. Er kontrollierte seine Aufzeichnungen, ging mit Joop noch einmal die Beschreibung des Wohnmobils und seiner beiden Fahrer durch und verabschiedete sich dann. Als er zu seiner Vespa ging und den Helm aufsetzte, rappelte auch Joop sich auf, verharrte einen Moment mit gekrümmtem Rücken, strich ihn mit eingestemmten Fäusten gerade und wankte ächzend davon.

Dolf ging die paar Schritte zurück zum Hartplastikstuhl.

Tatsächlich: Der speckige Abdruck vom Hintern des Holländers bot zwischen den flächigen Balken seiner gespreizten Oberschenkel noch eine weitere, aprikosengroße glattpolierte Stelle. Ein Hodenabdruck.

21

Dass Nadina aus der Schublade ihrer Rezeption auf Ibiza die Adresse seiner ehemaligen Eisfabrik gezogen hatte, ließ Dolf keine Ruhe. Liefen dort etwa noch immer irgendwelche dunklen Geschäfte?

Das Industriegebiet an Cartagenas Ausfallstraße war über die Jahre immer wieder erweitert worden. Zur Zufahrt hin lagen die Liegenschaften mit gewollter Außenwirkung, mit gestalteten Reklamewänden und ordentlich unterhaltenen Fassaden; das Servicecenter einer Großbank, ein Beerdigungsinstitut mit Krematorium, die Likörfabrik für den *No. 48*, das süße Zeug, das sie in der Gegend liebend gern in den Kaffee kippten, wenn sie ihn nicht gleich mit dicker Kondensmilch und Brandy zu einem *Café asiatico* montierten.

Weiter nach hinten, in der zweiten und dritten Reihe, gab es die preiswerteren Grundstücke. Dolfs ehemalige Eisfabrik stand in der vierten Reihe. Bereits vierzig Jahre zuvor war sie kein Repräsentationsbau gewesen. Eine nüchterne Doppelhalle aus Brandschutzgründen, verbunden mit einem Schiebetor, das seit Jahren nicht mehr funktionierte. Ehedem glänzende, heute matt korrodierte Wellblechflächen bildeten die Fassade. Die zweite Hallenhälfte war dick isoliert. Dort war das Eis gelagert, kommissioniert, verladen worden, zunächst in einfache Lieferwagen, später in Kühltransporter, die am Ende der siebziger Jahre aufkamen, als Dolfs beste Zeit fast schon vorüber war.

Im Herbst und Winter 1965 war Alf, wie er damals genannt wurde, mit einem Kumpel im VW-Bulli durch den Süden der Iberischen Halbinsel gereist. Sie waren durchgebrettert von Hamburg bis Lissabon und hatten dann die Algarve und die Strände Südspaniens abgeklappert. Nirgendwo war viel los, oft genug rollten sie ihre Schlafsäcke unter freiem Himmel aus. Alf war vierundzwanzig, der Wein war billig, das Leben ein einziges Versprechen. Östlich von Málaga trennten sich ihre Wege. Alfs Kumpel verliebte sich in eine junge Dänin, deren Familie dort Urlaub machte und überhastet abreiste, als die Liaison ihrer gerade volljährig gewordenen Tochter mit dem deutschen Mechaniker an den Tag kam. Der Kumpel trampte seiner Liebschaft hinterher und ließ Alf mit dem VW-Bus alleine zurück. Skandinavische Frauen sollten in Dolfs Leben noch öfter unrühmliche Rollen spielen, aber das konnte er damals noch nicht ahnen.

Alf fuhr den Bus zurück, bis ihm die Augen zufielen. Er parkte auf einem verdorrten Stück Brachland und legte sich schlafen. Am nächsten Morgen weckte ihn eine aufgebrachte junge Frau. Alfs Bus stand mitten im Olivenhain ihrer Familie und hatte die fein gezogenen flachen Gräben aufgewühlt, die den spärlichen Regen kanalisieren sollten. Außerdem blockierte er die Zufahrt. Alfs Spanisch war nicht gut genug, um ihre Beschimpfungen zu verstehen, aber das Blitzen ihrer Augen hinterließ einen bleibenden Eindruck.

Sie brachte ihn zu einem kleinen *Hospedaje*, einer einfachen Pension in einem Vorort, wo Alf seinen Bus hinter dem Haus abstellen und Dusche und Gastraum nutzen konnte.

Er hatte es nicht eilig. Die Werft in seiner Heimat, auf der er gelernt und seither gearbeitet hatte, stellte für den Winter ein Drittel ihrer Arbeiter frei. Sie nannten es Kurzarbeit, aber Alf begriff es als verlängerten Urlaub.

Er blieb fast drei Wochen und traf Rosalie noch öfter. Ihre

Hilfsbereitschaft, ihre Leidenschaft und ihre blitzenden Augen gingen ihm nicht mehr aus dem Kopf.

Es folgten drei wilde Jahre. Drei gute Jahre für Blohm & Voss, die an die Goldenen Fünfziger denken ließen, in denen immer größere Tanker auf Kiel gelegt wurden, manchmal zwei in einem Monat. Alf fuhr Sonderschichten und sparte jeden Pfennig. Es waren drei Jahre einer verrückten Liebe auf Distanz. Jede Winterpause, wenn die Arbeit auf den Außendocks der Werft ruhte, verbrachte Alf in Spanien. Den Rest des Jahres schuftete er so viel er konnte.

1968 war es so weit. Der Boom war vorbei. Die nächste Welle von Freistellungen und Entlassungen stand bevor. Von der Gewerkschaft waren beträchtliche Abfindungen ausgehandelt worden. Alf brach die wenigen Brücken hinter sich ab und machte sich auf nach Südspanien. Für ein Jahr, für ein paar Jahre höchstens, dachte er. Was ließ er zurück? Einen Job, der jeden Monat zu Ende gehen konnte.

In Spanien gab es Arbeit für einen gut ausgebildeten Mechaniker wie ihn, gab es Lebensfreude, Zuversicht und Zukunft. Cartagena war eine Stadt, die er verstand, mit seinem Hafen, den großen Pötten und ihren Schauerleuten, der Marine und ihren Matrosen und Offizieren.

Dolf fing in einer Eisengießerei an, fand rasch Arbeit im Reparaturteam eines Likörunternehmens, war bald Werkstattchef und stieg zum Betriebsleiter einer Destille auf. Sie mixten einen Likör, eben den *No. 48*, nicht nach seinem Geschmack, aber sie lieferten ihn in großen Mengen bis hinauf nach Katalonien. Dolf hatte ein Händchen für technische Abläufe und war sich nicht zu schade nachzufragen, wenn ihm eine eingeführte Herangehensweise nicht einleuchtete. Innerhalb weniger Jahre war er technischer Direktor der Firma und Herr über drei Destillen und ein Logistiklager. Diese Zeit stellte den Höhepunkt seiner Berufslaufbahn dar. Besseres konnte nicht kommen, und mehr kam auch nicht.

1973 lebte er das Leben, das er sich erträumt hatte. Im Betrieb konnte er kürzertreten. Jeden Abend war er zu Hause bei Frau und Sohn. Sie hatten genug Rücklagen, um etwas Neues anzufangen, Rosalie hatte eine kleine Erbschaft gemacht. Es war nicht sonderlich viel, aber es reichte für die Anzahlung auf einen Kredit.

Er war auf die Eisfabrik aufmerksam geworden, in bestem Zustand – ein sicheres Geschäft, das Dolf sofort einleuchtete. In einem Land, das jeden Sommer unter der Sonne stöhnte und vom Frühjahr bis zum Herbst von Hitzewellen geplagt wurde, in dem zugleich Obst und Gemüse bester Qualität im Überfluss produziert wurde, war Kühlung eine sichere Bank. Jeder brauchte Eis, jede Kneipe, jedes Restaurant, von den Fischerbooten gar nicht zu reden. Für Dolf klang es wie eine todsichere Sache. Vielleicht war er auch euphorisch nach der Szene aus *East of Eden*: James Dean, der die Eisblöcke durch den Schuppen bugsiert und waggonweise frischgehaltenen Salat in die Großstädte verkauft. Das jedenfalls war das Geschäftsmodell, das Dolf der Bank andiente, damit sie ihm die siebzig Millionen Peseten liehen, mit denen er die Eisfabrik mit den nagelneuen Maschinen, kaum zwei Jahre alt, übernehmen wollte.

Wie stolz und selig sie waren, Rosalie und er, als das beleuchtbare Schild auf dem Dach der Halle ausgetauscht wurde, als der Kran die neuen Buchstaben über die Wellblechfassade hievte: *Hielos Chirén.*

Dolf stürzte sich in die Arbeit, er war nicht mehr so oft zu Hause. Ihre Streitereien wurden heftiger und verletzender. Rosalie war so launisch wie leidenschaftlich, sie konnte aus dem geringsten Anlass perfekt ausrasten. In solchen Momenten machte sie Dolf Angst.

Aber wer war er schon, sich ein Urteil zu erlauben? Rosalie war Eduardo eine gute Mutter, sie vergötterte ihren Sohn und verzog ihn. Dolf nahm ihre heftigen Gefühle als typisch südländisch wahr, ihr Beharren auf kleinsten Widersprüchen in Wörtern und Betonungen als schrullige Macke, ihre verschrobenen Ansichten über Ehe und Zusammenleben als Nebensächlichkeit. Wenn sie sich vertrugen, und sie vertrugen sich oft, dann war Rosalies Leidenschaft jeden Kompromiss wert, verdammt noch mal.

Dolf kannte die alte Eisfabrik inzwischen wie seine Hosentasche. Er hatte sie praktisch eigenhändig überholt und für seinen Eisvertrieb ein kleines Büro und Verwaltungsräume eingebaut. Es war eine schlichte, zweigeschossige Konstruktion aus Holzbalken und Gipskartonplatten, die jedoch genug Platz für den Fernschreiber, den Empfangsraum und den Lieferantentresen für eine Sekretärin-Buchhalterin-gute Seele bot. Dazu noch Raum für Dolfs eigenes Büro und eine kleine Teeküche, die ihm manchmal als Nachtquartier diente.

Dolf war jetzt Schuldenmillionär, er wurde entsprechend hofiert, nicht nur von den Banken. Sein Beruf brachte es mit sich, dass er häufig Kunden zum Essen ausführte. Er aß gern, gut und viel. Er trank und rauchte. Bald war der drahtige junge Kerl, in den Rosalie sich verguckt hatte, tief in ihm verborgen. Ihre Unzufriedenheit wuchs. Irgendwann musste Dolf feststellen, dass sein Sohn die Sichtweisen seiner Mutter übernommen hatte. Dolf war zu einem unbeweglichen Trampel, einem sturen Arbeitstier, einem miserablen Vater und peinlichen Liebhaber geworden.

Dolfs Firma machte gute Geschäfte in den Monaten vor der Ölkrise. Im Frühjahr 1973 hatte er mit seinem Ersparten und der Erbschaft seiner Frau die Eisfabrik gekauft, im Sommer desselben Jahres standen in Deutschland die Autos still. Es war die Zeit der autofreien Sonntage. Die vervielfachten Kosten für Brennstoff und den Strom für Dolfs Kühlaggregate machten seine Fabrik innerhalb weniger Jahre unrentabel.

Es dauerte noch einige Sommer, bis der letzte Haushalt in Spanien seinen eigenen Kühlschrank hatte, es gab noch ein oder zwei gute Jahre, in denen die Aggregate liefen und das Unternehmen glitzernde Eisblöcke in eigenen Fahrzeugen auslieferte. Aber Mitte der achtziger Jahre hatte Dolf seine Firma in einen saftigen Konkurs geritten, ab 1989 stand die Fabrik endgültig still. Niemand hatte ein Interesse an den Maschinen, es gab keinen Markt für eine Industriehalle, aus der man vor jeder möglichen Nutzung hundertachtzig Tonnen Stahl hinausschaffen musste.

Dolf räumte das Gebäude nicht einmal gründlich aus, er machte sich einfach davon. Das Einzige, was ihm blieb, waren seine Schulden. Vor 2002 waren es Millionen gewesen, in Peseten, im Jahr der Währungsumstellung waren es noch immer dreihundertsiebzigtausend neue Euro. Das war mehr, als er jemals mit ehrlicher Arbeit zurückzahlen konnte. Jetzt gehörte alles über dem Existenzminimum der Bank. Dolf bekam es gar nicht erst ausbezahlt, es wurde direkt im Lohnbüro gepfändet.

Deshalb war ihm der Job im Wasserpark, ein Saison- und Aushilfsjob, gerade recht gekommen. Es hatte keinen Sinn, mehr Geld zu verdienen. Und Benidorm lag weit genug entfernt von der Stadt seiner zerbrochenen Familie und seiner gescheiterten Existenz, dass sein missratenes Leben dort irgendwann in Vergessenheit versinken würde.

Aber selbstverständlich wusste er auch nach all den Jahren noch, wo der Schlüssel zum Gebäude deponiert war. Doch die Maschinenhalle stand unverschlossen. Dolf trat ein. Dass die Beleuchtung funktionierte, erstaunte ihn nicht länger. Irgendwer musste schon vor Jahren einen der Stromzähler überbrückt haben, denn ganz bestimmt bezahlte hier niemand eine Stromrechnung.

Leere Bierflaschen reihten sich in der Nische, in der seine Sekretärin gewirkt hatte und wo später Benito seine Kochplatten aufgeheizt hatte. Stühle und ein Plastiktisch, darauf eine leere Konservendose als Aschenbecher, möblierten sein ehemaliges Büro. Ein Schlaflager war in seinem ehemaligen Archiv im ersten Stock aufgeschlagen. An einem vernagelten Fenster steckte zwischen den Blechen von Außenfassade und Innenverkleidung ein weiterer Aschenbecher, eine umfunktionierte Tomatendose. Mit dem Etikett, das er aus Nadinas Restaurantküche kannte. Dolf wusste inzwischen, dass das kein Zufall war. Sein ehemaliges Büro, seine Halle war von irgendjemand genutzt worden in den Jahren, seit er das letzte Mal hier gewesen war. Was konnte er machen? Das Gebäude inklusive neunundneunzig Jahre Pacht auf das Grundstück gehörte der Bank.

Wenn er noch länger hier bliebe, am blinden Fenster in den Räumen seiner tiefsten Verzweiflung, würde er wehleidig. Was er an sich und anderen hasste. Er humpelte die Treppe hinab, schaltete das Licht aus und stieß die quietschende Stahltür auf, die ihn aus der Halle in die klamme Nacht entließ.

Er hatte den Vorplatz noch nicht halb überquert, als er von einem heftigen Schlag gegen das Bein zusammenzuckte, ein scharfer Schmerz grub sich in seinen Unterschenkel wie die Zähne eines Hais. Dann tasteten sich ein feuchtwarmer Finger hektisch sein Knie herauf und schmiegte sich an die Innenseite seines Oberschenkels. Bis ins Mark erschrocken fuchtelte Dolf mit seinen Händen vor dem Schritt, schüttelte sein Bein wie einen Baseballschläger, verlor dabei den Halt und schlug der Länge nach hin.

Die Ratte, die sich wohl genauso erschreckt hatte wie er, wuselte hektisch aus seinem Hosenbein und verschwand in den Schlagschatten des Geländes.

Dolf brauchte ein paar Minuten, bis sich sein Herzschlag wieder beruhigte. Keuchend saß er auf dem Hosenboden und stierte wild um sich. Doch die Gefahr war vorüber. Mühsam kam er auf die Beine.

Es gab keinen Zaun um das Gelände. Kiesbelegte Flächen dienten als Parkplätze, auf denen Dolfs Schritte hässlich knirschten. Die Industriestraße war seit Jahren nicht mehr ausgebessert worden. Sand und Staub sammelten sich in den Schlaglöchern, selbst für Unkraut war es zu trocken. In der vierten Reihe brannte noch nicht einmal die Straßenbeleuchtung.

Weiter vorn war das anders. Und Dolf sah auch den Grund dafür: An der Zufahrt zum Industriegebiet starrte seit Neuestem oder auch schon länger eine Videokamera in die Nacht, die hoch über Griffhöhe angebracht und auf die Einfahrt und den ersten Kreisverkehr des *Polígono industrial* gerichtet war. Der Apparat wirkte staubig und wettergegerbt, aber technisch intakt. Zu Dolfs Zeit hatte es so etwas nicht gegeben.

Santes brachte ihren Wagen genau vor ihm zum Stehen und stieß die Beifahrertür auf. Dolf stieg ein. »Danke, dass du mich abholst.«

»Was suchst du denn hier? Was ist passiert?« Sie musterte Dolfs aufgescheuertes Hosenbein.

»Nichts. Bin nur hingefallen.«

Santes beschleunigte den Wagen, sie fuhr in die nächtliche Stadt hinein. »Kommt ihr denn voran, Victor und du?«

»Zwei Schritte vor, einen zurück. Die haben Mädchen geschmuggelt, Illegale aus Deutschland. Und auf Ibiza anschaffen lassen.«

»Dreckschweine.«

»Wie es aussieht, waren die Frauen ab und an in meinem alten Laden untergebracht.«

»Die Hallen gehören dir doch längst nicht mehr!« Sie schüttelte unwillig den Kopf und blies eine Strähne aus der Stirn. »Woran du dich auch immer festbeißt! Müsst ihr euch nicht auf den Mordfall konzentrieren?«

»Mhm.« Dolf brummelte vor sich hin. Er war froh, dass

Santes ihn nach Hause fuhr. Er wollte sich ihre Geduld nicht durch eine kritische Bemerkung verscherzen. Denn insgeheim fürchtete er, dass seine ehemalige Eisfabrik mehr mit van Danz' Geschäften zu tun hatte, als ihm lieb war.

22

Als Dolf am nächsten Montagmorgen ins Revier kam, wirkte Inspektor Fuentes für seine Verhältnisse einigermaßen aufgeräumt. Seine Arbeitsaufträge hatte er bereits erteilt, eine junge Polizistin telefonierte den jungen Frauen auf Nadinas Liste hinterher, ein Polizeianwärter überprüfte die Passnummern am Polizeicomputer, Fuentes selbst hatte Neuigkeiten über die Handynummer, unter der van Danz seine Mädchen angefordert hatte.

Als der Inspektor diese Ziffern am Vortag in die Polizeicomputer eingegeben hatte, blinkten überall die Alarmlämpchen, erzählte er. Die Nummer existierte nicht mehr, doch es gab einen alten Vorgang, eine eigene Akte in der Abteilung *Delincuencia organizada*, organisierte Kriminalität, es gab sogar ein Aktenzeichen, das auf einen Interpol-Vorgang verwies. Fuentes konnte zu Recht darauf hoffen, ein größeres Fass aufgemacht zu haben.

Die Kollegen wollten ihm Abhörprotokolle überlassen, Mitschriften von Aufzeichnungen, die im Rahmen einer Telefonüberwachung angefallen waren, aber dann nicht verwertet werden konnten, weil die Überwachten in Codes gesprochen hatten. Nach Fuentes' Unterlagen ging es vor allem um Reiseproviant. »*Bocadillos.*«

»Belegte Brötchen? Sie machen Witze.«

»Schinken und Käse.«

»Wer sagt denn, dass die Sachen überhaupt etwas mit unserem Fall zu tun haben?«

Einer der Sprecher wurde Günni genannt. Sie hatten es

mit ue geschrieben. Fuentes reichte Dolf die Abschriften, Dutzende Seiten wortwörtlicher Protokolle. Eine Fremdsprachensekretärin musste sich Stunden damit abgequält haben. Es ging um Elkaweh und Kaesebroetschen – Kauderwelsch. Einer der Sprecher war als Schaeng umschrieben, sie vermuteten, dass es sich um einen chinesischstämmigen Deutschen namens Chang oder Cheng handeln musste.

Dolf erkannte rasch, dass ihm die Abschriften nicht viel nutzten. »Kann ich mir die Bänder anhören? Sind die zu beschaffen?«

Fuentes schickte seinen Polizeianwärter ins Archiv. Es würde bis nach der Mittagspause dauern.

Als Dolf den Inspektor bat, nach dem polnischen Wohnmobil zu recherchieren, wurde Fuentes reserviert. Er hatte gedacht, er würde über jeden von Dolfs Schritten im Voraus informiert. Erkenntnisse, die Dolf aus informellen Gesprächen irgendwo am Kai gewann, waren nicht für die Akten oder vor Gericht verwendbar. Das konnte ziemlich ärgerlich werden.

Sollte Dolf also haarklein angeben, was er über das Wochenende unternommen hatte? Seine Unterhaltung mit Doreen, einen Handjob lang. Sein Gespräch mit Doreens Mutter, bei Tee und Kognak in ihrem Wohnanhänger? Der einsilbige Austausch mit ihrem schweigsamen Gatten zwischen zwei Lungenzügen? Und schließlich der unten herum nackte Rentner an der Standpromenade von El Portús?

Fuentes winkte fluchend ab. »Umkrempeln kann ich Sie nicht, Chirén. Obwohl es mich in den Fingern juckt, das sag ich Ihnen!« Er trommelte grimmig mit den Nägeln.

Am Nachmittag machte sich Dolf mit einem altmodischen Kopfhörer, der ihn sicher aussehen ließ wie einen Funker aus dem Zweiten Weltkrieg, an das Abhören der Kassette. Mit den Abschriften als Orientierung nahm er sich die Stellen vor, an denen es um Übergabe und Termine ging.

Es gab vier Sprecher, einer davon war Gamsreiter. Ein anderer, ein Mann mit polnischem Akzent, wurde *Matschig* genannt. Doch meist sprachen Günni und Schaeng. Van Danz' Stimme klang souverän, verbindlich, ölig. Für ihr nächstes Treffen bestellte er ein Käsebrötchen mit Schwarzbrot, Gouda, Semmel.

Ein oder zwei Telefonate später, drei Wochen lagen dazwischen, bestätigte Schäng ein Sandwich mit Pumpernickel, Gouda, Toast. Machte zwölf fuffzich. Dolf war sich ziemlich sicher, dass da noch einige Nullen dran gehörten.

Dann ging es um den Übergabetermin. Der nachfolgende Dienstag musste nach den Daten der Gesprächsprotokolle der letzte Dienstag im Juli gewesen sein. Am Freitag darauf hatten laut Nadinas Liste drei neue junge Frauen im roten Flur angefangen: Gulbanu Tavaldiyeva, Obuwango Ngawesi, Sonja Liu. Eine Usbekin, eine Nigerianerin und eine Shanghai-Chinesin: Toast, Pumpernickel, Gouda.

Fuentes zeigte sich nicht ganz so begeistert, wie Dolf erwartet hatte. Aber er war beeindruckt genug, um Dolfs Hinweis auf das polnische Wohnmobil nachzugehen. Dabei würde der Inspektor früher oder später auf einen Mann aus der Kölner Gegend stoßen, der Jean hieß oder eben Schäng in der Diktion der Rheinländer. Darauf wettete Dolf.

Fuentes ließ seinen Polizeianwärter die Beschreibung des Fahrzeugs in den Computer eingeben, Wohnmobil, VW, Transporter, LT 31, polnisches Kennzeichen, Farbe weiß, Aufkleber.

Aber der Apparat spuckte nichts aus.

Der eifrige junge Mann versuchte es mit anderen Markenbezeichnungen, Volkswagen, Beetle, Bulli, Karmann; mit anderen Farben, creme, eierschale, albino. Mit anderen Nationalitätenbezeichnungen, Ostblock, Slawisch, Ostpreußen, Polska. In allen Schreibweisen und Zusammensetzungen.

Nichts.

Ohne das Kennzeichen des Wagens waren sie aufgeschmissen. Dolf konnte den hosenlosen Holländer-Jupp noch einmal ins Gebet nehmen, aber er war sicher, dass das zu nichts führen würde.

Dann fiel ihm die Videoüberwachung des Industriegebiets ein. Es war nur eine vage Möglichkeit. Seit 1989 waren Wohnmobile aus dem Ostblock auf den Straßen und Plätzen in Spanien keine Seltenheit mehr. Wie zuvor wurden sie über Höhenbeschränkungen und Barrieren davon abgehalten, die Parkplätze in Strandnähe zu benutzen, an denen Übernachtungen verboten waren. Also suchten sie sich kostenfreie Stellplätze in der Nähe der Städte. Ein Industriegebiet bot dafür eine ideale Umgebung: einfache, asphaltierte Zufahrt, jede Menge Parkraum, jedenfalls nach Geschäftsschluss, ungestörte Nachtruhe. Ein polnischer Camper, der dort die Nacht verbrachte, war jedenfalls nichts, was Aufsehen erregte.

Dolf nannte Fuentes das Datum der Julinacht, in der nach seiner Vermutung das Wohnmobil ins Industriegelände eingefahren war. Der setzte, »ein Job für Manolo«, seinen strebsamen Anwärter darauf an.

Manolo würde eine glänzende Zukunft bei der Polizei von Cartagena haben, das war am nächsten Morgen gewiss. Denn er hatte einen unfassbaren Glückstreffer gelandet. Zugleich gab er sich bescheiden. Beides würde ihm eher früher als später mit Sicherheit zugutekommen.

Manolo hatte das Wohnmobil auf dem Datenträger gefunden und das Kennzeichen entziffert. Das war aber noch nicht die gesamte gute Nachricht. Es gab außerdem sogar einen Vorgang zu diesem Kennzeichen!

Streifenpolizisten hatten ausgerechnet in dieser Nacht bei einer Routinekontrolle die Papiere des geparkten Wohnmobils und der Insassen überprüft. Jean Heuser, neunundfünfzig, Köln-Bilderstöckchen; Maciej Dombrowski, vierunddreißig, Lodz-Bordenicka.

Das Auto war auf den jungen Polen zugelassen. Die Dienstkamera des Streifenwagens hinter der Frontscheibe hatte die ganze Zeit gefilmt. Standfotos dieses Einsatzes lagen der Akte bei.

Dolf erkannte mit einem Blick, dass das Wohnmobil praktisch genau vor der Einfahrt der Eisfabrik geparkt war. Der junge Pole hatte irgendetwas repariert, jedenfalls stand die Kühlerhaube des Fahrzeugs offen, und Dombrowskis Unterarme waren ölverschmiert bis zu den Ellbogen.

Die Polizisten hatten das Innere des VW-Transporters nicht untersucht. Sie würden am Nachmittag wieder im Dienst sein, Fuentes hatte sie bereits angefordert, um sie zu befragen. Aber er erwartete nicht wirklich noch eine Überraschung. Denn das war die schlechte Nachricht: Es gab auf den Fotos und in den Unterlagen keinerlei Hinweise auf die drei jungen Frauen.

Später sah Dolf sich die Standfotos aus der Dienstkamera mit einer Lupe an. Es waren Vergrößerungen an der Grenze der Auflösung, die Pixel der winzigen Fensterkamera zeichneten sich in den Konturen kontrastreicher Kanten ab, wie am Übergang zwischen der dunklen Öffnung des Wohnmobils und der hellen Außenlackierung.

Dolf suchte nach Hinweisen, die den Parkplatz eindeutig der Eisfabrik zuordneten, denn die Reste der Schrift an der Fassade waren im Bildausschnitt nicht zu entziffern.

Und dann fiel ihm auf, dass hinter der Ecke des Gebäudes ein weiteres Fahrzeug geparkt war, im Schatten kaum zu entdecken. Nur die halbe Ladeklappe eines hochbockigen Pickups war zu sehen.

Und ein armdickes Auspuffrohr.

23

Die Informationen über Heuser und Dombrowski, über das Wohnmobil und die vermutliche Übergabe der drei Frauen in Cartagena, über den Weitertransport nach Ibiza und den Aufenthalt dort ließ Fuentes vom zuständigen Kollegen in den Interpol-Vorgang einpflegen. Ein paar Tage später wurden das Fahrzeug und seine beiden Fahrer europaweit zur Fahndung ausgeschrieben. Wahrscheinlich hatten Dolf und Fuentes irgendeinen Kriminalkommissar oder Zollfahnder in Deutschland glücklich gemacht.

Dolf hatte etwas gut beim Inspektor. Er bat ihn, Besitzerangaben herauszusuchen, die zu einem auffälligen amerikanischen Pick-up gehörten. Einem Dodge *Ram 1500 Sport*, dunkel metallic, wahrscheinlich blau, Baujahr circa 2012, schätzte Dolf nach den Modellfotos, die er im *Club Social* im Internet gefunden hatte. Einen derart auffälligen Pick-up gab es nur einmal in Cartagena, mit V8-Maschine, 5¾ Liter Hubraum, zweihundertvierundneunzig kW bzw. vierhundert PS, wie Dolf noch immer rechnete. Gespritzt in einem dunklen Weinrot metallic. Alleine die Lackierung musste ein kleines Vermögen gekostet haben. Der Besitzer hieß Gonzalo Setilma Gomez. Bei der Droge und der Sitte war er kein Unbekannter. Er war der *Primo* eines gewissen Benito Alvarez, zu Tode gekommen im Jahr 2003, wie Dolf sehr genau wusste, und im selben Geschäft tätig: Drogenhandel.

Jetzt war Dolf sicher, dass sie den richtigen Wagen hatten. Er erklärte Fuentes, dass er vom Holländer-Jupp einen Hinweis auf solch ein Fahrzeug bekommen hatte.

Fuentes notierte sich die Adresse des Pushers mit dem auffälligen Autogeschmack. Er wollte zwei Streifenpolizisten auf Benitos kleinen Cousin ansetzen.

»Lassen Sie mich das machen, Inspektor.«

Fuentes sah Dolf nachdenklich an. Dann nickte er sein Einverständnis und klebte ihm den gelben Zettel hin.

Also zog Dolf los, observierte die Adresse und folgte dem lautstark blubbernden Achtzylinder auf seiner altersschwachen Vespa. Das hätte auch ein Sehbehinderter geschafft. Für den himmelschreiend auffälligen Wagen war die Stadt einfach nicht groß genug.

Noch simpler war Dolfs Verfolgung nur auf dem Land. Vor den vergilbten Sandhügeln der Trockentäler oder dem bräunlichen Hintergrund der kargen Bergrücken zeichnete sich die frisch polierte Protzkarosse ab wie ein rundgelutschter Himbeerdrops auf einem Haufen Hundekot.

Dolf folgte dem Lutschbonbon aus der Stadt hinaus bis hinter *Tentegorra*, auf einen parzellierten Hang mit einzelnen, weit auseinanderliegenden Liegenschaften und Ruinen. Die Einfahrt, die der Pick-up genommen hatte, gehörte zu einem langgestreckten eingeschossigen, fast fensterlosen Bau aus unverputzten Betonwabensteinen. Das verlassene Gebäude lag in der Gegend, in der auch der gestrandete Wohnwagen von Doreens Mutter stand, wie Dolf jetzt bemerkte.

Er ratterte noch ein paar Dutzend Meter weiter, fand eine unverschlossene Zufahrt zu einem verfallenden Obstgarten, schob seine Vespa in den Schatten einer dürren Dattelpalme, nahm den Helm ab, rückte sich sein Strohhütchen vor die Augen und döste am Wegrand. Das Getöse des wegfahrenden Achtzylinders würde ihn zuverlässig aufwecken.

Sobald der Protzschlitten weg war, machte Dolf sich daran, Gonzalo Setilmas Unterschlupf zu durchsuchen. Das

Schwenktor an der Einfahrt bestand aus zwei Rohrrahmen, die mit Maschendraht ausgespannt waren, gesichert durch eine hinfällige Kette mit einem billigen Vorhängeschloss.

Dolf überlegte. Das Tor war zu schwankend, um es zu überklettern, es hätte ihn mit seinem Bein auch zu viel Anstrengung gekostet. Er ging den Zaun entlang und fand rasch eine Stelle, die so schlecht im Boden verankert war, dass er sich darunter hindurchschieben konnte.

An der Vorderfront der Baracke versperrte ihm eine verschlossene Tür den Weg. In der Seitenfront des langgezogenen, flachen Baus gab es kaum Fenster, durch die Dolf hineinlinsen konnte, und wenn, waren sie mit einer dicken Staubschicht überzogen. Am entfernten Ende des Gebäudes fand er eine einfache Holztür, ebenfalls verschlossen, aber so verrottet, dass sie sich mit einem Brett aus den Angeln heben ließ.

Die Halle musste eine Hühner- oder Kükenfarm gewesen sein. Lichtschwerter schnitten seitlich durch die verkrusteten Scheiben. Tiefhängende Lampen ergaben über der nachlässig gefegten Betonfläche das Bild eines Billardsalons, dessen Tische unter trübem Wasser standen. Aber vor allem war der langgestreckte, niedrige Raum vollständig leer.

Dolf suchte sich im Halbdunkel einen Weg zur Vorderfront des Gebäudes. Wer immer hier gehofft hatte, eine Geflügelfarm aufzuziehen, musste völlig verrückt sein. Ein Betonplattendach, so gut wie nicht isoliert, stand flach in der Sonne, ohne jegliche Klimatisierung, ohne Wärmedämmung, ohne Belüftung. Kein Wunder, dass das Gebäude eine halbe Baustelle geblieben war.

Dolf erreichte den Vordereingang. Neben der Tür ertastete er einen Lichtschalter, eine Neonfunzel sprang an. Das war der Teil des Gebäudes, der von Setilma zumindest zeitweise genutzt wurde.

Über einer niedrigen Konsole zum Futtermischen, einer

Art Waschbecken aus Edelstahl, längst angelaufen und blind, lag eine Schalttafel. Auf dieser improvisierten Arbeitsfläche stapelte sich alles, was Dolf von einer Mischklitsche erwartete. Rühreisen, Küchenwaage, Gefrierbeutel, Spatel, Löffel lagen griffbereit. Traubenzucker stand in einer Großhandelspackung herum, ebenso Milchpulver und Glasstaub. In einem Blecheimer fand Dolf, nicht wirklich überrascht, leere Tomatendosen mit dem vertrauten Etikett. Nur eben nicht mit der typisch wässrig-roten Anhaftung, sondern mit den Rückständen eines schmutzigweißen Pulvers, das er nicht auf die Zunge stippen musste, um zu wissen, was es war: Kokain.

Dolf nahm das Bild in sich auf. Sollte er eine der Tomatendosen als Beweisstücke mitnehmen? Sie waren umständlich zu greifen, er hätte sie in einen der Gefrierbeutel bugsieren müssen. Also ließ er alles unangetastet, löschte das Licht und machte sich auf den langen Rückweg.

Vor dem Hühnerhof lag die Wendeplatte in der Nachmittagssonne. Ein leichter Wind verwirbelte den gelben Staub in spielerische Windhosen. Sobald Dolf sich unter dem Zaun durchgeschoben hätte, würde er Fuentes holen und ihm seine Entdeckung zeigen. Er ließ sich auf Knie und Hände sinken, legte sich flach auf den Bauch und kniff, als er sich durch das Gestrüpp unter dem Maschendrahtzaun hindurchwand, die Lider zusammen, um seine Augäpfel vor Kratzern zu schützen.

Als er die Augen wieder aufschlug, blickte er auf zwei Lederstiefel mit langen Spitzen, wie frisch geschärft. Sie waren aus Echsenleder oder gutem Imitat und glänzten schwarz. Schnellfickerstiefel hätten sie in den Achtziger dazu gesagt. Bloß dass Dolf nicht nach Scherzen zumute war. Er blinzelte vorsichtig hinauf.

Der Schnellficker, der in den Stiefeln steckte, war Gonzalo Setilma. Er wirkte nicht erfreut. Aber er hatte wenigstens den Anstand abzuwarten, bis Dolf sich aufgerichtet, den Staub von Jacke und Hose geklopft und sein Hütchen wieder aufgesetzt hatte.

»*¿Quién es Usted?*«

»*Soy Adolfo Chirén.*«

»Was suchen Sie hier?«

»*Algo, un, … Cómo se dice …*« Stottern wie ein Tourist konnte Dolf.

»*¿Qué?*« Setilma konnte auch unfreundlich werden. Er hatte wie aus dem Nichts einen kleinen Gummisack mit heraushängendem Riffelgriff in der Hand und ließ ihn um die Finger kreisen. Es war, unschwer zu erkennen, ein Totschläger. Nicht ganz legal, aber das spielte jetzt keine Rolle.

»Hier wohnt Doreens Mutter, hab ich mir sagen lassen.«

»Wer?«

»In einem Wohnwagen, mit ihrem Mann, einem ehemaligen Trucker, ich hab gerade seinen Namen nicht parat.«

Setilma wartete ab.

»Die Adresse hab ich von einem Kumpel.«

»Adela ist nicht mehr im Geschäft.« Setilma sah Dolf lange von oben bis unten an: den glatzköpfigen Alten mit einem steifen Bein und einem unmöglichen Hütchen, offensichtlich unbewaffnet und wahrscheinlich nicht in der Lage, sich groß zu wehren. Nicht gerade dünn, aber eher schwächlich wirkend. Gegen einen Mittdreißiger mit einem Bleisäckchen als Totschläger – der Ausgang war abzusehen. Setilma brauchte sich keine Sorgen zu machen. Das schien ihn großmütig zu stimmen. Er schüttelte bedächtig den Kopf. Oder dachte angestrengt nach.

»Muss wohl falsch abgebogen sein«, vermutete Dolf dämlich dreinblickend.

»Kennen wir uns?« Setilma blieb misstrauisch.

»Keine Ahnung. Wer sind Sie?«

»Was haben Sie hier zu suchen?«

»Adela, wie gesagt.« Dolf grinste dreckig. »Sie wissen schon …«

Setilma wirkte kein bisschen amüsiert. Entscheidungen zu treffen schien andererseits auch nicht seine große Stärke zu sein.

»Mein Roller parkt da drüben, sehen Sie?«

Dolf wartete nicht länger, sondern humpelte los. Setilma marschierte neben ihm her. Die Krokostiefel schnupperten den ersten Staub ihres kurzen Lebens, so sah es jedenfalls aus.

Als sie die Vespa erreicht hatten und Dolf aufschloss, das Sonnenhütchen mit dem Helm vertauschte und den Roller antrat, schien Setilma noch immer nach irgendeiner Entscheidung zu fischen.

»Welche Richtung?«

Setilma verstand nicht.

»Zu Adela?«

Der Schnellficker zeigte unschlüssig mit der freien Hand den Hang hinab.

Dolf ruckelte zurück in Richtung Landstraße. Er hatte keine Spur des auffälligen Pick-ups gesehen. Er hatte keine Ahnung, wie Setilma so geräuschlos hatte zurückkommen können. Das war der Nachteil seines auffälligen Wagens: Wenn man auf einen Amarenabecher wartete, ging eine schlichte Waffel unter dem Radar durch. Wahrscheinlich war Setilma mit irgendeinem staubigen Kleinwagen zurückgeschlichen.

Dolf war weniger als drei Stunden später wieder da. Er hatte Fuentes mitgebracht, dazu zwei Kollegen vom Drogendezernat und einen Wagen mit Spezialisten von der Spurensicherung und Tatortaufnahme.

Leider vergeblich.

Der Hühnerhof war leergeräumt. Es gab keine Spur mehr von Traubenzucker und Tomatendosen, keinen Hinweis auf Rührwerk oder Spatel, nichts. Kein Krümel weißes oder cremefarbenes Pulver. Nicht einmal verwertbare Spuren für die Spezialisten, wie sie bald herausfanden.

Fuentes schickte die beiden anderen Fahrzeuge wieder fort. Die Spezialisten nahmen es auffallend unbeteiligt, sie schienen falsche Alarme gewohnt zu sein. Nur Dolf wäre am liebsten im staubigen Boden versunken.

Gonzalo Setilma sah vielleicht aus wie der letzte Schwachkopf, vor allem sein Schuhwerk, aber er konnte einen hastigen Umzug organisieren, das musste man ihm lassen.

Fuentes rauchte schweigend. Er bot Dolf ebenfalls eine an, und Dolf griff zu. Das Nikotin machte ihn angenehm benommen, geradezu schwindlig. Passend zu seiner Stimmung; wie schwerer Seegang auf einem kleinen Boot.

Es fing an zu dämmern. Dolf stand auf verlorenem Posten, am Rande der Nacht und am Rande eines Nervenzusammenbruchs.

Er hielt sich gerade noch aufrecht, über siebzig, einbeinig, schummrig und unsicher schwankend. Der Inspektor musste ihn für einen kompletten Idioten halten.

Fuentes schnippte seine Kippe weg. »Ich geh mal davon aus, dass alles hier so war, wie Sie berichtet haben, Chirén.«

»Ich weiß, wie eine Streckstation aussieht, und ich hab hier eine gesehen. Vor weniger als vier Stunden.« Dolf war sich absolut sicher. Eine ganz ähnliche Mischklitsche hatte er nicht nur im geheimen Flur auf Ibiza gesehen, sondern zuvor schon einmal. Mehr als zehn Jahre zuvor …

24

[2003]

Nachmittags am 7. Januar 2003, einem Dienstag, stand Dolf wieder vor Edus Tür. Niemand öffnete auf sein Klingeln und Klopfen. Vorsorglich hatte er sich einen Schlüssel mitgebracht.

Die Vorräte, die er vierzehn Tage zuvor für seinen Sohn aufgestapelt hatte, lagen praktisch unangetastet da. Auch der Rest der verwahrlosten Bude wirkte unberührt. Eduardo konnte nicht oft hier gewesen sein, jedenfalls hatte er keine Spuren hinterlassen. Dolf schwante das Schlimmste: Er fürchtete, dass sein Sohn wahrscheinlich seit Heiligabend ununterbrochen auf Dope war.

Dolf stürmte zur Telefonzelle an der Straßenecke. Aber Eduardo war auf seinem Handy nicht zu erreichen. Also rief Dolf, obwohl es ihm zutiefst widerstrebte, den einzigen Menschen an, der wissen würde, wo sein Sohn sich aufhielt.

Benito, der Dealer, war sofort am Apparat.

»Wo ist mein Sohn?« Dolf war nicht in der Stimmung für lange Vorreden.

»Was geht mich das an?« Benito näselte.

»Lass die Späße. Sag mir, wo ich Eduardo finden kann, oder ich mach dich platt, *Coño*.«

Benito seufzte kleinlaut. »Ich würde mich mal im *Colegio Todos Santos* umschauen.«

»In der Schule?«

»Eher auf dem Hof, fetter alter Mann.«

Dolf kannte die weiterführende Schule am Rande der Altstadt, in der Nähe der Bögen aus Ziegelmauern, Reste der mittelalterlichen Stadtbefestigung von Cartagena. Das *Colegio Todos los Santos*, ursprünglich eine Gründung des damals in der Nähe liegenden Klosters, musste lange Jahre eine der besten Schulen der Stadt gewesen sein. Noch immer gab es mächtige, im Inneren düstere und enge, inzwischen fast baufällige Gebäude. Das *Colegio* war abgewirtschaftet, freilich längst nicht so heruntergekommen, dass sie einen Dealer auf dem Schulhof dulden würden.

Zur *Plaza Juan XXIII* hin bildete ein Staketenzaun die Abgrenzung des Schulgeländes. Die Ecke, wo er an einer hohen Mauer endete, lag der Schülertoilette auf der anderen Seite des schattigen kleinen Schulhofs am nächsten. Dort lehnte Eduardo in einer Nische am Gitter. Er sah schlimm aus.

Eine Gruppe von älteren Schülern lungerte auf der Innenseite der Umzäunung in seiner Reichweite herum. Aus der Entfernung konnte die Szene wirken, als würde sich ein Passant mit einigen Oberschülern unterhalten. Sie sahen jung, ehrgeizig, vielversprechend aus, auch wenn es nicht die fleißigsten Schüler der Stadt waren.

Eduardo, auf der anderen Seite des Gitters, war keine zehn Jahre älter als sie und hatte doch bereits seine gesamte Zukunft hinter sich. Er war so seriös zurechtgemacht wie in seinem Zustand möglich, er trug eine billige Lederjacke mit Strickbündchen und eine einigermaßen saubere Jeans. Die Straße, den Schulhof und die nähere Umgebung überwachte er fahrig aus den Augenwinkeln.

Dolf, übergewichtig und in den gediegenen Übergangssachen, die ihm aus besseren Zeiten geblieben waren, einem beigen Staubmantel und einer Schirmmütze mit Glencheck-Muster, passte nicht in sein Feindschema. Edu ließ ihn nahe herankommen, wie einen Spaziergänger, bevor er seinen Vater erkannte, hastig seine Briefchen und die Rolle aus Geldscheinen unter die Jacke stopfte und zu rennen anfing.

Dolf hatte damals noch keine Prothese, er hatte zwei intakte Beine, aber mit seinen mehr als zwei Zentnern wäre er niemals in der Lage gewesen, einen gesunden Mittdreißiger zu Fuß einzuholen. Doch einerseits war Edu nicht gesund. Und andererseits hatte Dolf eine Stinkwut im Bauch.

Als Eduardo die Flucht ergriff, zerstreuten sich die Schüler rasch und wie zufällig. Sie trugen keine Schuluniformen, sie waren im vorletzten oder letzten Jahr, fast schon Erwachsene. Dennoch kotzte es Dolf an, dass sein eigener Sohn am helllichten Tag mit Oberschülern dealte. Die Mischung aus Entrüstung und Verachtung, die Dolf antrieb, beschleunigte seine schweren Schritte. Jedenfalls half ihm diese Wut dabei, sich von Edu nicht abschütteln zu lassen.

Noch wusste Dolf nicht mit Sicherheit, welche Droge Eduardo vertickte, aber je länger er seinem Sohn in den enger und dunkler werdenden Gassen der Altstadt hinterherhetzte, je näher er ihm kam und je genauer er den leeren Blick wahrnahm, die verkrusteten Kratzspuren an Hals und Unterarmen, die zittrigen Finger mit den verbrannten Kuppen, die nervös die Innentasche der Lederjacke gepackt hielten, umso deutlicher ahnte Dolf, dass Eduardo mit Crack dealte.

Dolf keuchte schwer. Er verfolgte Edu auf das Gelände der Hafenkaserne. Die ausgedehnten Ruinen des *Arsenal*, praktisch ein ganzes Stadtviertel, waren von der mehr und mehr reduzierten Marinegarnison in unterschiedlichen Stadien des Zerfalls hinterlassen worden. Mit seinen neueren, modernen Gebäuden reichte das Kasernengelände bis unmittelbar ans Hafenbecken. Die Außenmauern, die als Abgrenzung zur Straße und zur Altstadt dienten, wurden aufrechterhalten und bewacht. Aber über einen Großteil des inneren Bereiches hatte die Kriegsmarine ihren Einfluss verloren.

Eduardo verschwand in einem Mauerdurchbruch, der vom schmalen, von Unkraut überwucherten Laufgang entlang der Umfassungsmauer ins alte Arsenal abging.

Die ehemaligen Lagerräume der Marine, untergebracht in Zeughäusern aus dem achtzehnten Jahrhundert, waren längst aufgegeben. Armdicke Mauern mit Schießscharten weit über Kopfhöhe umfassten schmale, hohe, muffige Räume, zugemüllt und verpisst, von Brandspuren verkohlt und mit Kritzeleien übersät.

Eine dieser Rüstkammern diente Dolfs Sohn als Unterschlupf. Edu ließ sich keuchend auf eine speckige Matratze fallen, die das einzige Möbelstück darstellte und Schlafplatz und Sitzgelegenheit zugleich war. Er blickte seinen Vater nur aus den Augenwinkeln an, aber beiden war klar, dass die Flucht hier zu Ende war. »Verdammte Scheiße, kannst du mich nicht in Frieden lassen?«

»Nein. Weil du mir nicht egal bist.«

»Verpiss dich!« Eduardo spuckte aus. Aber selbst für eine entschiedene Abfuhr war er zu kaputt. »Du bist doch bescheuert.«

»Mag sein.« Dolf sah sich um. Das also war Eduardos neues Quartier. Seine Habe bestand aus einer Kombination von Plastiktüten. Zum Teil mit Wäsche, frisch war die sicher nicht, aber vielleicht zum Wechseln geeignet, das meiste davon Handtücher. Ein billiges Transistorradio sah aus wie vom Sperrmüll. Mehrere Wasserflaschen mit trüben Flüssigkeiten standen herum.

Eduardo kam zu Atem. Er griff sich die Utensilien aus seiner Jacke, die er so verzweifelt umklammert hatte: ein Ölpapierbriefchen mit gelblichen Krümeln, ein umgeschmolzenes Glasrohr, vielleicht ein ehemaliges Reagenzglas, das jetzt außer dem gerundeten Oberrand eine weitere Öffnung mit kurzem Nippel am unteren Ende hatte, die man mit einer Fingerkuppe verschließen konnte.

Dolf sah zu, wie Eduardo sich seine Pfeife zurechtmachte, anzündete und gierig am Glasrohr sog. Er war schon zu weit abgestiegen, um sich zu schämen, nicht einmal vor seinem eigenen Vater.

Dolf setzte sich neben ihn, tätschelte seinem Jungen die Schulter. Edu zeigte keine Reaktion. Er müffelte. Aber das konnte auch die Matratze sein.

Dolf starrte ins Halbdunkle. Er musste einen klaren Gedanken fassen. Er brauchte einen Plan.

25

[2003]

Dolf benötigte weniger als acht Stunden, um seinen Job zu kündigen, eine billige Ferienwohnung im Hinterland für zwei Wintermonate zu mieten, einen Mietwagen zu nehmen und ihn mit Einkäufen vollzupacken. Er räumte die Abstellkammer der Ferienwohnung mit Toastbrot und Honigpops voll, mit Nudeln in allen Formen, mit Saucenkonserven und Gemüse. Er füllte einen Laufmeter Vorratsregal zwischen Küche und Balkon mit Dutzenden Litern Orangensaft, H-Milch und Malzbier. Kartonweise Trockennahrung brachte er dort ebenfalls unter, Kartoffelpüree, Haferflocken, Reis und Brotwaren in rauen Mengen. Alles in Dosen oder Kartons, nicht in Gläsern. Dazu noch ein paar Spezialitäten, die er sich nach den Ratschlägen aus einem Medizinlehrbuch beschafft hatte: Vitamintabletten, Granulat zur Stoffwechsel-Entsäuerung, Hustensaft.

Allein eine halbe Stunde verwandte Dolf darauf, sämtliche Schlösser in der Wohnung auszubauen, die Handgriffe der Fenster und Balkontüren zu demontieren, alles sorgfältig zu beschriften und aus der Wohnung zu räumen. Nachdem er fertig war, gab es kein Schloss im Apartment, zu dem Dolf nicht den einzigen Schlüssel besaß, kein Zimmer, auch nicht das Bad oder die Toilette, das sich absperren ließ. Am frühen Abend war er startklar.

Er passte Eduardo, der aus seinem Delirium noch nicht wieder richtig aufgetaucht war, in seinem Unterschlupf ab, fesselte ihm die Handgelenke mit der seidigen Vorhangkordel, dem einzigen Stück Seil in der Eisenwarenhandlung, das nicht nach Körperverletzung oder Polizeifessel aussah.

Dolf verfrachtete seinen Sohn in den Mietwagen. Eduardo dämmerte vor sich hin und protestierte nur schwach. Ihn in die Ferienwohnung zu bringen und dort einzusperren, war der einfachste Teil des Plans. Das Schlimmste stand ihnen erst noch bevor.

Aber für die erste Nacht sollte es genügen, Edu unter Beobachtung zu halten. Dolf bugsierte ihn in das leere Schlafzimmer, auf die siffige Matratze, die sie mitgebracht hatten. Zum Lüften, Waschen, Aufräumen würden sie noch Zeit genug haben. Edu schien sich bereitwillig in sein neues Schicksal zu fügen. Wahrscheinlich hatte er noch genug Stoff im Blut, um sich nicht zu sehr zu beunruhigen.

Die Ware hatte Dolf seinem Sohn abgenommen, er wollte ihn nicht auch noch in Schulden bei seinem Dealer stürzen. Edus Dämmerzustand würde ihn mit ein wenig Glück durch die Nacht bringen. Das war die Zeit, die Dolf blieb, um Benito aus dem Verkehr zu ziehen.

Dolfs Plan war nicht kompliziert. Er rief Benito an, um ihm zu sagen, dass Edu ausgestiegen sei. Den Rest der Ware und das Geld, das Benito zustand, würde er von Dolf zurückbekommen. »Wann auch immer, wo auch immer.«

»Gleich jetzt?« Benito war gierig. Damit hatte Dolf gerechnet.

Sie trafen sich wieder am Hafen. Benitos auffälliges Nasenpflaster leuchtete schon von weitem durch die Frontscheibe des Mustangs. Dolf zeigte ihm das Geld und die gelblichen Bröckel in den knapp dreißig Ölpapierbriefchen, die Edu bei sich getragen hatte. Wo konnten sie in Ruhe nachwiegen und die Übergabe machen? Hätte Benito Lust, ihn auf einen *Paseo* einzuladen? Dolf setzte sich in den tiefergelegten

Mustang. Benito wirkte nicht amüsiert, er strich sich mit der Zungenspitze über eine hellrosa Stelle auf seiner Unterlippe, die vor kurzem aufgeplatzt, aber inzwischen wieder geheilt war. Nach ihrem Zusammentreffen zwei Wochen zuvor hätte Dolf erwartet, dass der Dealer eingeschüchterter agieren würde. Dann erfuhr Dolf den Grund: Benito hatte sich eine Knarre besorgt, die er jetzt auf Dolf richtete. Es war nur eine Gaspistole, wie Benito großmäulig einräumte, aber direkt am Mann richtete sie fast so viel Schaden an wie eine echte. Dolf konnte das nicht beurteilen, er hatte noch nie eine richtige Waffe gesehen, behauptete er. Also wand er Benito das Ding einfach aus der Hand und hielt es nun ihm vor den Bauch. »Ist das gefährlich, was meinst du? Ich kann's nicht sagen, ich hab keine Erfahrung.«

Verdattert und ohne großes Gejammer ließ sich Benito zur alten Eisfabrik dirigieren. Es war eine schweigsame Fahrt, nachdem Benito einmal versucht hatte, so zu tun, als wüsste er den Weg nicht. Dolf war ihm über den Mund gefahren.

Dass das verlassene Gebäude Benitos Drogenküche beherbergte, wusste Dolf von Eduardo. Benito würde nicht lange brauchen, um selbst darauf zu kommen. Umso wichtiger war jetzt, dass Dolf dem Dealer ein für alle Mal klarmachte, dass er die Hände von seinem Sohn zu lassen hatte. Wahrscheinlich würde er richtig böse werden müssen. Dolf hatte keinen detaillierten Plan. Er würde dem Pusher eine schmerzhafte Lehre erteilen, damit die Gewissheit endlich bis in die letzten Windungen von Benitos Gehirn drang: dass er sich besser nicht mit Dolf anlegte.

Benito brachte den blauen Wagen in der Nähe des großen Stahltores zum Stehen. »Da wären wir.«

»Hast du einen Schlüssel?«

»Du weißt doch sonst alles, alter Mann.«

»Hab selber einen.« Es war ein flacher kleiner Sicherheitsschlüssel. Dolf hatte ihn aus sentimentalen Gründen am Schlüsselring. Aber er hätte auch gewusst, dass an der Einfahrt, unter einem Eisendeckel, der einen Absperrhahn der Feuerwehr abdeckte, ein Zweitschlüssel lag. In die Halle hineinzukommen stellte kein Problem dar. Außerdem stand eine der Stahltüren oben auf den Feuertreppen immer offen. Falls sie nicht inzwischen festgerostet war.

Kaum waren er und Benito im düsteren Inneren der Eisfabrik angelangt, positionierte Dolf den Dealer an einen Stahlpfosten und fixierte dessen Hände mit wenigen raschen Schlingen aus Vorhangkordel hinter Rücken und Pfosten. Benito konnte stehen oder kauern. In jedem Fall hatte er seine Drogenküche in Dolfs ehemaliger Werkstatt gut im Blick.

Auf Dolfs Werkbank ruhte eine zweiflammige Kochplatte. Sie musste mindestens zwanzig Jahre alt sein und war anscheinend niemals gereinigt worden. Zwei Pfannen mit hohem Rand, verkrustet mit braungelben Pulverresten, standen darauf. Rühreisen, Küchenwaage, Ölpapier, Spatel, Löffel lagen griffbereit. Kokain und Backpulver vermischen und in einer Pfanne verklumpen lassen konnte jedes Kind. Dazu waren die Kochplatten da. In die Ölpapierbriefchen kamen die Viertelgramm-Brocken, die auf der Straße als Rocks vertickt wurden. Mit dem entsprechenden Spatel brauchte man nicht einmal eine Waage, um die richtige Menge einzufüllen. Es lag alles bereit. Benitos Crackküche hatte geöffnet.

Das Licht funktionierte auch. Obwohl die Industriehalle nicht mehr darstellte als eine leere, blecherne Hülle ohne Zweck, Nutzung und Besitzer – wenn man die Bank nicht zählte –, wurde das Innere von einer flackernden Neonröhre erleuchtet. Dolf hatte keine Ahnung, wer die Stromrechnung bezahlte. Aber Licht hatten sie jedenfalls.

Der massive Stahlpfosten, an dem er Benito festgemacht hatte, trug einen Rahmen aus schweren T-Trägern, die hoch unter dem Hallendach die Auflagespur eines Lastenkrans bildeten. Zwar war der Rest der Struktur bloß eine klappernde Außenhaut aus dünnem Blech, aber die Säule stellte den stabilsten Teil des Gebäudes dar. Die Vorhangschnur hatte Dolf nicht aus dekorativen Gründen gewählt. Sie war aus Kunstseide-Material, ohne Werkzeug praktisch nicht zu zerreißen und nur beschwerlich durchzuscheuern. Ein paar Stunden hielt sie mindestens, davon war er überzeugt.

Er hatte Benitos ungeteilte Aufmerksamkeit und machte sich gründlich an die Arbeit. Wenn man ihm Werkzeug gab, einen leichten Hammer zum Beispiel, dann gab es nicht viel, was Dolf nicht kaputtkriegte. *Plattmachen* nannten sie das im Dialekt seiner Geburtsstadt. Und wenn, wie jetzt, kein Hammer zur Hand war, tat es auch ein Stück Eisenrohr.

Die Überreste der Kochplatte und ihrer emaillierten Metalloberfläche purzelten von der Werkbank. Benito hatte auf der stabilen Tischplatte aus Eichenbohlen nicht nur gebacken, sondern auch gemischt. Die vernarbte und gesprenkelte Oberfläche war mit weißem Puder überstäubt. *Baking Powder* war auf einem Zementsack zu lesen. Dem Aufdruck nach stammte der grobe Packpapiersack aus amerikanischer Fertigung. War spanisches Backpulver nicht gut genug für Benito?

Der Dealer spuckte nur aus.

Das brachte Dolf auf eine Idee. Deutsches Backpulver schäumte und sprudelte, wenn es mit Wasser in Berührung kam. Ob das mit Benitos amerikanischer Luxusware auch funktionierte? Das Wasser war abgestellt, aber ein leeres Ölfass im Halbdunkel enthielt Reste einer buntschillernden Flüssigkeit. Mit einer leeren Konservendose schöpfte Dolf ein wenig von der Flüssigkeit in den aufgerissenen Backpulversack. Das Zeug gurgelte und sprudelte wie ein überdimensionales Schaumbad. Benito genoss den Anblick nicht sonderlich.

Dolf machte sich über die Pfannen her. Pfannen verbiegen machte selbst ihm Schwierigkeiten, obwohl er den schweren

Schraubstock zu Hilfe nahm. Die Dinger hatten vernietete Griffe und waren aus massivem Gusseisen, wie Dolf es geliebt hatte, wenn er Fleisch für seine Gäste briet. Die Pfannen waren braunschwarz verbrannt, doch von bester Qualität, praktisch unzerstörbar. Gerade mal die Griffe abzubiegen gelang Dolf. Und schon dabei kam er ins Schwitzen.

Eine Palette mit Dosentomaten warf Dolf einfach in den Schaumhaufen. Damals begriff er nicht und hielt die Dosen für abgelaufene Ware, aus der sich Benito bei Bedarf sein Essen kochte.

Die übrigen Utensilien und Werkzeuge, Pfannenwender, Ölpapier, Holzspatel schob Dolf auf dem Hallenboden zusammen. Ein kleines Feuerchen würde den Rest besorgen. Das Ölpapier brannte lichterloh; das Gehäuse der Küchenwaage schmolz mit fiesem Plastikgestank. Dolfs erste Wut war besänftigt. Er wandte sich zu Benito. »Wenn du willst, halten wir die Polizei raus.«

Benito nickte eifrig.

»Aber dies war mal meine Fabrik. Ich hab das hier aufgebaut.« Dolfs Armbewegung umschrieb das gesamte Gebäude. Obwohl er nur die Büro- und Aufenthaltsräume selbst gebaut und eingerichtet hatte. »Ich lass mir das nicht von dir kaputtmachen. Such dir eine andere Küche! Such dir am besten gleich eine andere Stadt!«

Benito sah ihn groß an. Als hätte Dolf nicht mehr alle Tassen im Schrank. »Ich bin hier geboren.«

»Kann die Stadt ja nichts dafür. Wenn ich dich noch einmal mit Edu erwische …«

»Du wiederholst dich, fetter alter Mann.«

Falls Dolf gedacht hatte, seine Wut sei verraucht, dann wurde er jetzt eines Besseren belehrt. Sie hatte nur kurz ausgeruht. Benitos freches Mundwerk ließ sie hellwach zurückkommen. »Aber ich drohe nie zweimal mit derselben Sache. Diesmal ist ein Arm dran, verstehst du?«

Benito grinste abschätzig, von oben herab. Das tat Dolfs neu erwachter Wut nicht gut. »Siehst du diesen Schraubstock?« Dolf deutete mit dem Kopf auf die Werkbank. Benito sah noch nicht mal hin. »Hab ich aus Deutschland mitgebracht. Ziemlich stabil.«

Benito pfiff geringschätzig durch die Zähne. Sein Nasenpflaster hob sich verächtlich.

»Okay, ich zeig's dir.« Er bückte sich nach Benitos Gaspistole, die er außer Reichweite gekickt hatte. Dolf schob sie zwischen die schweren Backen des Schraubstocks. »Schau genau hin.« Dolf machte sich nicht die Mühe, die Patronen herauszunehmen. Seine gesamten hundertzehn Kilo stemmte er auf den massiven Stahlhebel und zerdrückte die Waffe fast so beiläufig wie eine leere Coladose. »Siehst du?«

Mit Getöse platzte eine der Gaspatronen, zischend breitete sich das Gas aus, Dolfs Augen tränten, Benito keuchte und hustete. »Bist du blöd, oder was? Willst du mich vergiften, Arschloch?«

Dolf fächelte sich den hellen Staub vom Gesicht, den die Gaspatrone von der Werkbank gepustet hatte. Der Puder schmeckte bittersüß, scharf und säuerlich zugleich. Dolf hustete, plötzlich fühlte er sich klar und entschlossen. Er würde den Unterarm nehmen.

Normalerweise konnte es nicht ganz leicht sein, Elle und Speiche sauber zu brechen. Andererseits: mit einem schweren Eisenrohr und wenn der Arm über einem stabilen Schraubstock fixiert war …

Dolf band Benito los. »Komm her!« Irgendetwas in Dolfs Stimme schien Eindruck zu machen. Schlaff wie ein Lämmchen ließ Benito sich zur Werkbank führen und sah zu, wie Dolf die Vorhangkordel um seine Handgelenke in den schweren Schraubstock spannte.

Auf der Außenseite von Benitos Ringfinger fiel Dolf eine kleine Tätowierung auf – eine Doppeltilde, zwei übereinanderliegende Wellenlinien. Im oberen Wellental hatte Benito einen winzigen Punkt, eine Hautunreinheit oder ein Muttermal.

Benito war Linkshänder. Also würde Dolf ihm den rechten Arm brechen. Er wollte, dass der Typ seinen Sohn in Ruhe ließ. Einen Moment lang zögerte er. Fragte sich, was aus ihm geworden war, dass er einem Wehrlosen mit einem frisch verheilten Nasenbruch so etwas zufügen konnte. Dann kehrte seine Entschlossenheit zurück; wie ein Windstoß Rauch aus einem fast verloschenen Feuer aufwirbelt, fachte sie seine Wut auf Benito an. Und auf das, was dessen Drogen aus Eduardo gemacht hatten. Dolf wippte hoch auf die Zehenspitzen, holte aus. Eisenrohr auf Unterarm auf Schraubstock. Es gab nicht mehr als ein schmatzendes Knacken.

Und natürlich Benitos übles Geschrei.

26

[2003]

Am nächsten Morgen war Dolf früh auf den Beinen. Das Apartment, das er für acht Wochen gemietet hatte, lag in einer eintönigen Feriensiedlung im Hinterland, an der Autobahn nach *Torrevieja*. Wenn man auf dem Dach des sechsstöckigen Komplexes die Kaminumrandung erkletterte, hatte es sogar Meerblick.

Hinten, wo die Fenster aus Küche und Bad mündeten, rasten Autos auf der nahen Autobahn dahin, die aber an dieser Stelle mautpflichtig war und keine Anschlussstelle hatte. Nach vorne hatte man vom großen Panoramafenster des Wohnraumes, wo Dolf mit einem Becher Instantkaffee stand, den Blick auf die Hänge des Küstengebirges. Jetzt, Mitte Januar, zeigten sich sogar einige grüne Büsche. Der Apartmentblock war schlicht und schnell hochgezogen, aber eben preiswert. Nach allem, was Dolf sehen und hören konnte, war ihres das einzige Apartment im gesamten Gebäude, das um diese Zeit im Jahr bewohnt war.

Es wurde möbliert vermietet, wie alle Ferienwohnungen. Im geräumigen Wohnzimmer stand eine Sitzgarnitur aus Holzimitat mit pilzbraunen Polstern. Auf einer Schrankwand, die außer einem Fernseher nichts Kulturverheißendes bot, waren Engelsfiguren und Radfahrer aus Drahtgeflecht arrangiert, unpersönlicher Nippes aus industrieller Fertigung. Verblichene Vorhänge, mit denen im Sommer die Sonne ausgesperrt werden konnte, umrahmten die Fenster.

Die Küche war kaum gemütlicher eingerichtet. Neben Kochnische und Kühlschrank wartete ein Klapptisch für zwei, an der Wand angedübelt. Die Vorratsnische zwischen Herd und hinterem Balkon, der nur dazu taugte, Getränke oder Strandspielsachen, umweht vom Rauschen des Autobahnverkehrs, zwischenzulagern, bot genügend Stauraum.

Dolf hatte Edu das Schlafzimmer wählen lassen und ihn überredet, das größere Elternschlafzimmer zu beziehen. Dolf selbst schlief in der unteren Koje eines Doppelstockbetts mehr schlecht als recht. Aber Schlafen würde in den nächsten Tagen nicht sein Problem sein.

Hätte er an diesem Dienstag geahnt, was er in der folgenden Woche erleben, wie die schäbige Einrichtung des Apartments aussehen würde, nachdem er seinen Plan mit seinem Sohn durchgezogen hatte, dass er am Ende der Mietzeit nicht nur renovieren, sondern die Wohnung würde sanieren müssen, um ohne Schadensersatz aus dem Mietvertrag herauszukommen, vielleicht hätte er es sich noch einmal überlegt. Dolf war nicht blauäugig. Er hatte nur keine Erfahrung.

Ein paar Vorsichtsmaßnahmen hatte er sich überlegt. Jedes Mal, wenn er die Wohnung verließ, würde er die Gasflasche abschrauben und aus der Küche mitnehmen, zusammen mit den zwei Kochmessern, die er benutzte und anschließend sorgfältig wegschloss. Sämtliches Besteck ebenso wie alles Porzellan, alles Werkzeug und den Müll sperrte er auf dem hinteren Balkon aus.

Dolf hatte nicht vor, Edu oft oder für längere Zeit alleine zu lassen. Aber er hatte – vor der Zeit des allgegenwärtigen Internets – keine einfache Möglichkeit, sich darauf vorzubereiten, was ihn erwartete. Er hatte gelesen, was er auf die Schnelle im Buchladen in die Finger bekam, er hatte eine Ahnung davon, was passieren konnte. Er hoffte, dass er in der Lage sein würde zu improvisieren.

Der erste Tag verlief erstaunlich ruhig. Edu litt still, aß ohne Klagen die eilig zusammengerührten Mahlzeiten und vertilgte ungeheure Mengen Orangensaft. Im Nachhinein kam es Dolf vor wie die Ruhe vor dem Sturm.

Am zweiten Tag bettelte Eduardo, flehte, winselte. Er schwor Besserung und machte ungeheuerliche Versprechungen, sollte Dolf ihm nur einen einzigen letzten *flash* ermöglichen. Edus verbrannte Fingerspitzen entzündeten sich, seine vom Rauchen bis zur Glut verschorften Lippen ebenso. Kratzwunden und Schürfungen eiterten und brachen auf, weil Edu halluzinierte, dass sich irgendwelche Krabbeltiere unter seiner Haut durchbohrten, und sich unentwegt kratzte. Dolf setzte sich fünfzehn Stunden lang dem Geheul seines Sohnes aus und unterdrückte die Wut auf die Droge, die Edu zu dem selbstmitleidigen Wrack gemacht hatte, das er vor sich liegen und winseln sah. Dann wurde es ihm zu viel, er verstopfte sich die Ohren mit Papiertaschentüchern und verbarrikadierte sich in seinem Kinderzimmer.

Am dritten Tag gab es Krieg. Körperlich war Dolf seinem Sohn überlegen. Aber selbstverständlich konnte er Edu nicht schlagen, selbstverständlich war er nicht so verzweifelt. Dolf trug Kratzer am Hals und an den Unterarmen davon und eine zwei Finger breite Schramme an der Stirn, wo ihn ein tönerner Aschenbecher traf, den Edu nach ihm geworfen hatte. Einen Moment musste Dolf bewusstlos gewesen sein, denn als er erwachte, hatte Edu seine Taschen durchsucht, nichts gefunden und war dabei, verzweifelt, frustriert und verzagt auf ihn einzuprügeln. Dolf blutete heftig aus seiner Stirnwunde, er lag in einer tellergroßen Lache, das Holzparkettimitat war an den Fugen durchtränkt. Aber zum Glück hatte er die Schlösser ausgetauscht. Zum Glück hatte er nur einen einzigen Schlüssel, den er nicht an seinem Bund, sondern, in ein Papierbriefchen gefaltet, in der Unterhose, unter dem Hodensack trug. Und zum Glück hatte Edu nichts von diesem unpraktischen Arrangement bemerkt, wenn Dolf die Wohnungstür hinter sich verschlossen und den Schlüssel wieder an seinem Versteck untergebracht hatte. Bei wachem Verstand wäre seinem Sohn sicher aufgefallen, dass Dolf sich jedes Mal, wenn er die Wohnung verließ, vorher und jedes Mal, wenn er hereinkam, danach auf der Toilette herumdrückte. Der dritte Tag war auch der Tag, an dem Edu die Toilettenschüssel zerbrach. Seitdem leckte sie, und Dolf musste jedes Mal, wenn er oder Edu ihr Geschäft verrichtet hatten, den ausgelaufenen Schmodder aufwischen.

Doch Edu war nicht bei wachem Verstand. Er hatte das Innenfutter seiner Jacke, die Brusttasche, in der er seinen Stoff gehortet hatte, herausgetrennt, in schmale Streifen gerissen und zu rauchen versucht. Das musste am Morgen gewesen sein, als Dolf Obst eingekauft hatte. Jetzt begriff er, welch bestialischer Müllhaldengeruch ihm beim Zurückkommen übel aufgestoßen war: Der Futterstoff, eine Baumwollazetatmischung, brannte nicht, sondern glomm mit giftigem Gestank. Dolf hatte keine Ahnung, wie Edu dieses Gemisch inhalieren konnte. Schon beim Gedanken daran wurde ihm übel. Von dem Tag an musste auch der Toaster auf den Balkon.

Nachmittags rang Dolf mit seiner provisorisch verpflasterten Stirn – eigentlich hätte die Wunde genäht werden müssen, aber dafür hatte er keine Zeit – seinen Sohn unter Aufbietung aller Kräfte nieder und fesselte ihn im Schlafzimmer ans Bett, um Edu zu beruhigen und davon abzuhalten, sich oder seinem Vater ernstlich wehzutun.

Am vierten Tag geriet Eduardo in eine Art Delirium und verlor die Kontrolle über seine Körperfunktionen. Oder es war ihm gleichgültig. Dolf verlor den Überblick, wohin überall sein Sohn gekotzt, gepisst, geschissen hatte. Überallhin, nur nicht ins Klo. Das Gute daran war, dass die kaputte Toilette kein Problem mehr darstellte. Dolf kam aus dem Putzen sowieso nicht mehr heraus. Er war kurz davor aufzugeben.

Denn das Wesen, das da vor seinen Augen vegetierte, sich einnässte und vollkotzte und dazwischen nicht ansprechbar vor sich hin dämmerte, das war nicht sein Sohn. Das war nicht der Mensch, den Dolf einmal geliebt hatte. Das war nur noch eine Hülle aus fahler Haut, üblen Ausdünstungen und widerlichem Geschmodder.

Dann hörte Edu auf zu keuchen und kurz darauf auch zu atmen. Und alles war neu.

Darauf war Dolf nicht vorbereitet. Wenn Edu starb, dann war niemandem geholfen, dann war die ganze Quälerei vergeblich. Zum ersten Mal schwante Dolf, dass er sich übernommen hatte. Dass er sich mehr zugetraut hatte, als er zu leisten imstande war. Er wollte Hilfe holen, aber dazu hätte er das Apartment verlassen und unten im Erdgeschoss das öffentliche Telefon benutzen müssen.

Dolf reanimierte seinen Sohn, wie er es in einem Erste-Hilfe-Kurs Jahre zuvor gelernt und seither nie mehr geübt hatte, ungeschickt und vergeblich. Er kriegte es nicht hin, mehrere Minuten lang nicht. Edus Körper erschlaffte wie ein leerer Schlafanzug. Es war vorbei. Dolf sank winselnd und keuchend neben seinem Sohn zu Boden.

Plötzlich setzte Edus Atmung wieder ein. Er hustete und stöhnte. Und kotzte eine dünne, blutige Brühe aus. Dolf nahm es als Geschenk.

Am fünften Tag herrschte großes Aufatmen. Edu war ansprechbar, fast schon gut gelaunt. Er interessierte sich für die Nachmittagssendungen im Fernsehen, sah sich stundenlang Zeichentrickfilme an, aß sogar etwas anderes als die ewigen Honigpops. Dolf konnte ihn außerdem dazu überreden, eine Dusche zu nehmen. Na also, sagt sich Dolf voll trügerischer Hoffnung, geht doch!

Am sechsten Tag war alles schlimmer als zuvor. Edu delirierte, schlug mit dem Kopf gegen die Wand und kratzte sich mit dem Deckel einer Konservenbüchse die Halsschlagader auf. Dolf bemerkte es zum Glück rechtzeitig, verband die Wunde und wickelte seinen Sohn ein wie eine ägyptische Mumie.

Und dann fand Dolf den Grund für Edus Rückfall: der Hustensaft, den Dolf auf Anraten der Bücher besorgt hatte. Mittlerweile war die Rezeptur verändert worden, der Saft enthielt Codein. Edu hatte sich alle zehn Fläschchen einverleibt. Er reagierte aufsässig und ausfallend, nannte Dolf einen Hurenbock, einen Versager, einen Speichellecker, einen Wichser und Arschficker. Und schiss sich dabei ein.

Dolf hatte nicht mehr die Kraft, seinen schimpfenden und fluchenden Sohn auszuwickeln, von den Fesseln zu befreien, sauberzumachen und zu waschen. Er blockierte die Tür zum Schlafzimmer mit einem Stuhl, verschloss die Wohnungstür und ging in die Bar an der Küstenstraße, ein paar Kilometer entfernt. Er war fertig, komplett am Ende.

Als Dolf drei Stunden später zurückkam, lange nicht so betrunken, wie er sich gewünscht hätte, brannte das Wohnzimmer lichterloh.

Edu hatte es nicht nur geschafft, sich zu befreien, die Tür seines Zimmers aufzuhebeln und Regalbretter von der Wand zu reißen. Er war fest entschlossen, sich umzubringen. Und wenn er dabei den gesamten Block abfackelte, dann war ihm das auch egal. Dolf schlug ihn nieder.

Edu kauerte heulend in einer Ecke, ein dünnes Rinnsal wässriges Blut rann ihm aus dem Mundwinkel, während Dolf die Fenster aufriss, die brennenden Scheite mit den Schuhen auseinanderpflügte und schüsselweise Wasser auf die Brandstelle goss, bis sie schließlich zischend verlosch.

Mit dem Zünder am Gasherd hatte Edu das geschafft. Auch ohne Gas schoss der Herd auf Knopfdruck eine klitzekleine elektrische Entladung in Richtung der Düsen. Edu musste die Geduld und die Entschlossenheit aufgebracht haben, ein Fitzelchen Papier so lange gegen die winzige Blitzflamme zu halten und den Zündknopf so oft, wahrscheinlich Hunderte Male, zu drücken, bis das Papier ans Glimmen kam…

Am siebten Tag musste Dolf einkaufen, weil Edu die letzten Kartons Cornflakes, Nudeln und Honigpops verbrannt hatte.

Dem Taxifahrer konnte er seine Lage erklären, dass er Edu nicht alleine lassen konnte.

Aber im Supermarkt, zwischen Obst- und Gemüseständen, war Dolf abgelenkt genug, dass Edu eine Kundin anbetteln konnte. Sein Handgelenk am unfachmännisch verbundenen Arm war an Dolfs Gürtel gefesselt, sein Halsverband trug braune, blutige Flecken. »Bin entführt worden«, flüsterte Edu heiser. »Bitte helfen Sie mir.«

Dolf fuhr alarmiert herum. Fast hätte die entrüstete Dame ihn mit ihrem Einkaufswagen niedergemäht, nur ein rascher Sprung zur Seite, der selbstverständlich Edu mitriss und zu Boden warf, rettete Dolf. Die erboste Frau ließ sich kaum beruhigen, schrie, aufgebracht, wie sie war, den halben Laden zusammen. »Zu Hilfe! Feuer! Gewalt!«

Edus geheuchelte Dankbarkeit ihr gegenüber, und dass er sich unter Dolfs Berührung wand und zusammenzuckte, als würde er regelmäßig geschlagen, halfen kein bisschen.

Schon war Dolf von einer aufgebrachten Menge umringt, darunter ein muskelbepackter Regaleinräumer und ein Fischverkäufer mit blutiger Plastikschürze und dem scharfen Metallbeil in der einen, dem Stahldrahthandschuh an der anderen Hand.

Kaum ließen sie Dolf zu Wort kommen. Kaum wollten sie ihm glauben, dass Edu sein Sohn sei.

»Haben Sie schon einmal einen Drogenentzug gemacht? Erkundigen Sie sich mal.« Das ließ sie verstummen. »Ich bete für Sie, dass Ihnen so etwas niemals passiert.« Er verlangte den Filialleiter zu sprechen oder die Polizei. Sie ließen ihn gehen. Eduardo humpelte wie das geborene Opfer. Dolf arbeitete seine Einkäufe ab, so rasch es sein unwilliges Anhängsel zuließ. Kurz vor der Kasse warf er noch eine der herabgesetzten Spielekonsolen in den Wagen, ein billiges Ding vom Vorjahr, das einfache Ballspiele konnte.

Und eine Packung Zigaretten, filterlos, Maisblatt. Die Dolf geraucht hatte, als er noch geraucht hatte.

Am achten Tag schien das Schlimmste vorbei. Auch wenn Dolf dem Frieden nicht recht traute. Edu dämmerte vor sich hin. Er verbrachte Stunden antriebslos und mit stumpfem Blick auf dem angekokelten Sofa. Nicht einmal die Spielekonsole interessierte ihn, obwohl er nur wenige der Variationen ausprobiert hatte.

Dolf rauchte auf dem Balkon. Auch das Feuerzeug musste er an der Stelle verstecken, wo er seinen Schlüssel aufbewahrte. Die Kippen lagerte er ausgesperrt auf dem Hinterbalkon. Klar musste er davon bald wieder runter. Aber nicht in dieser Woche. Nicht in diesem Apartment. Er hätte auch Edu rauchen lassen, er wollte ihn ja nicht quälen. Aber selbst dazu war der Junge zu träge und willenlos.

Eduardo aß jetzt sogar das Essen, das Dolf ihm kochte, wenn er sich an der Entscheidung darüber auch nicht beteiligte. »*Me da igual*«, war die einzige Antwort auf alle Fragen nach Mahlzeiten, Aktivitäten, Vorschlägen. Dolf war es zufrieden.

Er blieb noch eine Woche mit Edu im Apartment. Er nahm ihn ohne Fesseln mit zum Einkaufen. Edu folgte ihm wie ein Hündchen an der Leine: willenlos, gutmütig, trübsinnig.

27

[2013]

In der Vorweihnachtszeit 2013 war nicht viel los im *Comisaría del Cuerpo Nacional de Policía de Cartagena*, zumindest nicht in Fuentes' Abteilung. Er und seine Kollegen vom Drogendezernat hatten nicht lange gebraucht, um Setilma und seinen auffälligen Wagen aufzustöbern und herauszufinden, wo er seine Utensilien deponiert hatte. Das meiste war auf einer wilden Müllkippe in einem *Barranco* an der Straße nach *Mazarrón* gelandet. Nur die Großpackung Backpulver hatte Setilma behalten. Auf die Dosentomaten gab es keinerlei Hinweis. Die Masse an Spuren von Kokain in seiner Protzkarre reichte trotzdem mehr als aus, um ihn sofort in Haft zu nehmen. Für Fuentes ließen die Kollegen eine Runde springen in der Bar gegenüber vom Revier, in der sie die Mittagspausen und oft genug auch Abende verbrachten, wenn sie ihren Frauen und Freundinnen vorgaukelten, Überstunden zu schieben. Fuentes zeigte Dolf später die Flasche Whisky, die sie ihm dabei überreicht hatten. Am Ende landete die kantige Flasche mit dem rotgoldenen Etikett im untersten Schreibtischfach des Inspektors.

Die Kollegen hielten Fuentes auf dem Laufenden über Setilmas Einlassungen zur Sache. Was sehr kurz und einfach war, weil Setilma außer zu seinen Personalien keinerlei Angaben machte. »Der schweigt sich aus, Victor.«

Gonzalo Setilma behauptete, sie könnten ihm gar nichts. Mit seiner reinen Weste und ohne Vorstrafen sei er in zwei Wochen raus.

Tatsächlich dauerte es weniger als eine Woche. Wie aus

heiterem Himmel hatte der kleine Dealer, der außer seinem auffälligen Wagen über keinen Besitz verfügte und seine Einkünfte mit vollen Händen wieder ausgab, einen Anwalt aus der Hauptstadt am Start. Einen Professor Doktor de Silva y Aragon, adelig, aus alteingesessener Madrider Familie. Mit Familienwappen und Krönchen auf dem teuren Büttenpapier mit Wasserzeichen, auf dem er kommunizierte. De Silvas Sozietät kümmerte sich um internationale Streitfälle, Wirtschaftsrecht, aber auch Strafrecht. Es gab keinen Ansatzpunkt für irgendwelche Nachforschungen, musste Fuentes eingestehen.

Dolf recherchierte am Computer im Lesesaal des *Club social de los marineros* an der Calle Mayor, er fragte sogar die Bibliothekarin und Clubsekretärin Galicia, die sonst alles und jedes wusste oder nachzuschlagen anbot. Über den Prominentenanwalt und seine jahrhundertealte Familie war nicht mehr herauszukriegen, als in Wikipedia stand.

Der adelige Hauptstadtanwalt hatte Setilma innerhalb von zweiundsiebzig Stunden auf freiem Fuß. Weder Fuentes noch die Drogenkollegen noch der Staatsanwalt noch der Polizeipräsident konnten irgendetwas dagegen machen.

Das Einzige, was die Polizisten tun konnten, war, Setilma zu folgen, als er abgeholt wurde.

Am Nachmittag der Entlassung fuhr für Setilma ein großer dunkler Wagen vor. Darin saß ein junger, stromlinienförmig gestylter Anwalt im maßgeschneiderten Anzug, stieg aus, nahm Setilma am Ausgang des Polizeipräsidiums in Empfang und führte ihn zum Wagen. Er selbst stieg aber nicht ein, sondern machte auf dem Absatz kehrt und stolzierte zum unauffälligen Dienstwagen mit den zwei Bereitschaftspolizisten, die darauf angesetzt waren, Setilma zu beschatten. Sie taten, als sähen sie ihn nicht.

Der Junganwalt klopfte gegen die Scheibe. Er ließ die beiden noch nicht einmal zu Wort kommen, sondern präsentierte ihnen einen zweiseitigen Schriftsatz, wieder auf dem parfümiert wirkenden edlen Papier: Wenn die Polizisten, obwohl gegen Setilma nichts vorlag, er keine Vorstrafen hatte und die Beschuldigungen gegen ihn auf richterliche Anordnung bis zum Prozess vertagt waren, ihm dennoch folgten, ohne dass neue Verdachtsmomente bestanden, machten sie sich strafbar. Der Junganwalt sei befugt und bevollmächtigt, dann unmittelbar Anzeige gegen sie zu erstatten.

Es gab ein paar Minuten hektischen Funkverkehr, aber bald wurde klar, dass das Recht auf der Seite des Jungadvokaten war. Also ließen sie Setilma ziehen.

Das alles erfuhr Dolf erst im Nachhinein, er war nicht dabei gewesen, doch Fuentes berichtete fluchend jedes Detail und zeigte ihm eine Kopie des parfümierten Schriftsatzes.

An Setilmas Verfolgung war also nicht zu denken. Doch wie zufällig hielten sich zwei Bereitschaftspolizisten in seiner Stammbar auf, als er wenige Stunden später dort eintraf. Sie beobachtete ihn dabei, wie er sich von seinen Freunden und Freundinnen feiern und hemmungslos volllaufen ließ. Sie beobachteten auch einen deutschsprachigen Typen, der sich in der Gruppe aufhielt, aber nicht richtig dazuzugehören schien.

Sie versäumten es, Fotos zu machen, gaben ihren Kollegen jedoch eine ausführliche Beschreibung: Der Mann trug Freizeitkleidung, schien Bodybuilder zu sein, wirkte kraftvoll, trat aber betont harmlos auf. Sein sehr kurz geschorenes Haar war auffällig weiß gefärbt, der ausrasierte Nacken entblößte ein rotschwarzes Tattoo, das sich am Halsansatz bis hinab ins T-Shirt wand.

Jedenfalls war Setilma weniger als achtundvierzig Stunden

nach seiner feuchtfröhlich gefeierten Freilassung tot, gestorben an einer Überdosis von *El perico*. Er war einer der hundertachtzig Drogentoten, die es jedes Jahr an der Küste, auf den Inseln und in den großen Städten Spaniens gab. Nur dass hundertfünfundsechzig dieser Toten im Sommer umkamen, Setilma jedoch an einem kühlen Tag Ende November. Und kein Einziger der acht übrigen Toten dieses Herbstes starb an unverschnittenem Kokain.

Kaum hatte Dolf dies alles von Fuentes erfahren und aus gemeinsamem Frust ein gutes Drittel der Flasche in Fuentes' Schreibtisch geleert, erhielt er am Nachmittag auf dem Nachhauseweg einen Anruf, eine Einladung zu einem Treffen. Sie kam – der Stimme nach – von einer gebildeten jungen Frau, die zurückhaltend und doch bestimmt klang. Es war eine Stimme, die Dolf bereits kannte.

Fräulein Liu, die junge Chinesin, trug diesmal einen Hosenanzug in einem freundlichen Lindgrün, doch die Haare hatte sie wieder hochgesteckt. Den limousinenhaften Lieferwagen, der Dolf an der bekannten Kreuzung abholte, kannte er auch schon. Dieses Mal war es Tag, und Dolf konnte die luxuriöse Einrichtung in voller Pracht bewundern. Die plüschigen Polster waren nicht dunkelrot, wie er in Erinnerung hatte, sondern mit grauviolettem Samt bezogen. Der Bodenbelag wirkte an einigen Stellen dünn und abgenutzt, wie zu oft gesaugt. Nur Fräulein Liu war strahlend schön. Zusätzlich zu ihrer Perlenkette trug sie einen Knopf im Ohr, der über einen dünnen, hautfarbenen Spiraldraht mit irgendwas unter ihrer Bluse verbunden war. Und über ihrem Kopf glänzte das rote Leuchtauge einer Videokamera hinter einer winzigen Glaskuppel, die Dolf beim letzten Mal übersehen haben musste.

Liu nahm Dolfs neugierigen Blick wahr und nickte freundlich. »Wir zeichnen unser Gespräch auf. Sie haben sicher nichts dagegen.« Falls es eine Frage gewesen sein sollte, dann erwartete sie keine Antwort.

Dolf hob unwillig zustimmend die Achseln und dann die offenen Hände.

»Herzlichen Glückwunsch!«

»Wozu?« Dolf sah hinaus. Sie fuhren diesmal auf der Straße im Landesinneren nach Mazarrón, weniger kurvig als die Küstenstraße, auch weniger befahren.

»Zu Ihrer erfolgreichen Bewältigung konkurrierender geschäftlicher Aktivitäten zum Beispiel.«

Dolf begriff nicht gleich. »Sie meinen Setilmas?«

Fräulein Liu nickte leichthin, allem Anschein nach war sie über den Tod des Dealers informiert. Nahm sie etwa an, dass Dolf dort seine Hand im Spiel hatte? »Damit hatte ich nichts zu tun!« Sie lächelte milde, offensichtlich glaubte sie ihm kein Wort. »Ihr *handling* dieser Angelegenheit hat unseren gemeinsamen Freund«, dabei rollten ihre Augen kaum merklich in Richtung der Kamera, »beeindruckt.«

Dolf erfasste, dass ihr Gespräch nicht nur aufgezeichnet wurde, sondern dass Fräulein Liu praktisch das Sprachrohr für El Chino darstellte, der irgendwo am anderen Ende der Videoübertragung saß.

»Er bittet Sie übrigens, dem Herrn Konsul unsere wärmsten Grüße auszurichten. Sicher ergibt sich bald eine Gelegenheit, sich auch persönlich kennenzulernen, wenn Ihr …«, sie suchte nach dem passenden Wort, »… Geschäftspartner einmal in der Gegend ist.«

Was hatte das zu bedeuten? Ging sie davon aus, dass Dolf für van Danz arbeitete? Oder für dessen Hintermänner? Dolf stutzte. Er suchte nach einer Möglichkeit, dieses Missverständnis zu nutzen. Um Zeit zu gewinnen, grüßte er freundlich in die Kamera, stieß einen an die Stirn gelegten Finger in die Luft, wie ein Flugkapitän es am Schild seiner Uniformmütze machte.

Fräulein Liu nickte lächelnd. »Auch unser gemeinsamer Freund freut sich, Sie zu sehen, Herr Tschirner.«

»Sehr gerne würde ich Ihr Angebot wahrnehmen und Herrn Liu persönlich kennenlernen.«

»Darauf freut er sich«, sie lächelte höflich, »und fasst sich in Geduld.«

Das war eine Abfuhr. Dolf hatte zwei Möglichkeiten. Er konnte sich aufregen über die Situation, über die künstliche Kommunikation ohne Gegenüber, und er war auf dem besten Weg, seine Gelassenheit zu verlieren. Oder er konnte einfach so tun, als würde er sich mit der jungen Chinesin unterhalten und ihr technisches Arrangement vergessen.

»Dann sagen Sie bitte Ihrem Vater ...«

»Oh, nein, nein, Sie täuschen sich. Unsere Beziehungen sind nicht verwandtschaftlicher Art.« Sie schmunzelte hastig und entschuldigend. »Jedenfalls freuen wir uns über Ihre Kooperation, Herr Tschirner.«

Dolf schluckte seinen Groll hinunter und hörte zu.

»Wir möchten auf Ihr Angebot zurückkommen.«

Dolf nickte achselzuckend.

»Besonders beeindruckt sind wir von Ihrem guten Kontakt zu den örtlichen Polizeibehörden. Den könnten Sie sicher in unsere Partnerschaft einbringen, vermuten wir.«

Es dauerte ein paar Minuten, bis Dolf sich aus dieser Unterhaltung herausgewunden und ausgedrückt hatte, dass er sich Bedenkzeit ausbitte, auch Erkundigungen einholen müsse und sich bereits sehr darauf freue, bei nächster Gelegenheit seinen und Fräulein Lius gemeinsamen Freund persönlich zu treffen.

Fräulein Liu war viel zu klug, um nicht zu durchschauen, dass sie und wer auch immer am anderen Ende der Videoübertragung zusah, gerade eine Absage kassierte. Sie blieb höflich und freundlich. »Dann lasse ich Sie zurückbringen, wenn Sie einverstanden sind?«

Dolf war stinksauer und nicht besonders gewillt, das zu verbergen. Andererseits: Er selbst hatte den Kontakt zu El Chino gesucht. Jetzt war seine Anfrage auf Widerhall gestoßen, was brachte ihn so auf? Jedenfalls wäre es eine gute Idee gewesen, sich zu beherrschen und seinen neuen Gesprächspartner nicht zu verprellen. Allerdings fiel ihm das besonders schwer.

Die junge Chinesin ließ sich von Dolfs Unmut nicht stören, sie lächelte freundlich und zwitscherte fröhlich Belanglosigkeiten. Nur den Knopf im Ohr hatte sie bereits herausgenommen, als der Lieferwagen von der Schnellstraße abgebogen war und gewendet hatte.

28

»Lassen Sie uns was essen.« Mit Vorreden hielt sich Fuentes am Telefon nicht lange auf.

Dolf traf ihn in der Bar am Hafen. Die war inzwischen so etwas wie ihr Besprechungszimmer geworden, weil Fuentes nicht sein Büro im Präsidium nutzen wollte und auch nicht die Bar gegenüber. Dort drückten sich zu jeder Tages- und Nachtzeit irgendwelche Kollegen herum. Polizeikommissariate waren überall auf der Welt Schwatzbuden und gut funktionierende Gerüchteküchen. Das Polizeirevier von Cartagena bildete da keine Ausnahme.

Fuentes' regelmäßige Treffen mit Dolf, der in den Augen der Kollegen nicht mehr war als ein undurchsichtiger Fischeausnehmer und Sturkopf, Ausländer noch dazu, hatten im Revier mehr als den üblichen Tratsch ausgelöst. Sie waren ein ungewöhnliches Duo, der gegelte schlanke Latino in den enggeschnittenen Anzügen, auch wenn die oft genug ausgebeult und zu häufig getragen aussahen, und der bullige kahle Alte mit den blonden Augenbrauen, den eisgrauen Augen und dem unförmigen Kiefer. Micky Mouse und Goofy.

Fuentes hatte sich irgendwelche Innereien kommen lassen, Nierchen dem Geruch nach. Dazu breite Nudeln und Bohnen. Es roch appetitlich, aber es sah aus wie schon einmal gegessen. Dolf zog Chorizo vor, er liebte diese scharfe Wurst, wenn sie angebraten war, dazu Tortilla und Tomatensalat. Fuentes machte ganz den Anschein, als wolle er auch beim Essen weiterarbeiten. Für seine Unterlagen hatte er ein weiteres der winzigen Aluminiumtischchen herangerückt. Mit vollem Mund wies er Dolf auf den dünnen Hefter hin.

Dolf schlug die Akte auf. Als Erstes fiel ihm die Liste der Frauen in die Hände, die sie von Nadina auf Ibiza erhalten hatten: Aufzeichnungen, Passkopien und andere Belege zu den Telefonaten, die Fuentes' Leute mit Eskortservice-Betreibern, Callgirls und Straßenprostituierten in Südeuropa, Russland und dem Nahen Osten geführt hatten. Dolf überflog die Aufzeichnungen. Sie gehorchten alle demselben Schema: Identitätsfeststellung, Befragung, Zusammenfassung der Ergebnisse.

Die Wohnsitze und Aufenthaltsorte lagen über drei Kontinente verstreut: in Minsk, in Krakau, in Stuttgart, in Abu Dhabi, Marrakesch, Kairo; in Herne, Marseille, Linz; in Shengzhen, Genua, Piräus; in St. Petersburg und Undan, das war im Süden der Türkei, wie ein fürsorglicher Ermittler handschriftlich angemerkt hatte. Die meisten hatten offiziell wirkende Adressen, selten waren die Namen irgendwelcher Clubs oder Etablissements angegeben. Manche schienen bei Verwandten zu wohnen, auf Urlaub sozusagen, aber die meisten gingen ihrem Gewerbe nach.

Fuentes' Leute hatten ganze Arbeit geleistet. Nur sechs der achtundsechzig Namen auf der Liste konnten sie nicht erreichen. Mit allen übrigen hatten sie Kontakt gehabt, per Telefon, E-Mail oder WhatsApp. Dolf war schwer beeindruckt. Nur: Keine der jungen Frauen war bei Gunter van Danz' letzter Ausfahrt an Bord gewesen.

Fuentes beendete seine Mahlzeit und schob den Teller weg, Dolfs Essen war noch nicht gekommen – Zeit für einen gemeinsamen Blick auf die Unterlagen. Fuentes ging mit Dolf einige interessante Angaben der Prostituierten auf der Liste durch.

Ihre Aussagen zu den Arbeitsbedingungen im Club hörten sich an wie nach ein und derselben Schablone gesprüht.

Alle äußerten sich ähnlich, wenn es um ihre Beweggründe und ihre Arbeitsverhältnisse ging, so als hätte es irgendwann während ihres Aufenthalts auf der Insel eine Vereinbarung oder sogar eine Sprachregelung gegeben: »Im Club habe ich aus freien Stücken gearbeitet, im nächsten Sommer möchte ich dort wieder hingehen. Noch nie bin in der Branche so gut behandelt worden wie im *Acuario*.« Und das Geld stimmte auch, beteuerten sie.

»Wenn man die so reden hörte«, berichtete Fuentes von seinem Gespräch mit dem Polizisten, der einen Großteil der Telefonate geführt und die Dolmetscher befragt hatte, »dann muss dieser Club das Paradies für Bordsteinschwalben gewesen sein, *el paraiso de putas*, der Nuttenhimmel, *el cielo des las sirenas*.«

Dolf und Fuentes waren sich einig, darauf nichts zu geben. Andererseits: Solange die Behörden keinen eindeutigen Hinweis auf Zwangsprostitution oder Menschenhandel hatten, konnten sie nichts machen. »Zumindest nicht von hier aus.« Fuentes schien einen Plan zu haben.

»Dann ist da noch etwas.« Der Inspektor zog einen weiteren Hefter aus seiner modischen, aber abgewetzten Aktentasche.

Dolf wollte gerade den Ordner mit den gesammelten Aussagen der Mädchen beiseitelegen, als ihm eine dünne Zellophanfolie an der Fingerkuppe kleben blieb, nur für einen Lidschlag. Er schlug die Seiten zurück, fand die winzige Plastiktüte und die dazugehörige Aussage. Er war sofort alarmiert.

Lavinda Liu, im Job *Lucy Liu*, hatte nach Nadinas Liste einen taiwanesischen Pass, lebte aber seit sechzehn Monaten in Frankreich, inzwischen mit der dortigen Staatsbürgerschaft. Sie hatte einen Iraner in den besten Jahren geheiratet, der weder von ihrer Vergangenheit wusste noch von ihrer Hymenoplastie; in dessen florierendem Übersetzungsbüro in Lothringen betreute sie die Rezeption im Eingangsbereich. Ein Faltblatt mit hübschen Fotos lag bei.

Das Klarsichttütchen enthielt eine Strähne langes, kräftiges, schwarzes Haar. Liu hatte, gegen die Zusicherung, dass ihre Angaben unter strengster Verschwiegenheit behandelt würden, praktisch postwendend eine Haarprobe übersandt.

»Blöde Geschichte«, Fuentes ließ sich weder von Dolfs Aufgeregtheit anstecken, noch wollte er auf dessen fragenden Blick eingehen, »fünfundneunzigprozentige Übereinstimmung.«

»Also ist sie die Asiatin, deren Haar Sie auf van Danz' Yacht gefunden haben? Gratulation!«

»Beweist leider gar nichts. Fräulein Liu, beziehungsweise Mme Owzari, ist im Frühjahr vor zwei Jahren mit dem Boot von Cartagena nach Ibiza gebracht worden.«

Damit hatte sich Fuentes' hoffnungsvollste Spur in Luft aufgelöst. Sie war jedenfalls nicht die mutmaßliche Asiatin, die im Juli an Bord gewesen war. Fuentes nickte grimmig. Er leerte sein Glas auf einen Zug. Und winkte dem Wirt nach einem neuen.

Dolf hatte noch eine Idee in Reserve. Zufällig oder vielleicht doch nicht ganz zufällig hatte er eine junge Asiatin kennengelernt. Erst am Vorabend hatte er mit ihr eine eher unangenehme Spazierfahrt unternommen. »Und wenn es eine andere Liu gewesen wäre? Angenommen, Lavinda Liu hat eine Schwester.«

»Hatte sie. Vier Jahre jünger.«

»Die erfährt, was ihrer älteren Schwester passiert ist, dass sie betäubt, geschmuggelt und zur Prostitution gezwungen wurde ...«

Fuentes nickte. »Alles denkbar.«

»Also macht sich das jüngere Fräulein Liu auf den Weg, schmeißt sich van Danz an den Hals, lässt sich auf die Yacht mitnehmen und dreht dem Misshandler ihrer Schwester die Luft ab.«

»Nicht unbedingt schlecht, Chirén: Motiv, Mittel, Gelegenheit, alles da. Und alles passt zusammen. Aber Lavinda Lius Schwester ist vor fünf Jahren bei einem Verkehrsunfall ums Leben gekommen.«

»Zug, Bus oder Fahrrad?«

»Auto. Es gibt inzwischen mehr Autos als Fahrräder in Menghou. Es ist eine Viermillionenstadt. Niemand war schuld, ein Unfall.«

»Verdammt! Weil ich ein Fräulein Liu kenne, der ich die Sache ohne weiteres zutraue.«

»Aha. Woher? Vorname?«

»Weiß ich nicht.«

»Dann vergessen Sie das. Es gibt Millionen von Lius in China und Taiwan. Es ist der zweithäufigste Familienname. Die wenigsten von denen sind miteinander verwandt.«

Dolf hätte sich auf die Zunge beißen können. Er kam sich vor wie ein plumper Anfänger. Fuentes winkte ab. »Aber das hier ...«

»Und was ist der häufigste, *Señor Sabelotodo*?«

Der Inspektor starrte ihn unwirsch an. »Li.«

Dolf musste grinsen. Aber nur kurz. Fuentes hatte es mehr als verdient, ein Besserwisser genannt zu werden. Er war schließlich einer. Dass die jüngere Liu einem Verkehrsunfall zum Opfer gefallen sein sollte, musste nichts heißen. Personalien wurden verwechselt. Oder der gesamte Unfall war nur eine Legende, um die Spuren der jungen Chinesin, die Dolf kannte, zu verwischen oder ihr eine falsche Identität zu verschaffen.

Endlich kam Dolfs Essen, eine willkommene Pause. Er konnte die Zeit gut gebrauchen, um sich zu sammeln. Zwei junge Frauen, die denselben Nachnamen hatten wie wahrscheinlich eine halbe Milliarde Chinesinnen ...

Missmutig stocherte er in seiner trockenen Tortilla herum. Ganz klar war dies ein Lokal für Fisch und Meeresfrüchte. Wenn man überhaupt an solch einem Ort essen wollte. Fuentes konnte anscheinend immer essen; selbst seine unansehnlichen Nierchen hatte er restlos weggeputzt. Jetzt wartete er ungeduldig, bis Dolf seinen Teller wegschob, um ihm seinen nächsten Hefter zu präsentieren.

Fuentes' neueste heiße Spur war eine nicht existierende Handynummer. Sie war auf Ibiza aus van Danz' Telefon ausgelesen worden.

»Der Nummernspeicher wurde nicht gelöscht?«

»Und wenn schon. Beim Telefonanbieter müssen sie diese Daten sechs Monate lang vorhalten. Die weisen auch unterdrückte Nummern aus. Wie zum Beispiel diese hier.«

Es war eine +49-Nummer. Eine deutsche Handynummer. Am Nachmittag vor van Danz' Ausfahrt war sie in einem Funkmast am Flughafen der Insel eingeloggt. Zwanzig Minuten später in der Innenstadt von Eivissa noch einmal. Irgendjemand mit einem deutschen Handy war am elften November auf Ibiza gelandet und hatte mit Gunter telefoniert.

Es war klar, dass der Besitzer der Handykarte nicht ermittelt werden konnte. Es war eine Prepaid-Karte aus zweiter Hand. Mit der zugehörigen Seriennummer ließ sich aber verfolgen, dass die Karte in Norddeutschland, im Großraum Niedersachsen, Hamburg, Bremen oder Schleswig-Holstein verkauft worden war.

»Der Importeur der Tomatendosen kommt aus Bremen, Fuentes.«

»Sie glauben doch nicht im Ernst, dass die Angaben auf den Etiketten etwas mit den wirklichen Schiebern zu tun haben!« Aber wirklich ausschließen konnte Fuentes es auch nicht.

»Nach dem Handelsregister gehören der Firma Anteile an der Konservenfabrik in Ecuador. Unter der Woche füllen die brav Tomatenmatsch in Dosen. Und am Wochenende fährt einer der Leute Sonderschichten und füllt seine eigene Ware ab.«

»Mit Wissen des Chefs?« Fuentes grinste skeptisch.

Er hatte recht – jemand musste am anderen Ende der Lieferkette die kostbaren Dosen von den Quirltomaten unterscheiden können. Die Schmuggeldosen mussten markiert sein. Ohne Wissen der Verantwortlichen war das kaum zu schaffen.

Könnte der Inspektor um Amtshilfe bei den deutschen Kollegen ersuchen? Um die Überwachung von Telefon, Mail- und Briefverkehr, um Observierung?

»Die Überwachung eines deutschen Geschäftsmannes, Mitglied der Handelskammer, Vorsitzender der Deutsch-Kolumbianischen Freundschaftsgesellschaft, Honorarkonsul der Republik Kolumbien? Sie machen Witze, Chirén, oder?«

Dolf biss sich auf die Unterlippe. Hätte er sich das denken müssen? Dass der mutmaßliche Großlieferant in seiner Stadt, in seiner Gesellschaft mindestens ebenso gut vernetzt war wie van Danz auf Ibiza?

»Honorarkonsul?« Das erinnerte Dolf an etwas, auch wenn er gerade nicht darauf kam.

»Und Ehrendoktor der Universität Bogotá und seine Exzellenz. Bei euch in Bremen ist dieser Dr. Feller eine ganz große Nummer!« Fuentes hatte im Internet recherchiert.

Dolf stammte aus Hamburg-Harburg, aber er verkniff sich, den Inspektor zu korrigieren. »Können die Polizeibehörden nicht die Passagierlisten des Flughafens einsehen?«

Sicher konnten sie das, erklärte Fuentes. Und das würden sie auch. Aber dazu musste er noch einmal nach Ibiza. »Sind Sie dabei?«

»Als Assistent und Dolmetscher, wieder auf eigene Kosten?« Falls es Dolfs Versuch war, so etwas wie eine Verhandlungsposition aufzubauen, schlug er kläglich fehl.

Denn der Inspektor zuckte nur die Achseln. »Das ist der Deal.«

Dolf hatte keine Verpflichtungen, niemanden, auf den er Rücksicht nehmen, von dem er sich verabschieden musste. »Von mir aus.«

»Neun Uhr fünfzehn ab San Javier. Ich hole Sie um sieben ab.«

Er kam schon früher, um Viertel vor sieben. Das heißt, er kam nicht. Der Fahrer, ein junger Polizist in Zivil, entschuldigte seinen Vorgesetzten. Inspektor Fuentes sei überraschend zum Rapport bestellt worden, *Señor Tiskirener* möge schon einmal vorfahren und den Flug nehmen, damit wenigstens nicht beide Tickets verfielen.

Dolf machte sich keine großen Gedanken. Auch nicht, als im kleinen Flieger der Platz neben ihm von einer hochnervösen beleibten Dame besetzt wurde, die auf dem Weg zu ihren Enkeln war, wie sie ihm ausführlich erzählte. Also war zumindest dieser Sitz offensichtlich nicht für Fuentes reserviert gewesen …

Der Flug verlief ohne Zwischenfälle. Wenn man den lautstark protestierenden Mitreisenden nicht zählte, der sich mit einer der Stewardessen anlegte. Aber das Personal der Billigfluglinie musste Fußballhooligans und Cluburlauber ertragen, die im Sommer für ein Wochenende auf die Insel jetteten, um zwei Tage rund um die Uhr Party zu machen. Außerdem schlugen sie sich mit den überzogensten Ansprüchen der geizigsten Pauschalreisenden herum, auf die ihre Fluggesellschaft spezialisiert war. Sie waren Kummer gewohnt.

Dolf checkte brav im selben nüchternen Diensthotel ein, das auch zwei Wochen zuvor für ihn vorgesehen gewesen war. Am Rande der Altstadt lag es, in der Nähe des Hafens, aber auch der Promenade und der Festung. Sein erster Weg führte ihn ins *El Acuario*. Oder jedenfalls in das angeschlossene Hotel.

Nadina Loulouga Mbembe begrüßte ihn an der Rezeption, als hätte sie ihn erwartet. »Adolfo, wie schön, dich zu sehen!« Es klang unpersönlich.

»Ja, ich freu mich auch.« Dabei hielt sich seine Freude in Grenzen. Dolf war auf der Hut.

Nadina bat ihn mit einer Handbewegung in ihr kleines Büro. Durch die geöffnete Tür hatte sie den Eingang im Blick. Kein Mensch kam, das Hotel wirkte verlassen.

»Was kann ich für dich tun?«

»Sie wussten …«

»Siezen wir uns?«

»Du wusstest, dass Gunter auf seiner letzten Tour einen Geschäftsfreund mit an Bord genommen hatte.«

»Nicht sicher.«

»Warum hast du das nicht gesagt?«

»Hast du mich denn gefragt?«

Er konnte sich nicht erinnern. »Ich frage dich jetzt.«

»Das ist total üblich. Günni war dauernd mit irgendwelchen Geschäftspartnern unterwegs. Die meisten hatten ihre Assistentinnen dabei. Soll ich mir da jedes Mal die Personalien geben lassen?«

»Es waren die Leute, die deinen Chef zuletzt lebend gesehen haben.«

»Unsinn.« Sie winkte ab.

Dass diese Tatsache Nadina so kalt ließ, war kein gutes Zeichen. Dolf vermutete, die Kamerunerin hatte noch mehr im Hinterkopf, als sie ihm gegenüber zugab. Jedenfalls blieb von ihren Avancen keine Spur zurück. Dolf war es recht. Er verabschiedete sich bald. Sie gingen auseinander wie zwei Menschen, die sich einmal sehr geliebt und jetzt nichts mehr zu sagen hatten. Keins von beidem traf zu.

29

Den Rest des Nachmittages verbrachte Dolf am Yachthafen. Dort herrschte nicht viel Betrieb. Drei oder vier Segelyachten kamen von Tagestouren zurück, trieben geräuschlos und starr wie Schwäne auf dem fast wellenlosen Wasser herein und glitten an ihre Liegeplätze. Die wenigen Motoryachten waren lauter, ungestümer, krawalliger. Sie brausten heran, sanken im inneren Hafenbecken in ihre Bugwellen und tuckerten zu ihren Leinen. Dolf hätte sich verlieren können in seinen fahrigen Gedanken über die Typenunterschiede: was eine Motoryacht, was eine Segelyacht über den Charakter ihres Besitzers aussagte. Doch dazu war er zu unruhig und träge zugleich. Nach allem, was Fuentes und er inzwischen über ihn recherchiert, erfragt und sich zusammengereimt hatten, wäre Gunter van Danz eher der Typ für ein Motorboot gewesen. Aber Menschenkenntnis traute sich Dolf schon lange nicht mehr zu.

Er fand eine Bar am Hafen, die nicht zu laut, zu jung oder zu touristisch war, und ertränkte seine wirren Gedanken in Brandy mit Wasser.

Auf dem Rückweg – Dolf war gerade um eine Hausecke gebogen – standen plötzlich zwei Jugendliche vor ihm. Messer hatten sie auch. »Geld her, *Móvil*, alles!«

Dolf holte sein Handy heraus und streckte es ihnen entgegen.

Der Ältere der beiden schien der Anführer zu sein. Er grinste nur abschätzig. »Das kannst du behalten, das taugt nichts.«

Während Dolf noch überlegte, wie er sich verhalten sollte, kam von hinten ein Arm in sein Blickfeld, eine Hand in einem lindgrünen Gummihandschuh, die ihm ein Papiertuch mit einer ätzenden Flüssigkeit vor Mund und Nase drückte. Er hustete, röchelte und musste rasch das Bewusstsein verloren haben. Das Letzte, was er sah: dass am Handgelenk, auf dem schmalen Streifen Haut zwischen Strickbündchen und Gummihandschuh, ein Spruch eintätowiert war: …res per…

Als Dolf aufwachte, war alles weg. Seine Brieftasche fand er ein paar Schritte weiter, ohne Geld selbstverständlich. Vor allem aber fehlte sein Leinenbeutel mit Nadinas Liste, sämtlichen Unterlagen und seinem Notizblock. Die Notizen brauchte er nicht unbedingt. Seine Schrift konnte ohnehin keiner lesen, nicht mal er selbst. Aber merkwürdig war es doch. Was wollten die Kids mit den Akten? Und zu wem gehörte der Arm mit der *res per*-Tätowierung?

Ein Streifenpolizist brachte Dolf auf die Wache und nahm seine Angaben unbeteiligt auf. Die Jugendlichen waren polizeibekannt, der Überfall nur ein weiterer Punkt in ihrem Sündenregister. Sobald sie strafmündig wären, würden sie aus dem Verkehr gezogen. Dolf staunte, dass die beiden noch keine vierzehn sein sollten.

Als er sich gegen Mittag mit Fuentes traf – in seinem neuen Lieblingslokal, bei einer Meeresfrüchte-Platte voller Schnecken, Muscheln, Weichgetier und Algen für Fuentes, bei einem Teller gebratener Chorizo mit weichen Kartoffeln und Bohneneintopf für Dolf –, wusste der Inspektor über den nächtlichen Überfall bereits Bescheid. Dolfs verlorene Akten hatte er als Kopien dabei und reichte sie ihm kommentarlos herüber. Vor allem hatte der Inspektor bereits weitere Unterlagen der örtlichen Telefongesellschaft mitgebracht.

Vom deutschen Handy aus war mit einem spanischen *Móvil* telefoniert worden, noch am Flughafen. Und erneut zwei Stunden später in der Stadt. Ihr deutscher Passagier, hinter dem sie Feller vermuteten, war hier auf Ibiza verabredet gewesen. Mit wem?

Mit keiner der Personen, die sie bereits im Visier hatten. Weder Gamsreiters noch Nadinas Nummer tauchten in den Listen auf. Fuentes war umsichtig genug gewesen, auch die zwei öffentlichen Fernsprecher am Flughafenterminal checken zu lassen. In den zwei Stunden nach der Ankunft des Fluges aus Hamburg waren sie nicht benutzt worden.

Das spanische Handy war nicht in Ibiza registriert, die Prepaid-Karte war in Südspanien, irgendwo im Gebiet zwischen Almería und Alicante, Granada und Murcia verkauft worden.

Alicante war einer der Freihäfen, die als Umschlagplatz für Drogen in Frage kamen. Sollte das etwas zu bedeuten haben?

Auch das spanische Handy war zunächst am Flughafen eingeloggt und später in der Innenstadt geortet worden, am selben Funkmast wie das deutsche Handy: Zwei Leute hatten sich am Flughafen verabredet und in der Stadt getroffen.

Am Nachmittag hatte Fuentes einen Termin mit einem Schmerzensmann. Daniel Gamsreiter war in einem schlimmen Zustand. Schon als er vor dem wogenden Schilf auf dem Parkplatz aus dem Taxi stieg, fiel das ins Auge: Gamsreiter humpelte stark, er hatte anscheinend eine Beinverletzung.

Der Inspektor erwartete ihn auf dem Revier, Sabadell hatte ihnen einen Verhörraum reservieren lassen. Ob er selbst hinter der verspiegelten Scheibe stand und zusah, konnte Dolf nur vermuten. Er hielt sich im Hintergrund.

Fuentes dirigierte den Cowboy zu seinem Platz am abgeschrammten Resopaltisch. Rauchen war nicht erlaubt. Gamsreiter murrte und stöhnte. Jetzt, bei näherem Hinsehen, zeigte er ein frisch geschlagenes, rot unterlaufenes Auge, dazu eine böse Schürfung am Jochbein und einen Arm, der mit einem notdürftigen Verband ruhiggestelltwar. Die Binde hatte er offenbar selbst gemacht.

»Was ist passiert?«

»Böser Sturz, Motorrad.«

Sie hatten nicht gewusst, dass er Motorrad fuhr. »Ohne Helm?«

»In den Dünen am Flughafen.«

»Warum sind Sie nicht zum Arzt?«

»Ohne Krankenversicherung?«

Fuentes sagte es ihm auf den Kopf zu: Der Typ, der das angerichtet hatte, würde wiederkommen. »Sie können sich ausschweigen, so viel Sie wollen.«

»Wer sagt denn, dass ich irgendetwas verschweige, Inspektor?«

»Sagen Sie es uns jetzt, dann gibt es keinen Grund mehr, Druck auf sie auszuüben.«

»Es gibt keinen Grund. Niemand, der Druck macht. Es gibt nichts zu sagen.«

Der Inspektor nickte in Gedanken. »Dann hören Sie mal zu.«

Er schilderte Gamsreiter, was sie inzwischen wussten. Vom deutschen Passagier, der sich am Flughafen mit einer Frau aus Alicante getroffen hatte. Die beiden waren mit Gunter van Danz am Abend der Ausfahrt im Hafen von Formentera gesehen worden. Die Behörden standen kurz davor, herauszukriegen, wer am letzten Törn teilgenommen hatte.

Gamsreiter konnte mit ihnen zusammenarbeiten und sagen, was er wusste. Oder sie würden es ohne ihn herauskriegen, und dann war er Mitbeschuldigter.

Gamsreiter blieb dabei, er behauptete, von keinem Geschäftsmann zu wissen, von keiner Verabredung, schon gar nicht von einer spanischen Gespielin des Deutschen. »Wenn

Sie mir nachweisen können, dass ich weiß, wer die Alte ist, dann bleib ich direkt freiwillig hier.«

»Heißt das, Sie wissen, wer der Deutsche ist?«

»Das heißt gar nichts, *you know*.«

Gamsreiter schien die Sache mit sich alleine ausmachen zu wollen. Sie konnten nicht mehr tun, als ihn zu warnen. Er war erwachsen. Das stand zumindest in seinem Pass.

30

Nadina, die am nächsten Morgen am selben Ort vernommen wurde, hatte Fuentes mit einem Streifenwagen abholen und vorführen lassen. Entsprechend eingeschüchtert trat sie auf. Oder tat zumindest so.

Fuentes' erste, tastende Fragen parierte sie gefasst. Aber je nachdrücklicher er bohrte, umso ausweichender reagierte sie. Bis ihm die Hutschnur riss. Er sagte ihr klar und knapp auf den Kopf zu, dass sie log. Er hielt ihr Menschenhandel, Drogenvertrieb und Förderung der Prostitution vor. Vor allem aber Beihilfe zu einem Tötungsdelikt.

Zuerst machte Nadina nur große Augen.

Dann spulte sie eine hochdramatische Szene ab: Sie stritt ab, irgendetwas zu wissen, sie tat verzweifelt, sie legte einen Zusammenbruch mit allen Schikanen hin, inklusive Zu-Boden-Sinken und Augenverdrehen, als ob sie in Ohnmacht fiele. Wie zufällig rutschte ihr enger Rock dabei hoch und entblößte ihre Oberschenkel bis hinauf zur Hüfte. Fuentes legte seine Jacke darüber und wartete ab. Nach gutem Zureden und einem Glas Wasser war Nadina in der Lage, sich aufzuraffen und wieder am Tisch Platz zu nehmen. Sie brach in Tränen aus und schluchzte. Auch ihr vorgespielter Weinkrampf war nicht von schlechten Eltern.

Fuentes blieb ungerührt, schob ihr nur die Großpackung Kleenex hinüber, die für solche Fälle in jedem Verhörzimmer wie in jedem Beratungsraum und in jeder Therapiepraxis bereitstand. Dolf schluckte. Aber Fuentes gab nicht nach.

In Dolfs Erinnerung dauerte es Stunden, er konnte Frauen

nicht gut weinen sehen. Tatsächlich waren es weniger als fünfzehn Minuten. Dann hatte sich Nadina so weit gefasst, dass sie bat, sich frischmachen zu dürfen. In Begleitung einer Polizistin, die Sabadell zu diesem Zweck abgestellt hatte, suchte sie die Toilette auf und war schließlich in der Lage, mit ihnen zu reden.

Nadina sprach zögernd und unbewegt. Für Dolf sah es aus wie ein ehrliches Geständnis. Von Gunter hatte sie gehört, dass ein Geschäftsmann aus Bremen oder Hamburg komme, samt seiner Assistentin.

»Die Namen?«

»Kaiser, Rolf Kaiser.«

»Und die Assistentin?«

»Keine Ahnung. Irgendeine Tina oder Laura oder Sandra. Der Name spielte keine Rolle, nur das Aussehen.«

»Die kamen zusammen an?«

»Sicher. Wie sonst?«

Dolf und Fuentes warfen sich über Nadinas Kopf einen raschen Seitenblick zu: Nadina wusste nicht, dass sich die beiden erst am Flughafen getroffen hatten. Dass diese Begleiterin nicht zu Feller gehörte.

Aber sonst schilderte Nadina ihnen sämtliche Details, alle waren nachprüfbar, und bis auf die Falschidentität hielten alle der Nachprüfung stand: Van Danz hatte eine Verabredung am Anleger im Hafen von Formentera, er sollte einen deutschen Gast und seine Begleiterin treffen. Sie würden eine Ausfahrt unternehmen, einen Törn für einen oder mehrere Tage, je nach Laune. Datum, Abfahrtszeit, Beteiligte – es passte alles zu den Informationen, die sie bereits hatten.

Sabadell brauchte an diesem Abend bei seiner Recherche nicht einmal eine halbe Stunde, um herauszufinden, was alle drei bereits vermuteten: Es gab keinen Rolf Kaiser. Jedenfalls nicht die Person, die drei Wochen zuvor nach Ibiza geflogen war. Rolf Kaisers gab es mehrere Dutzend in Deutschland, Österreich und der Schweiz, sogar in Südafrika und der Dominikanischen Republik. Aber keiner stand auf den Passagierlisten der Flüge, die am elften November auf Ibiza oder den Nachbarinseln gelandet waren.

Am nächsten Morgen nahm Dolf sich die Listen vor. Insgesamt dreizehn internationale Flüge waren angekommen, sieben davon aus Großbritannien, Italien und Frankreich. Drei aus Russland und Weißrussland. Drei aus Deutschland, darunter nur zwei, die auf ein paar Stunden genau zu der Ankunftszeit passten, die sich aus der Telefonüberwachung ergab. Hundertsechsundzwanzig Passagiere aus Hamburg oder München. Wenn Dolf das Geburtsdatum dazunahm und nach Alleinreisenden suchte, blieben vier Möglichkeiten, vier alleinstehende Herren. Einer hatte Sperrgepäck, ein Surfbrett, ein anderer eine komplette Tieftauchausrüstung, ein Dritter seinen Collie dabei. Es war keine schwere Aufgabe, auf ihren Mann zu kommen: Klaus Neumann, aus Hamburg.

Dolf würde Fuentes bitten können, sich die Video-Aufzeichnungen vom Gate in Hamburg kommen zu lassen.

Die Gespielin machte Dolf mehr Arbeit, aber nicht wesentlich mehr. Auf einem Inlandsflug aus Madrid mit Zwischenlandung in Alicante, laut Flugplan ein halbe Stunde später als die Maschine aus Hamburg, war eine junge Frau mit asiatischem Namen angekommen: Nataly Zhang.

Ihre Personalien stachen Dolf sofort ins Auge. Sie reiste mit einem Pass aus Taiwan, und nach einer Asiatin suchten sie schließlich. Das alles passte zu gut ins Bild, als dass er sich darauf verlassen hätte. Pass und Nationalität konnten, wie auch der Name, gefälscht sein. Dolf nahm alle übrigen Reisenden gründlich unter die Lupe, bevor er sich festlegte. Von den zwölf alleinreisenden jungen Damen, die in den fraglichen zwei Stunden auf Ibiza angekommen waren, hatten drei Anschlussflüge oder Transfers ins Inselinnere gebucht. Vier weitere hatten sperriges Gepäck aufgegeben, zwei sogar Pappmachéekostüme für einen aufwendigen Junggesellinnenabschied. Die Schlange an der Ausgabe für *bulk luggage* musste bei diesem Flug besonders lang gewesen sein. Drei junge Frauen reisten mit Pässen aus Mittel- und Südamerika. Es waren Hausangestellte oder Kinderfrauen. Blieb eine TV-Reporterin, deren Namen Dolf schon einmal gehört hatte. Und Nataly Zhang, eine Asiatin. Also doch.

Das passte auch zu der Beschreibung der Dreiergesellschaft, die er vom Kellner im Hafenrestaurant *El farol* hatte: zwei Herren und eine Dame, die wohl die Sprache nicht beherrschte.

»Nennen wir sie *Señorita Liu*«, erklärte er Fuentes später, als sie sich im notorischen Fischrestaurant zum Mittagessen trafen. »Da können wir nicht viel falsch machen, oder?« Dolf hatte ein Augenzwinkern für Fuentes. Dabei war er sich lange nicht so sicher, wie er tat, dass er die richtige Verdächtige gefunden hatte. Das effektive Fräulein Liu, das er kannte, konnte Gunter aus alter Rache umgebracht haben oder wegen einer hässlichen Geschichte am Vorabend. Dolf wusste mit jeder Windung seines Gehirns, dass Fräulein Liu in der Lage war, für sich selbst zu sorgen. Grauhaarige Gentlemen brauchte sie dazu nicht.

Das Standfoto vom Ausgang zum Flugsteig in Fuhlsbüttel zeigte Konsul Feller, allerdings mit Sonnenbrille und Basecap, die zu seinem Zweireiher so gut harmonierten wie feuerrote High Heels. Fräulein Liu alias Nataly Zhang hatte sich am Gate in Alicante mit einem Mundschutz getarnt, den man an einer Asiatin nicht unbedingt auffällig finden musste.

Fuentes hatte die Bilder ausgedruckt vorliegen, als Daniel Gamsreiter am späten Nachmittag des folgenden Montags noch einmal auf das Revier gebracht wurde. Der Verhörraum war nicht frei, also nahmen sie die Vernehmung in Sabadells Büro vor.

Sabadell saß auf seinem Stuhl am Computer und tat unbeteiligt, während Fuentes den Cowboyimitator in die Zange nahm, aber sicher entging dem Kollegen kein Wort. Vor allem entging nichts dem Aufnahmegerät, das von einem Beamten auf einem Stuhl am Fenster bedient wurde.

Fuentes stieg gleich hoch ein. »Ob wir Sie in Haft nehmen, Gamsreiter, entscheiden wir am Ende dieser Vernehmung. Es liegt bei Ihnen. Und an dem, was Sie uns hier sagen. Haben Sie das verstanden?«

»*No soy estúpido*, *you know*. Ich bin nicht blöd.«

Fuentes erklärte Gamsreiter, was sie bis jetzt zusammengetragen hatten. Er wollte den Mann in die Enge treiben und stellte es so dar, als bräuchten sie nur noch dessen Zustimmung zu Tatsachen, die sie bereits geklärt hatten.

»Wir wissen, wer am elften November um sechzehn Uhr achtundvierzig mit dem Flug aus Hamburg nach Ibiza kam. Auch, auf wen diese Person gewartet hat, sie kam eine halbe Stunde später aus Alicante an. Wir wissen, dass die beiden sich in der Innenstadt trafen und nach Formentera übersetzten, wo sie zusammen mit Ihrem Chef im *El farol* zu Abend aßen, bevor sie sich auf der *Sadalsuud* einschifften.«

Gamsreiter saß breitbeinig auf seinem Stuhl, die Sohlen seiner Cowboystiefel schielten weit nach außen, ihre Spitzen zeigten gegen die Decke. Hätten sie es ihm gestattet, hätte er wohl die Füße auf den Tisch gelegt. »Keine Ahnung, was das alles mit mir zu tun haben soll.«

»Ich frische Ihr Gedächtnis auf, Herr Gamsreiter. Hier

habe ich Fotos der betreffenden Personen.« Fuentes legte die Ausdrucke vor Gamsreiter hin, der aber nur einen flüchtigen Blick darauf warf.

»Bestimmt nicht.«

»Das sind bestimmt nicht die betreffenden Personen, wollen Sie damit sagen?«

»Dass ich dazu bestimmt nichts sagen werde.«

Fuentes nickte, wartete ab, räusperte sich.

Gamsreiter starrte in die Luft. Leise schmatzend schlängelte er seine Zunge von der einen Seite des Unterkiefers auf die andere und zurück, beulte dabei seine Wangen mit der Zungenspitze aus und ließ sie zurückschnalzen. So sehr war er mit seinen Mundorganen beschäftigt, dass der Inspektor genauso gut draußen im Schilf hätte sitzen können.

Im Vergleich zum letzten Mal machte Gamsreiter wieder einen ganz passablen Eindruck, seine Augen waren gelb und braun unterlaufen, aber nicht mehr geschwollen, der Schorf an seinem Jochbein sah aus, als könne er jeden Augenblick abfallen, auch die selbst gemachten Verbände trug Gamsreiter nicht mehr.

Fuentes nickte noch einmal, sah von einem zum anderen. »Na schön, Herr Gamsreiter. Wir werden in den nächsten Tagen ganz exakt feststellen, was diese beiden Personen hier auf der Insel gemacht haben. Und was das mit Ihnen zu tun hat. Besser, Sie arbeiten mit uns zusammen.«

»Nichts, was ich lieber täte, *you know*. Aber wenn ich nun einmal nichts weiß …« Gamsreiter machte keine Anstalten aufzustehen. Er wartete ab, bis Fuentes ihn entließ. Er machte keinen Fehler, nicht den geringsten.

»Sie können gehen.«

Sogar eine ironische Verbeugung bekam er hin.

Die Überfahrt nach La Savina kannte Dolf schon. Im diesigen Nachmittagslicht sahen die blassen Felsen vor dem bleichen

Himmel und der grauen See aus wie ein missratenes Dessert, das mit zuviel Glasur überzogen war.

Dolf stapfte zum Restaurant. Der Kellner hatte frei. Dolf ließ ihn anrufen, seine Dienstunterkunft lag nur ein paar Minuten entfernt.

Sie setzten sich an einen der freien Tische unter der halb ausgefahrenen Markise. Ein leichter Wind roch muffig nach Brackwasser und verdorbenem Gemüse. Der Geruch passte nicht zum kühlen Stil des Restaurants.

Der Kellner wirkte verschlafen und unwillig. Trotzdem bekam Dolf eine hundertprozentige Identifizierung. Feller war der Mann, mit dem sich van Danz auf Deutsch unterhalten hatte. Fräulein Liu war die sprachlose junge Frau, die dem tunesischen Kellner beim ersten Mal nicht eingefallen war.

Dolf war zufrieden. »Wie war die Stimmung zwischen den Dreien?«

»Gut. Sehr gut. Nach allem, was ich mitgekriegt hab.«

Van Danz hatte ein großzügiges Trinkgeld auf die Kreditkartenabrechnung gesetzt. Das war alles, an was sich der Kellner mit Sicherheit erinnern konnte.

Dolf wartete auf die Fähre zurück zur Hauptinsel. Er hatte noch gut zwanzig Minuten Zeit. Am Kai, dem Hafenbecken zugewandt, lag ein schäbiges altes Motorboot halb vollgelaufen im Wasser. Aber dafür war am Kajütaufbau ein nagelneues Reklameschild aus Plastikplane aufgespannt – *Taxi acuático*. Mit Telefonnummer. Es war eine Handynummer.

Dolf rief an. Eine Männerstimme meldete sich.

»*Hola, buenas tardes*. Ich hab Ihr Schild am Hafen gesehen. Könnte ich Sie für heute Abend direkt buchen?«

»*Claro*, kein Problem.«

»Gut. Andere Frage: Wenn ich wissen wollte, ob Sie an einem bestimmten Datum eine Fahrt gemacht haben …?«

»Wir geben keine Auskünfte.« Der Mann klang plötzlich recht reserviert.

»*Vale*. Also: Inspektor Fuentes, von der *Policía judicial de Cartagena*, erwirkt einen Beschluss, dass Sie mir diese Angaben machen müssen. Ist Ihnen das lieber?«

»Niemand hier tut irgendwas Illegales. Warum so barsch?«

»Bin ich nicht von Natur aus.« Dolf brummte eine Entschuldigung.«

»Um welches Datum geht es?«

Dolf nannte den betreffenden Montag, irgendwann in der Nacht. »Hat Ihr Unternehmen da einen Passagier übernommen von einem Segelboot, hier in der Nähe, von der *Sadalsuud III*?«

»Kann ich nicht sagen. Steht hier nicht in den Notizen.«

»Dann müsste ich mir diese Unterlagen vorlegen lassen, wenn Sie verstehen …« Ohne Druck schien es nicht zu gehen.

»Es gibt hier nur eine Position.«

»Wie?«

»So eine Art Adresse.« Der Mann erklärte missmutig, wie das ging. Wenn man auf einen Knopf am GPS drückte, zeigte das Gerät die aktuelle Position an. Die gab man durch, und dann kam jemand mit einem Boot dort hin. Wie ein Taxi zu einer Straßenadresse.

»Dann werde ich die Positionen der *Sadalsuud* feststellen lassen und sie mit jeder einzelnen auf Ihrer Liste vergleichen …«

»Es gab diese Fahrt.«

Pause. Dolf wartete ab.

»Wir haben einen Fahrgast von der *Sadalsuud* aufgenommen und zurück in den Hafen gebracht.«

»*Wir*?«

»Ich war das.«

Der Mann hieß Jesús Muñoz. Innerhalb weniger Minuten war er mit seinem Boot bei Dolf. Der zeigte ihm Fellers Foto. Muñoz nickte und identifizierte den deutschen Geschäftsmann. Er hatte ihn draußen vor der Bucht übernommen. Auf der Segelyacht war alles klar gewesen. Nur eine junge Frau war an Bord. Die wollte das Boot alleine zurücksegeln. Sie sah so aus, als ob sie das könnte. »Als ob sie so einiges könnte.«

»Keine Spur vom Besitzer der Yacht?«

»Günni war nicht an Bord. Das Boot war verchartert. Den Skip hatte ich gerade übernommen. Der wollte sofort zum Flughafen gebracht werden.«

»Haben Sie nachgeprüft, ob die Yacht tatsächlich nach Formentera zurückkehrte?«

»Das ist doch nicht mein Problem!«

So kam Dolf nicht weiter. Muñoz hatte augenscheinlich keine Ahnung, dass er Teil eines Komplotts gewesen war. Dass zu dem Zeitpunkt, als er Feller von der Yacht holte, Gunter van Danz bereits wehrlos gemacht und geknebelt gewesen sein musste. Dass Fräulein Liu das Heft in die Hand genommen hatte.

Dolf hatte seine Fähre verpasst und jetzt wieder eine Dreiviertelstunde Zeit. Er rief Fuentes an. Sagte das Abendessen ab, dem Inspektor schien es nicht viel auszumachen. Der aß auch gerne alleine, das brachte der Beruf so mit sich.

Fuentes wollte der Form halber nachforschen lassen, woher der Auftrag für das Wassertaxi gekommen war. Sie hatten Fellers Handynummer. Wenn, wie sie beide glaubten, Feller noch im Hafen von Formentera zum ersten Mal angerufen hatte, wusste er bereits da, was passieren würde. Dann war nicht irgendetwas auf dem Törn schiefgelaufen, sondern Feller hatte sich mit van Danz nur verabredet, damit das tatkräftige Fräulein Liu an Bord kommen und ihren Auftrag erledigen konnte. Dann war es eine vorsätzliche Tat, also Mord.

31

»Wir müssen uns beeilen. Tut mir leid. Die Mbembe will reden.« Es war ganz und gar nicht Fuentes' Art, eine Mahlzeit abzubrechen. Das Frühstück im schlichten Diensthotel war nichts Besonderes. Rührei, Würstchen, Tortilla. Aber es weckte Dolfs Lebensgeister, es half ihm in den Morgen. Plötzlich wirkte sein Teller höchst appetitlich. Er nahm einen hastigen letzten Bissen und stand auf. Sie hatten es anscheinend wirklich eilig.

Nadina hatte am frühen Morgen Fuentes auf dem Handy angerufen. Sie hatte Angst. Sie war bereit, der Polizei alles zu sagen, was sie wusste.

Nadina war ins Hotel gezogen, in das Zimmer, das Dolf zwei Wochen zuvor bewohnt hatte. Cari führte sie hin. Vor der Tür stand ein Schrank von einem Mann in einem straff sitzenden Anzug. Er klopfte. »*Aquí están.*«

Nadina kam heraus. Sie wirkte gefasst und geschäftsmäßig. Aber die Rötung in ihren Augen und ihr stumpfer Blick verrieten, dass sie sich Sorgen gemacht und kaum geschlafen hatte. Alles andere verbarg ihr sorgfältiges Make-up. Sie trug das Leinenkostüm der Hotelangestellten und reichte Fuentes und Dolf die Hand. »Danke, dass Sie so rasch kommen konnten.«

Nadina führte sie durch die Glastür ins verlassene Restaurant. Der Muskelmann folgte ihnen. Nadina deutete auf einen Tisch. Sie setzten sich. Dolf war auf der Hut. Würde es eine neue hochdramatische Szene geben? Nadina versuchte ein einnehmendes breites Lächeln. Es blieb im Ansatz stecken.

»Sie haben jetzt einen Leibwächter?« Fuentes verbarg sein Erstaunen nicht.

Der Muskelmann stand mehrere Tischgruppen entfernt an der stillgelegten Bar und kehrte ihnen den Rücken zu. Seine Fäuste umklammerten die Messingstange des Tresens, er reckte sich und machte winzige Dehnübungen, selbstverliebt in seinen Körper.

»Ganz schön durchtrainiert.« Die Bemerkung konnte Dolf sich nicht verkneifen, unter der glänzenden Kunstseide des Anzugs zeichneten sich die schwellenden Muskelstränge ab wie unter Neopren oder geölter Haut.

»Ja, Toto gibt sich Mühe.« Nadina fing Dolfs Blick auf. »Er arbeitet sonst für den Club.« Sie sah Dolf an, als versuchte sie, seine Gedanken zu lesen. Er bemühte sich, keine zu haben. Sie schlug die Augen nieder.

»Sie fühlen sich bedroht, Señora Mbembe?« Fuentes tat unbeteiligt, als könnte ihn die attraktive Kamerunerin nicht aus der Ruhe bringen.

»Mit Toto vor der Tür fühle ich mich besser, das ist alles.«

»Nun gut. Was haben Sie uns zu sagen?«

»Alles. Ich möchte reinen Tisch machen.«

»Überraschen Sie mich, Madame!« Wenn es nicht charmant gemeint war, so konnte Dolf den Unterschied nicht heraushören.

»Ich verstehe schon, dass Sie mir nicht mehr glauben wollen, *Señores*. Das versuche ich wiedergutzumachen. Ich erzähle Ihnen, was es über meine Mädchen zu wissen gibt.«

Und das tat sie dann auch schlicht und ruhig. Nadina beteuerte, dass sie mit dem Drogenschmuggel nichts zu tun habe, das hatten andere hier im Club organisiert. Dolf und Fuentes brauchten nicht zweimal zu raten, wer damit gemeint war. Aber über die Wege der jungen Frauen gab Nadina alles preis, was sie wusste.

Gunter van Danz arbeitete mit zwei Männern aus der Kölner Gegend zusammen. Klarnamen kannte Nadina keine, doch sie gab Beschreibungen und Kontaktdaten. Von wem die jungen Frauen nach Deutschland geschmuggelt wurden, wusste Nadina nicht. Sie hatte verschiedene Geschichten von den Mädchen gehört. Eine junge Vietnamesin kam in einem Kühlcontainer über die tschechische Grenze nach Bayern, zwei Schwestern aus Mali hatten einen Nachtmarsch über die türkisch-griechische Grenze hinter sich, eine Kirgisin unterkühlte sich beim Durchwaten der Neiße zwischen Polen und Sachsen; manche waren erst in Deutschland auf Anzeigen hereingefallen, andere durch Jobangebote als Bardame, Aushilfe, Putzfrau ins Land gelockt worden. Seit Flüchtende in großer Zahl nach Deutschland wollten, taten die Schleuser neue, noch verborgenere und gefährlichere Wege auf.

Die jungen Frauen wurden nach Gunters »Ordern« in Köln zusammengestellt. Die Nächte vor dem Transport verbrachten sie in irgendeinem tristen Vorort mit hohen Mietshäusern, Nadina kannte den Stadtteil nicht. Zwei Männer waren beteiligt. Schäng war der eigentliche Chef, ein grauhaariger, gutmütig aussehender Mann mit einem ausladenden Schnurrbart, den die Mädchen den »Teufel« nannten, weil er immer freundlich tat, aber knallhart war. Und ein Pole, »Matschiek«, sein Helfer. »Der Junge« wurde er geheißen, weil er harmlos auf die Mädchen wirkte und ein Herz hatte.

Die beiden fuhren einen umgebauten Wohnwagen, mit Verstecken unter der Schlafcouch und hinter einem Schrank, wo zwei, zur Not auch drei Mädchen unterkamen. Es gab ein Chemieklo, aber keine Küche. Zwei Nächte fuhren sie, den Tag verbrachten sie auf dem Parkplatz irgendeines großen Supermarktes, im Süden Frankreichs oder in Nordspanien.

Wenn sie zu früh dran waren oder mitten am Tag ankamen, dann harrten sie im Camper aus, auf irgendeinem Parkplatz in Cartagena.

Oder in seiner ehemaligen Eisfabrik, ergänzte Dolf in Gedanken.

Schließlich wurden sie mit der Yacht abgeholt. Wenn sie in Ibiza ankamen, nach sechzehn Stunden Überfahrt, waren die meisten in einem erbärmlichen Zustand. Für die Tour waren sie unter Beruhigungsmittel oder Drogen gesetzt, manchmal sogar betäubt worden, wenn sie sich zu sehr wehrten.

Einmal angekommen, meist in den frühen Morgenstunden, waren die junge Frauen für jede Freundlichkeit empfänglich. Wenn Nadina ihnen ein Bad eingelassen, ihnen Tee und etwas zu essen gemacht hatte, waren sie dankbar, man brauchte sie nicht lange zu überreden. Sie alle waren in Deutschland schon ins Gewerbe eingewiesen worden, hatten in Privatclubs angeschafft und ihre ersten Enttäuschungen bereits hinter sich. Ihre Pässe durfte man ihnen selbstverständlich nicht lassen, aber auf dem Gelände von Hotel und Nachtclub konnten sie sich fast frei bewegen. Sie hatten ihre Kleidung und sämtliche Auslagen abzuarbeiten, auch die Miete für die Zimmer, dann konnten sie sich freikaufen, erklärte Nadina. Die Hälfte bekam Günni, die andere Hälfte sie. Viele kamen im folgenden Sommer freiwillig wieder. Die Arbeit war nicht schwer, wenn man sich erst einmal daran gewöhnt hatte, fand Nadina.

Sie blickte achselzuckend zwischen Dolf und Fuentes hin und her. Mehr hatte die Hotelmanagerin nicht zu sagen. Dolf stieß mit zusammengepressten Lippen die Luft aus. Ihm war dieses Geschäft zuwider, das die Hoffnungen junger Frauen ausbeutete, die für sich oder ihre Familie eine bessere Zukunft ersehnten, als ihre Heimatländer bieten konnten. Aber wahrscheinlich hatte Nadina recht: Sie hatte es so menschlich und fürsorglich eingerichtet, wie es unter den Bedingungen der Branche möglich war. Solange es für die jungen Frauen keine Aussicht auf legale Einreise gab, waren sie leichte Beute für Schlepper und Menschenhändler wie Gunter und seine Zuträger. Dolf nickte grimmig.

Fuentes überflog seine Notizen. Er hatte Abläufe, Zeiten, Orte, Kontaktdaten. Er hatte, allem Anschein nach, eine kooperative Beschuldigte.

Insgeheim vermutete Fuentes, aber das bekannte er Dolf erst später, als sie vor dem Gelände warteten und der Inspektor rauchte, dass das Verfahren gegen Nadina niedergeschlagen oder niemals eröffnet werden würde. Der Hauptdrahtzieher war tot, seine Helfershelfer waren in Deutschland bereits zur Fahndung ausgeschrieben. Nadinas Rolle in der Sache war nicht geringfügig, aber unbedeutend gegen die Verantwortung von Gunter oder Gamsreiter, die den Menschenschmuggel aktiv betrieben hatten. Im schlimmsten Fall würde Nadina mit einer Bewährungsstrafe davonkommen.

Das alles leuchtete Dolf ein. Die Hotelmanagerin hatte durch ihr umfassendes Geständnis nichts verloren, aber sich ehrlich gemacht. Und Gamsreiter schwer belastet. Das war vielleicht die Antwort auf die zweite Frage, die Dolf keine Ruhe ließ: Vor wem hatte Nadina Angst? Vor wem sollte ihr lächerlicher Leibwächter sie beschützen?

Fuentes und Dolf standen an der Seitenstraße vor dem Club. Auf der großzügigen Vorfahrt mit zwei Taxispuren verlor sich ein einzelner Dienstwagen. Dessen Fahrer versuchte über Funk, einen Termin beim Friedensrichter zu bekommen. Fuentes wollte einen Haftbefehl gegen Daniel Gamsreiter erwirken. Irgendetwas klappte nicht. Der Inspektor tigerte herum wie ein Hamster im Rad. Die Papiere konnte er auch persönlich beim Gericht in der Altstadt beantragen. Er drückte seine Kippe aus und riss die Wagentür auf. »Kommen Sie?«

Dolf wurde nicht gebraucht. Sie wussten es beide. Dolf schüttelte den Kopf. »Ich drück mich hier noch'n bisschen rum. Wenn Sie nichts dagegen haben.«

Dolf hätte vorher nicht sagen können, was er plante, er hätte geschworen, dass er einfach seinen Gedanken nachhängen wollte, aber als er zurück ins Hotel spazierte und auf den roten Flur zuging, da fiel vor ihm jedes Puzzleteil plötzlich an seinen Platz und fügte sich zu einem Bild: die leidende junge Frau, das Vögelchen Ophelia. Er klopfte an die schallgedämpfte Tür zu Felis Zimmer.

Keine Reaktion. Dolf probierte die Klinke. Die Tür ging auf.

Es roch nicht gut, und es sah auch nicht gut aus. Das Zimmer war noch verwahrloster als zuvor. Feli lag in ihrem Erbrochenen, regte sich aber. Bewusstlos war sie also nicht. Die dünne Brühe um ihren Mundwinkel und ihr Ohr sah blass aus und gelblich. Viel eher nach Urin als nach Kotze. Und sie roch dumpfer, erdiger. Sie stank wie Kot. Dolf war sich noch nicht klar, was er als Nächstes tun würde oder wen er zu Hilfe holen konnte, als Gamsreiter aus dem Durchgang zum Bad kam, eine Schüssel mit Wasser in beiden Händen, ein Küchentuch über die Schulter geworfen. Er riss erstaunt die schwarz unterlaufenen Augen auf.

»Was ist passiert?«, begrüßte Dolf ihn ebenso überrascht.

»Verpiss dich!«

Gamsreiter stellte die Schüssel ans Kopfende des Bettes. Er krempelte die Ärmel hoch, schob seine Hand unter Felis Wange, hob ihren Kopf an und zog gleichzeitig das durchnässte Kissen unter ihr weg.

Dolf stand unschlüssig dabei.

»Mach dich nützlich, wenn du schon hier rumstehst. Oder bist du zu fein für so was?« Mit dem Kinn deutete Gamsreiter auf Schüssel und Handtuch. Auch Dolf krempelte die Ärmel hoch, tauchte das Küchentuch ins warme Wasser und begann der knochigen jungen Frau behutsam Wangen und Kinn abzuwischen. Aus den Haaren bekam er die ölige Flüssigkeit nicht so leicht heraus.

Gamsreiter zog inzwischen das Bett ab, ohne seine Freundin groß zu bewegen. Er rollte das Laken seitlich unter ihr zusammen, hob sie federleicht über die geknüllte Rolle und warf das fleckige Tuch auf den Boden. Mit wenigen ebenso kundigen Handgriffen bezog er die Matratze mit einem neuen Betttuch. Es war nicht gebügelt und wirkte auch nicht besonders frisch. Aber wenigstens roch es besser als das alte. Gamsreiter machte das ersichtlich nicht zum ersten Mal.

Dolf hatte das Schmutzwasser ins Klo geschüttet und brachte die Schüssel zurück. »Was jetzt?«

»Danke. Sie können gehen.«

Gamsreiter rührte einen Brei aus Orangensaft, Apfelmus und Haferflocken zusammen. Er suchte einen sauberen Löffel und richtete Feli mit einem Rückenkissen zu halb sitzender Position auf. Sie war noch magerer geworden, fand Dolf. Sie war kaum mehr als Haut und Knochen. Selbst die eintätowierte kleine Doppeltilde an ihrem linken Ringfinger warf winzige Falten.

»Nimm dein Müsli, Schatz.« Gamsreiter flößte ihr den ersten Löffel ein.

Feli schlug die Augen auf. Schluckte schwer, würgte. Schloss die Augen wieder. Gamsreiter schob ihr noch einen gefüllten Löffel zwischen die Lippen. Er fütterte sie wie ein Baby. Fehlte nur noch, dass er ihr mit dem Löffel den Mund blank streifte.

Dolf war hier überflüssig. Er schlurfte zur Tür.

Feli schlug die Augen auf, sah gequält hinauf zu Gamsreiter. Dann nahm sie Dolf wahr, verschluckte sich, schrie auf. »Raus hier!«

»Er geht schon, Schatz. Beruhig dich.«

Aber Feli war nicht zu bremsen. Wut und Entsetzen verzerrten ihre Züge. Der Brei brach in hohem Bogen aus ihr heraus.

»Besser Sie gehen, Tschirner. Sie kann eh kaum was bei sich behalten.« Gamsreiter stellte das Tellerchen für den Moment beiseite und griff sich das Küchentuch, das Dolf inzwischen ausgewaschen hatte.

»Hat sie wieder angefangen?« Dolf meinte alle Anzeichen eines kalten Entzugs vor sich zu sehen.

Feli schnappte keuchend nach Luft. »Das geht dich einen Scheißdreck an!«

Gamsreiter strich ihr begütigend über den Rücken. »Feli war das nicht. Irgendjemand hat ihr ungestrecktes Zeug gespritzt. Da kam sie alleine nicht dran, dafür hab ich gesorgt.«

»Dabei verrecken hätt ich sollen!«

»Aber Sie sagen mir nicht, wer das war, richtig?«

»Worauf du einen lassen kannst!« Feli stierte Dolf aus winzigen Pupillen fuchsteufelswild an.

Gamsreiter hob bedauernd die Achseln. »Sie weiß es nicht, Tschirner. Ehrlich, Sie können uns nicht helfen. Wir kommen schon klar.«

»Hauen Sie endlich ab!«

32

[2000]

Am Ostersamstag 2000 fuhr Dolf vom fruchtlosen Besuch bei seinem Sohn im Haus der Schwedin zurück. Als er in Cartagena aus dem Bus stieg, kämpfte er gegen seine Dämonen und ein Heer von Ku-Klux-Klan-Männern, die in Horden die Gassen der Altstadt verstopften. Zumindest sahen sie in ihren spitzhütigen Kapuzen-Umhängen so aus, nur schwankten sie nicht bedrohlich, sondern wankten beseelt. Die Leute waren auf dem Heimweg von den Prozessionen oder beim Umzug in die nächste Kneipe.

In der gesamten Altstadt waren Straßen abgesperrt für die Festzüge mit den zentnerschweren Heiligenfiguren, die eine Woche lang aus den Kirchen getragen und im wankenden Büßergang durch die Stadt geschleppt wurden. Sie hielten die gesamte Bevölkerung Tag und Nacht auf den Beinen. Es ging auf das Osterwochenende zu, den Höhepunkt der *Semana santa*.

Aus den Kneipen und Restaurants wankten Stadtobere der Patrizierfamilien nach Hause, noch immer in Kutten und Kapuzen. Sie drängten sich durch die Menge wie Dolf, der sich mit seinem schmalen Pappköfferchen am Trubel vorbeidrückte, so gut es seine Wampe zuließ, und schließlich am Wohnhaus seiner Schwiegertochter anlangte und klingelte.

»Und, hast du ihn gesehen?« Santes zog ihm die Tür zu ihrer neuen kleinen Wohnung auf. Über die Feiertage konnte er bei ihr nächtigen, auch wenn seine Schwiegertochter eigentlich gerade erst eingezogen und längst nicht fertig eingerichtet war.

»Neue Möbel sind im Moment noch nicht drin.« Sie hatte geliehene, abgewohnte Sachen. Doch die Wohnung bot einen Vorgeschmack darauf, wie schick sie einmal sein würde, mit einem Salon, dessen bodentiefe Fenster den Blick auf die Schuttberge unterhalb des Amphitheaters öffneten, mit Parkettboden und hellen Wänden für Kunst. Die ersten Drucke und Fotografien hatte Santes bereits aufgehängt. Es waren vor allem Mitbringsel von Reisen, die sie vor ihrer Ehe mit Eduardo erlebt hatte.

Wenn sie die Trennung leichter genommen hätte, wäre es Dolf auch nicht recht gewesen. Sie war schmaler geworden, sie sah jünger aus, irgendwie schlanker. »Hast du abgenommen?«

»Eigentlich nicht. Es geht mir gut.«

Das war gelogen, Dolf konnte es sehen. Eine Augenweide war seine Schwiegertochter schon immer gewesen, ein stilvoll südländischer Typ mit schwarzbraunen Haaren und Augen, eher ein paar Pfunde zu viel, doch an den richtigen Stellen. Aber sie hatte sich verändert in dem halben Jahr, seit er sie zuletzt gesehen hatte. Sie war straffer geworden, sehniger. Ein bitterer Zug grub sich um ihre Mundwinkel ein, um die am Wochenende ungeschminkten Lippen. Dass sie nach wie vor eine ungeheuer attraktive Frau war, brauchte niemand zu betonen, Dolf am allerwenigsten. Er behandelte seine Schwiegertochter üblicherweise so, als sei ihm noch nie aufgefallen, wie umwerfend sie aussah.

»Welchen Eindruck macht er auf dich?«

»Ihm geht's dreckig, du hast recht. Auch wenn er das niemals zugeben würde.«

»Einmal, nach einem halben Jahr oder so, kam er zurückgekrochen. Hätte ich ihn reinlassen sollen?«

»Nein, du hast alles richtig gemacht.«

»Kannst du mir erklären, was er an ihr findet? Du als Mann?«

»Nein.« Er hätte es gekonnt, aber wem nutzte das? Santes war angeschlagen genug. Sie brauchte jetzt nicht noch seine zynischen Bemerkungen, wie einfach es manche Frauen ihren Kerlen machten. Außerdem erinnerte sich Dolf daran, was er sich vorgenommen hatte: Solange er nicht sicher sein konnte, dass nicht Neid in seine Überlegungen hineinspielte, so lange hielt er lieber den Mund.

Für den Sonntag hatte Santes vor, Dolf um einen Gefallen zu bitten, er sollte ihr helfen, einen Kühlschrank zu transportieren. Mit solchen Dingen kannte Dolf sich aus.

Am Nachmittag standen sie in einer Tiefgarage vor einem Lieferwagen, der sich nicht aufsperren ließ. Santes hatte sich das Gefährt über die Feiertage von der kleinen Bäckerei an der Ecke geborgt. Die verkauften zwar süßes Festtagsgebäck, aber in der Karwoche lieferten sie nicht aus. Mehl staubte auf der Ladefläche des Kombis, als die Hecktür endlich aufsprang. Der Weg aus der Tiefgarage führte direkt auf die Magistrale durch die Neustadt. Dort gab es keine Sperrungen, keine Kneipen, kaum Verkehr. Santes bretterte aus der Stadt hinaus.

Zehn Minuten später bog sie in die Einfahrt des Hauses, das sie möbliert zurückgelassen hatten, weil es dann angeblich leichter zu verkaufen war. Solange es ihnen noch gehörte, liefen die Ratenzahlungen an die Bank weiter.

»Beteiligt sich Edu daran?«

»Wenn er kann. Er konnte nicht immer.«

»Mir gegenüber hat er so getan, als drehe er gerade am großen Ding.«

»Es ist dein Sohn. Ich hab ihm das Aufschneiden nicht beigebracht.«

Sie stiegen aus.

In der Garage stand die Kühl-Gefrier-Kombination, die zusammen mit der Einbauküche geliefert worden war. Santes hatte sich später einen Designer-Kühlschrank geleistet, ein schickes Teil mit abgerundeten Formen, rotlackiert wie eine Coladose. Den würden sie abbauen und mitnehmen und dafür den Originalschrank aus der Garage aufstellen. Potentiellen Hauskäufern würde das nicht auffallen.

Dolf wuchtete den Schrank auf eine der Fahrpaletten, die er im Lieferwagen gefunden hatte. Auf seine Körperkraft konnte er sich verlassen. Der Austausch der Kühlschränke war eine Sache weniger Minuten. In Santes neuer Wohnung würde es schwieriger werden. Weil der neue Kühlschrank, fürchtete Dolf, nicht in den Aufzug passen würde. Und Santes wohnte im vierten Stock.

33

[2000]

Den Kühlschrank durften sie für mindestens vierundzwanzig Stunden nicht einschalten, das war eine der ersten Lektionen, die Dolf bei seinen Auslieferungen für die Eisfabrik gelernt hatte. Also tranken sie ihren Wein lauwarm. Und handwarmen Schnaps.

Sie kippten *Orujo* in der nachtdunklen Küche, die Lampen waren noch nicht montiert. Santes hatte eine Kerze aufgestellt. Der Trester schmeckte rau und ehrlich. Er war nur nicht kalt genug.

»Was findest du an ihr? Außer dem Riesenbusen?«

»So riesig ist er nun auch wieder nicht.« Annea war insgesamt runder als Santes. Wahrscheinlich wog sie auch ein paar Kilo mehr. »Sie fällt nicht direkt aufs Gesicht, wenn sie sich nicht abstützt, weißt du?«

»Sie hat Größe E.«

»Quäl dich doch nicht.«

Er schenkte ihr noch einmal ein. Sicher hatten sie beide schon mehr als genug. Aber was konnte er seiner Schwiegertochter sagen, wie konnte er sie trösten?

»Warum kann ich keinen Mann halten, was denkst du? Nur weil ich kompliziert bin? Weil ich begehrt werden will? Weil ich mich nicht dem Erstbesten an den Hals werfe?«

Dolf schwieg. Aus der Altstadt drangen dumpf und schwermütig die quälend langsamen Marschtrommeln herüber, die den Wiegeschritt der Prozessionen vorgaben.

»Manchmal spür ich, dass ich nie wieder einen Mann haben kann. Dass mich keiner mit dem Arsch anguckt.«

»Das ist Unsinn, Santes. Du bist eine wahnsinnig attraktive Frau. Gib dir Zeit. Du musst an dich denken, nicht an das, was war.« Selbst in seinem Schnapsnebel spürte Dolf, wie abgedroschen das klang.

»Das mach ich jetzt schon ein halbes Jahr. Aber das kommt nicht zurück: das Selbstvertrauen, dass man geliebt wird.«

Dolf seufzte.

»Ich hab schon daran gedacht, einen anzurufen. Die so was für Geld machen. Sollen ganz okay sein, hab ich gehört.« Ihr Glas kippte Santes auf einen bitteren Zug.

»Das brauchst du doch nicht. Jeder Mann würde sich die Finger nach dir lecken.«

»Du aber nicht.«

»Jetzt hör aber auf! Ich bin dein Schwiegervater.«

»Und ein Mann.«

»Nicht in dieser Beziehung.«

»Siehst du? Findest du mich denn gar nicht attraktiv?« Sie machte einen Schmollmund, spielte das verwöhnte Gör. Aber mit Tränen in den Augenwinkeln. Er fand keinen Weg, es ins Leichte, Lächerliche zu wenden.

»Santes, bitte, sag so was nicht. Du musst nicht betteln. Du bist ein Geschenk.«

Sie stand auf, rollte ihren Pullover über den Kopf und warf ihn weg. Ihr BH presste ihre Brüste zusammen und ließ sie voller wirken. Um den Tisch herum kam sie auf ihn zu.

Auch Dolf war hastig und mit Mühe auf die Füße gekommen, hatte sein Glas umgestoßen und hob abwehrend die Hände.

Da blieb sie stehen, sah ihn mit gesenkter Stirn herausfordernd und zugleich verunsichert an. Eine Träne suchte sich eine Spur ihre Wange hinab. »Dann bettele ich eben. Tu es für mich, Adolfo. Bitte.«

Es war absurd. Er wollte sie beschwichtigend auf die Wange küssen, aber sie wandte den Kopf ab. Zerrte stattdessen an seinen Sachen herum, riss ihm das Hemd aus der Hose. Fummelte an der Schließe seines Gürtels. Er hielt ihre Hände fest. »Santes, hör auf. Du möchtest das nicht wirklich.«

»Das sagst du nur, weil du nicht willst.«

»Es ist nicht richtig.«

»Ich brauch nicht zu betteln, hast du gesagt. Beweis es mir.« Das verwöhnte Gör wurde trotzig. »Komm!«

»Nein. Versteh doch.« Als er verblüfft bemerkte, dass die Situation ihn erregte, dass er zumindest körperlich dazu in der Lage schien, schauderte ihn vor seinen niederen Instinkten. Er erstarrte, als Santes mit einer Hand fordernd um seine Hüfte griff und mit der anderen tastend …

Dolf riss sich los, stürzte Hals über Kopf hinaus und zog die Tür hinter sich zu, viel heftiger als geplant. Verharrte wie ausgespuckt, kopflos, verwirrt. Sank schwer gegen den Türrahmen, atmete heftig. Durch die Tür drang Santes' gequältes Aufheulen.

Dolf stand im hellerleuchteten Treppenhaus, das sich mit dem Nachbarhaus einen düsteren Lichthof teilte. Die Leute von nebenan mussten glauben, er käme von einem Stelldichein. Was irgendwie ja auch stimmte, verflucht noch mal. Er schüttelte sich. Hastig stopfte er sein Hemd zurück in die Hose, riss seinen Gürtel zu, brutal und viel enger als zuvor. Er keuchte.

Drinnen schluchzte Santes noch immer herzzerreißend, es war deutlich zu hören. Aber er konnte ihr nicht helfen.

Nicht jetzt. Nicht so. Nicht er.

34

[2013]

Ein Aufruhr in der Bar schreckte Dolf aus seinen düsteren Erinnerungen. Der Wirt lief auf die Straße, Polizeisirenen näherten sich. Auf der anderen Seite des Geländes, am Haupteingang des *Acuario*, kreiselten die Blaulichter von Einsatzfahrzeugen. Irgendetwas musste dort passiert sein. Dolf zählte ein paar Münzen auf den Tresen und humpelte hinüber.

Von all den Verkehrspolizisten, Streifenbeamten, Kriminalinspektoren, Sanitätern, Notärzten, Fotografen war er derjenige, der den kürzesten Weg hatte, nur ein paar Dutzend Meter von der Bar über die Straße, durch den Hintereingang über das Gelände bis zur Galerie, wo Nadinas Zimmer lag. Und doch war Dolf der Letzte, der ankam. Ein Streifenpolizist verwehrte ihm den Zugang, aber Fuentes holte Dolf durch das Absperrband, das sich quer über den Innenhof zog.

Polizisten, Sanitäter, Spurensicherer wuselten herum, Inspektor Sabadell mitten unter ihnen. Blaulicht zuckte über jede Wand, durch jedes Fenster. Dolf hatte keine Ahnung, um was es ging. Die Menge der Leute, die er durch die offene Balkontür seines ehemaligen Zimmers ausmachen konnte, hätte es ihm sagen müssen: Nadina war erschlagen worden.

»Was war mit dem Leibwächter?«

»Musste kotzen. Immerhin hat er uns informiert.«

Anscheinend hatte der Bodybuilder die Geschäftsführerin gefunden und Sabadell alarmiert. Nadina war in dem Bett, in dem auch Dolf geschlafen hatte, getötet worden. Mit der Tischlampe, die auch Dolf benutzt hatte.

Fuentes warf sich wieder ins Gewühl. Für Dolf gab es kein Durchkommen in den Flur des Hotels oder gar ins Zimmer. Er sah Nadinas Leibwächter in einer Ecke des Treppenhauses stehen, bewacht von einem wartenden Streifenpolizisten.

Dolf ging auf die beiden zu, stellte sich als Fuentes' Assistent vor. Der Polizist hatte ihn bereits zusammen mit dem Inspektor gesehen und erhob keine Einwände dagegen, dass Dolf den Muskelmann aushorchen wollte.

Zuerst war Toto froh, dass er erzählen konnte, was er in Nadinas Zimmer gesehen hatte, vor allem die Blutspritzer am Kopfende des Bettes, das zerschlagene Gesicht. Allem Anschein nach war Nadina im Schlaf überrascht worden, war aufgewacht und hatte sich gewehrt, aber gegen den Angreifer keine Chance gehabt. Das Zimmer sah schlimm aus. Das Opfer ebenfalls, berichtete Toto.

Auf Dolfs Fragen nach seinem eigenen Verhalten wurden die Auskünfte des Bodyguards knapper. Er habe die ganze Zeit vor der Tür gestanden, behauptete er. Dann übermannten ihn Magenkrämpfe, so rasch und stark, dass er keine Chance mehr gehabt hatte, seiner Schutzbefohlenen Bescheid zu sagen, sondern mit den Händen vor dem Mund die Treppen hinabhastete und sich in den Garten erleichterte. In der Zeit musste der Täter …

Plötzlich kam Bewegung in die Meute vor Nadinas Zimmer. Ein Raunen ging durch die Leute. Die vermeintliche Tote war transportfähig!

Bis dahin waren alle Beteiligten, inklusive Fuentes, davon ausgegangen, dass Nadina tot war. Der Notarzt, der routinemäßig gerufen worden war, hatte anscheinend Lebenszeichen gefunden und mit Hilfe der Sanitäter die Schwerverletzte so weit stabilisiert, dass sie mit dem Nottransport ins Krankenhaus verlegt werden konnte. Jetzt wurden Flur, Aufzug und Treppenhaus freigeräumt, um sie durchhieven zu können. Fuentes raste herum wie eine Springmaus im Käfig.

»Wer, verdammt noch mal, macht so einen beschissenen Anfängerfehler?«

Dolf blieb gelassen, er hatte die vorgebliche Tote noch nicht einmal gesehen. Alle anderen liefen aufgeregt herum, aufgescheucht von Sabadells und Fuentes' Flüchen und Verwünschungen.

Toto bot sich an, mit ins Krankenhaus zu fahren. Fuentes stellte sich ihm in den Weg und winkte Dolf heran. Er wollte, dass der Bodybuilder ihnen aus den Füßen ging.

Dolf hatte nichts dagegen, seine unterbrochene Befragung fortzusetzen. Toto ließ sich Zeit. Er drückte sich im plötzlich leer und abweisend wirkenden Flur herum. Aufgerissene Bandagenverpackungen, weggeworfene Latexhandschuhe, eine zerknüllte Uniformjacke ließen das Treppenhaus unwirtlich wirken.

»Wo haben Sie hingekotzt?«

»Draußen.«

Dolf linste hinaus. »Zeigen Sie mir die Stelle?«

Toto verstand erst nicht.

Dolf machte dem Streifenpolizisten ein Zeichen – zwei tippelnde Finger, eine Runde durch den Garten? Der Mann nickte und legte grüßend zwei Finger an die Mütze. »Also los!«

Toto ging zögerlich die Treppen hinab und hinaus in den Innenhof, ein paar Meter zwischen den Beeten entlang, er suchte herum. Er fand die Stelle nicht auf Anhieb, er war sich nicht sicher, strebte immer weiter weg vom Gartentor.

»*¿No has tenido prisa, hombre?* Sollte die Stelle nicht näher bei der Tür sein?«

Toto kam zögernd zurückgeschlurft. Zeigte auf einen eingeknickten Hortensienbusch. »Hier etwa.«

Dolf ging nur ein paar Schritte auf die Stelle zu. Selbst im Dunkeln, es war inzwischen weit nach Mitternacht, sah er, dass da nichts war. Es gab keine Spur einer Flüssigkeit, schon gar keine Brocken oder Speisereste. Vor allem gab es keinen Hauch des typisch ätzenden Geruchs. »Alles klar.« Dolf wandte sich ab.

Sobald Fuentes zurück war, würde Dolf ihm berichten, dass Totos Ausflucht frei erfunden war.

Gamsreiter wurde wenig später von Fuentes und zwei Polizisten in Sturmausrüstung ins Foyer des Hotels gebracht. Sie hatten ihn auf der Finca in Sant Antoni festgenommen, wo er manchmal die Wintermonate verbrachte, wenn sein Chef unterwegs war.

Gamsreiter wehrte sich gegen den Polizeigriff, riss sich los. »Ich hab schon gesagt, dass ich es war. Ihr braucht nicht auch noch auf mir rumtrampeln!«

Auf ihn zu kommen war nicht schwer gewesen. Fuentes und seine Leute hatten Schuhabdrücke von Cowboystiefeln an Nadinas Bett gefunden. Passende Blutspuren fanden sich an Gamsreiters Stiefeln, an seinen Händen und in seinem Haar, auf seinem Hemd, selbst auf seinem ärmellosen Unterhemd. Er hatte eine Schweinerei angerichtet, mit Blutspritzern, die bis hinter die Schrankwand reichten.

Von den beiden Sturmleuten wurde Gamsreiter an uniformierte Polizisten übergeben. Sie setzten ihn in einen Sessel, bis der Wagen für ihn vorgefahren wäre. Im Tohuwabohu um Nadinas Abtransport waren die Routineabläufe der Polizei durcheinandergekommen. Fuentes fluchte. Nicht zum letzten Mal in dieser Nacht. Er winkte Dolf zu sich.

Fuentes' *Móvil* brummte, er trat durch die Glastür ins dunkle, geschlossene Restaurant, hielt die Tür auch für Dolf offen und zog sein Handy heraus. Er meldete sich, lauschte und fluchte nur noch wütender. »*Mierda esta de puta maldita!*«

Fuentes warf das Telefon wutentbrannt auf den nächsten Tisch: »Die haben den Typen verloren!«

Dolf legte interessiert den Kopf schief. Er hatte keine Ahnung, von wem Fuentes sprach.

Der Tätowierte sei mit der Abendmaschine nach Deutschland zurückgeflogen. Sabadells Leute hätten ihn am Flughafen aus den Augen verloren. Um einen Haftbefehl gegen ihn zu erwirken, habe Fuentes nicht genug zusammen. Jedes einzelne Mal, fluchte der Inspektor, wenn in den letzten Tagen irgendwo etwas passiert war, sei der Tätowierte in der Nähe gesehen worden: bei Setilmas Entlassung, bei seiner Feier, bei seinem goldenen Schuss. Als Gamsreiter seine Abreibung bekam. Selbst heute Abend, als Nadina, ihre vielleicht wichtigste Zeugin, erschlagen wurde.

»Fast erschlagen.«

»Verdammt noch mal!«

»Sie hatten einen Verdächtigen?« Dolf starrte Fuentes mit großen Augen an. Ihm dämmerte erst langsam, dass Fuentes einen Mann im Visier hatte, der überwacht worden war. Einen Deutschen, den Dolf kannte: Es war der Schläger mit der Halstätowierung, der sich auf Dolfs Flug mit den Stewardessen angelegt hatte.

Fuentes blieb kurz die Luft weg, als er seinen Fehler bemerkte. Er überspielte die Situation, tat geschäftsmäßig und setzte Dolf mit wenigen Worten ins Bild, als hätte er seinen Dolmetscher-Assistenten längst einweihen wollen. »Er heißt Rohstogg.« In Fuentes' Aussprache klang es wie »Rohe Sitocke«.

Till Rohstogg war ein deutscher Motorradrocker, Mitglied der *Bandidos*, der als Türsteher, Schläger, Geldeintreiber arbeitete und eine auffällige Tätowierung im Nacken und am Rücken trug. »Alleine daran kann man den unter Tausenden identifizieren! Und Sabadells Idioten verlieren ihn auf dem Weg zum Flughafen. Ist das zu fassen?«

Dolf kam nicht schnell genug hinterher. Fuentes hatte einen deutschen Schläger im Verdacht, nicht erst seit gestern, schon seit mehreren Tagen, schon in Cartagena, schon als der Drogendealer Setilma ums Leben gekommen war?

Darüber musste Dolf gründlich nachdenken.

Draußen wurde Gamsreiter von den uniformierten Polizisten abgeführt.

Fuentes achtete nicht darauf. »Und Sie?« Sein neutraler Berichtston war verflogen. Der Inspektor ging Dolf frontal an. »Wo waren Sie heute Abend?«

»In der Bar an der Ecke.« Dolf zeigte mit dem Daumen hinüber, jenseits des Innenhofs, nur ein paar Schritte entfernt. Er hatte keine Ahnung, worauf der Inspektor hinauswollte.

»Alleine?«

»Da waren mehrere Leute.«

»Haben Sie mit jemandem gesprochen?«

»Mit dem Wirt.«

Fuentes wartete ab.

»Ich hab vor allem vor mich hin gegrübelt.«

»Spannend. Zu unserem Fall?« Fuentes' Sarkasmus hätte Glas anätzen können.

»Nein, alte Geschichten.« Dolf spürte langsam Wut in sich aufsteigen. Was war plötzlich in den Inspektor gefahren? »Was soll die Fragerei?«

»Irgendjemand muss dem Bandido gesteckt haben, dass er abhauen soll. Und Sie waren ganz in der Nähe.«

»Verdächtigen Sie etwa mich?«

»So gut wie jeden anderen.« Fuentes war stinksauer, er machte keine Anstalten, das zu verbergen. Er ließ Dolf einfach stehen, riss die Glastür auf und stürmte hinaus.

35

Am späten Vormittag des nächsten Tages gingen sie durch die Räume des Clubs, standen am Schreibtisch des toten Chefs. An der Wand darüber hing ein Foto von van Danz und Feller, aufgenommen an einem Abend im Club. Zwei Freunde, die sich zuprosten, umgeben von schönen Frauen. Feller mit einem feinen Lächeln, van Danz mit seinem typischen fiesen Grinsen. Allem Anschein nach waren sie sehr lange sehr gut befreundet gewesen.

Fuentes war einsilbig, er drängte zum Aufbruch. Es gab nichts, was sie noch mitnehmen mussten.

An der Außentür strich Inspektor Sabadell die selbstklebenden Plastiksiegel auf Schlössern, Türspalten und Griffen glatt. Sie hatten einen Drogenring, Menschenhandel, Mord – Gründe, den Club und das Hotel stillzulegen, gab es genug, auch wenn die nüchternen Siegel nur auf polizeiliche Ermittlungen verwiesen.

»Haben wir sämtliche Schlüssel? Auch für die Briefkästen?« Sabadell wirkte auffällig interessiert, wirklich alle Schlüssel ausgehändigt zu bekommen, fand Dolf. Es sah ganz so aus, als würde der Polizeiinspektor alle Vorsorge treffen, damit der Club bei Bedarf rasch wieder eröffnet werden konnte.

Fuentes verabschiedete sich kurz angebunden. Dolf blieb allein vor dem Club zurück.

Der *Passeig Joan Carles I* führte zwei Straßen weiter südlich am Hafenbecken entlang. Luxuriöse Hotels und einfache Friseursalons, Bars, Pizzerien säumten die Prachtstraße, die breit und palmenbestanden genug war, um nicht billig zu wirken.

Ein paar Tage zuvor hatte Dolf von Gamsreiter erfragt, was die Tätowierung an seinem Ringfinger zu bedeuten hatte.

»Nur eine Erinnerung.«

»Wo haben Sie die machen lassen?«

»Im Studio an der Ecke, wie alle.«

Dort trat Dolf jetzt ein und betrachtete die großformatigen Fotos von tätowierter Haut an allen möglichen Körperteilen – und einigen unmöglichen, wie Dolf fand. Teile der Fotos waren verpixelt oder unscharf gemacht. Sie erstreckten sich über drei Wände des Ladens. Plastikpuppen von Superhelden in Lebensgröße standen in martialischen Posen im Weg. Tattoos und Gothic und Death Metal schienen heutzutage zusammenzugehören wie früher Tätowierungen, Matrosen und Knast.

Aus einem Hinterzimmer, nur durch einen Vorhang abgetrennt, klang ein sanftes, zugleich nervtötendes Brummen.

»*¿Hola?*« Dolf wartete.

Als der Staubsauger endlich Ruhe gab, kam ein junger Typ durch den Vorhang. Sein Gesicht war so ziemlich die einzige Hautpartie an ihm, die nicht tätowiert war. Am Hals fingen die Zeichnungen schon an und verschwanden vorne unter seinem bedruckten schwarzen T-Shirt, im Nacken unter seinem Pferdeschwanz. Aber freundlich war er, das musste man ihm lassen.

Dolf hob die Faust und zeigte auf seinen linken Ringfinger, an die Stelle, wo er früher seinen Ehering getragen hatte. »Eine doppelte Wellenlinie, genau hier. Würden Sie mir die stechen?«

»Kein Problem.«

»Mit einem kleinen Punkt im Wellental?«

Der Typ ließ seinen Blick von oben bis unten über Dolf wandern. »Sind Sie sicher?«

»Jüno sagt, er hat seins hier machen lassen.«

»Und viele andere, Jungs wie Mädels.«

»Was muss ich tun?«

»Fünfundachtzig Euro mitbringen und eine Dreiviertelstunde Zeit. Wann immer Sie wollen. Aber Sie sind so gar nicht sein Typ. Kannten Sie Günni von früher? Soll das so eine Art Andenken werden?«

Ein junges Mädchen kam aus dem Hinterzimmer geschlurft, sie hatte ein ärmelloses Tanktop an, obwohl es draußen nicht viel mehr als vierzehn Grad sein konnten. Dafür presste sie sich eine Kompresse in die Achselhöhle. Der Wattebausch hatte bereits blutige Ränder.

»Ciao, Fernando! *Gracias mil*. Bis nächste Woche.« Dabei lächelte sie tapfer. Ihr Oberarm war in Frischhaltefolie gepackt. Darunter zuckten einzelne Muskelstränge, als ob sie Schmerzen auszuhalten hätte.

Dolf sah ihr hinterher, wie sie durch die Glastür verschwand, und hörte, wie dabei ein Windspiel säuselnd klingelte.

»Am Finger spüren Sie so gut wie nix.« Fernando redete beruhigend auf Dolf ein.

Der Typ war Dolf sympathisch, auch wenn er aussah wie aus dem Gruselkabinett. Er mochte vielleicht Anfang dreißig sein, wirkte aber jünger. Unwillkürlich suchte Dolf nach dem Zeichen an seiner linken Hand. Fernando folgte seinem Blick. »Meins ist weg.«

Dolf schmunzelte. »Erklären Sie's mir? Günni kann ich nicht mehr fragen.«

Fernando machte kein großes Getue, es schien sich auch gar nicht um ein wirkliches Geheimnis zu handeln. Die Doppeltilde stellte das Symbol des Wassermanns dar, *el acuario*; man konnte es in jedem Astrologiebuch finden, in jedem Horoskop tauchte es auf. Der winzige Punkt im oberen Wellental allerdings war Gunter van Danz' eigene Erfindung.

Für ihn stellte das Pünktchen die hellste Sonne im Sternbild dar.

»Den Sadalsuud.«

»Genau. Das wissen nicht viele. Kommt aus dem Arabischen.«

Aber die Tätowierung war kein Geheimzeichen, schon gar nicht das Erkennungszeichen irgendeines Zirkels. Sie war einfach Gunnis Ehering.

Dolf wunderte sich.

»Gunni konnte sehr großzügig sein, wenn er wollte. Selbstverständlich gab es keine Verpflichtung, aber er hat es immer gern gehabt, wenn seine Lover den Ring trugen.«

Fernando und seine Vorgänger hatten im Lauf der Jahre sicher zwei Dutzend dieser Symbole gestochen. Niemand führte darüber Buch. Außerdem konnte man sich das Zeichen auch in jedem anderen Studio stechen lassen.

»Is' nur schwer wieder loszuwerden. Ich musste den übertätowieren.« Die Haut an Fernandos eigenem Ringfinger wölbte sich unter einer flächigen Narbe, wo er das Wassermann-Symbol entfernt und eine dunkelblaue Spinne darübergelegt hatte.

»Also, wann wollen wir's machen? Bleiben Sie gleich da?«

36

Der Nachmittag war diesig und feucht. Ein schaler Wind zog sanft von Formentera herüber, Brandgeruch lag in der Luft. Gegen vier kam Dolf am Yachthafen entlang und durch das sumpfige Delta ins Polizeirevier geschlendert. Er hatte keinen Termin, also zu viel Zeit, um unangenehmen Zweifeln aus dem Weg zu gehen. Beim Diensthabenden am Reviertresen fragte er nach Victor Fuentes.

»Der ist schon im Aquarium. Sie finden den Weg?«

Dolf kannte den Verhörraum, wo Nadina ihre große Show abgezogen hatte.

Auf dem Flur kam ihm Sabadell entgegen, er telefonierte auf seinem Handy, nickte Dolf zu und zeigte mit der Stirn auf eine schmale Tür neben dem Zugang zum Verhörraum.

Dolf klopfte an die unauffällige Tür. Keine Antwort. Er schlüpfte in den abgedunkelten Raum.

Es war ein schmaler Schlauch in diffusem Licht. Eine große Glasscheibe, von knapp Hüft- bis über Kopfhöhe, gab den Blick ins Verhörzimmer auf Fuentes und Gamsreiter frei. Die beiden saßen sich an einem grauen Tisch gegenüber, ein Standmikrofon zwischen ihnen. Gamsreiter rauchte, obwohl das nicht erlaubt war. In einer Ecke überwachte ein Uniformierter das Aufnahmegerät.

Gamsreiters Aussagen wurden nicht nur zum Aufnahmegerät, sondern auch in einen kleinen Kasten übertragen, der auf Dolfs Seite über der Panoramascheibe an der Wand hing. Die Übertragung bot keine gute Tonqualität, es rauschte und knisterte. Aber jedes Wort war zu verstehen.

Gamsreiter erzählte den Hergang vom Vorabend. Wohl nicht zum ersten Mal, denn Fuentes hatte handschriftliche Notizen vor sich, er korrigierte den Cowboyimitator und fragte nach. Es ging nicht darum, Gamsreiters Schuld nachzuweisen, die war unstrittig. Wahrscheinlich deshalb war kein Anwalt zugegen.

»Ich hab nach dem Ersten gegriffen, was mir in die Hände kam, und ihr die Lampe über den Kopf gezogen.«

»Wann ist Frau Mbembe wach geworden?«

»Sie hat geschlafen, als wenn ihr nichts passieren könnte. Da sind mir die Nerven durchgegangen. Es gab sofort eine Riesenschweinerei.«

Schweigen. Fuentes sah seine Notizen durch. Dann suchte er den Blick des Cowboys, räusperte sich. »Sie haben auf eine arglose Person eingeschlagen?«

»Mhm.«

»Das ist wichtig. Könnten Sie lauter sprechen?«

Gamsreiter sah den Inspektor aufgeschreckt an. Drückte seine Kippe aus.

»Also, sie hat sich gewehrt, sie ist sofort wach geworden. Sie hat geflucht und gelästert und mich aufs Übelste beschimpft.«

»Wir müssen das hier sehr genau nehmen, Herr Gamsreiter, ob Ihr Vorsatz die Tat dominierte oder Ihre Wut.«

Gamsreiter nickte achselzuckend. Es war keine gleichgültige Geste, eher beschwert, zerknirscht. »Jemand muss sich um Feli kümmern. Kann ich nicht auf freien Fuß kommen? Nur ein paar Tage?«

»Wenn Sie vorbehaltlos mit uns zusammenarbeiten, kann ich ein gutes Wort einlegen.«

Gamsreiter dachte nach. »Also gut. Was wollen Sie wissen?«

»Warum musste Nadina Mbembe weg?« Fuentes überflog seine Notizen.

»Weil sie sich eingemischt hat. Weil sie sich den Club unter den Nagel reißen wollte. Ich musste doch Günnis Lebenswerk retten. Und außerdem ham die versucht, mein Mädel umzulegen.«

So fing Gamsreiter an auszupacken. Solange er die Hoffnung hegen konnte, auf freien Fuß zu kommen, um seine Freundin in Sicherheit zu bringen, gab er preis, was er wusste. Fuentes bekam eine umfassende Darstellung von Gunter van Danz' Geschäften: Georg Feller, der Importeur aus Bremen, und van Danz waren seit Jahren Partner. Feller betrieb eine Konservenfabrik im Tiefland von Ecuador, unmittelbar an der Grenze zu Kolumbien. Alibimäßig verpackten sie ein paar Zentner Tomaten, Mangos, Bambusmark pro Jahr. Aber hauptsächlich diente die Klitsche als Tarnung für das Kokain, das sie in markierten Dosen nach Europa schickten.

Günni van Danz hatte sein Leben geliebt. Es war auch Gamsreiters Leben. Den Koks brauchten sie dafür nicht. Sie waren Eventmanager, sie bauten Erinnerungen. »*We're in the memory-making business, you know!*« An guten Abenden fühlten sie sich wie die Regisseure einer großen Hollywood-Produktion, sie ließen die Puppen tanzen, sie brachten die Meute in Ekstase, sie machten das grelle, schnelle Leben möglich, zumindest für eine Nacht.

Für Feller war das Kinderkram. Ihm ging alles zu schleppend. Er hatte größere Pläne. Westafrika, Naher Osten, die Emirate: Überall, wo eine Szene mit Touristen oder Jetset existierte, wo aufstrebende Eliten Entspannung suchten, gab es willige Abnehmer und hohe Gewinnmargen. Konsul Feller war gierig geworden. Er wollte, dass van Danz mehr umsetzte. Gunter sträubte sich.

Also hatte sich Feller hinter seinem Rücken mit Nadina zusammengetan. Sie würde die Kuriere anheuern, ihre Mädchen reisten um den halben Globus, die Grenzer wurden ohnehin von den Jungunternehmern, Staatssekretären,

Scheichs geschmiert. Feller und Nadina hatten großartige Pläne, sie waren so – Gamsreiter legte seine beiden Zeigefinger längs aneinander, rieb sie trocken und heftig. Das konnte alles bedeuten.

Als Gunter aus dem Weg geräumt war, ließ Nadina die Maske fallen. Sie machte kein Geheimnis daraus, dass sie mit Feller kooperierte und den Absatz der Drogen übernehmen würde. Sie ließ Gamsreiter keine Wahl. Das hätte er vielleicht noch geschluckt.

Aber dann verriet sie die Sandwich-Connection. Das konnte Gamsreiter nicht zulassen, erklärte er eisig. Er drückte seine Kippe aus und zündete sich eine neue an.

Fuentes wartete ab.

Aber mehr kam nicht.

Wie Fellers asiatische Freundin ins Spiel kam, konnte Gamsreiter nicht sagen. Er hatte die »Japanerin« nie zuvor gesehen. Aber Mädchen bemerkte er eh nur am Rande, Mädchen kamen und gingen. Dass sie Gamsreiters Chef und Freund umgebracht haben sollte, leuchtete ihm nicht ein. Dafür war Feller verantwortlich. Nur der persönlich konnte Günni dazu bringen, Fremde auf sein Boot zu nehmen. »Georg steckte dahinter.« Mehr gab es dazu nicht zu wissen, fand Daniel Gamsreiter.

Fuentes sprach die abschließenden Bemerkungen über das Ende der Vernehmung, Datum und Uhrzeit ins Mikro. Auf seinen Wink stoppte der Uniformierte das Band und brachte Gamsreiter zurück in seine Zelle.

Beim Hinausgehen tickte Fuentes mit dem Fingernagel gegen die Panoramascheibe. Dolf zuckte zusammen. Konnte der Inspektor ihn etwa sehen?

Auf dem Flur wartete er auf ihn. »Alles mitgehört?«

Dolf wiegte den Kopf in Gedanken. »Nach dem Abendessen fahren die raus wie zwei alte Freunde, machen noch eine Flasche auf, die junge Chinesin stört nicht, ist ja nur ein Mädchen. Sie quatschen, bis Feller erkennt, dass van Danz nicht nachgeben wird. In dem Moment übernimmt das Mädchen und Feller lässt sich abholen?« Es war Dolfs skeptische Version eines Ablaufs, den er sich eigentlich nicht vorstellen wollte.

»Könnte gut so gelaufen sein. Keine Einwände.« Fuentes schien sich damit zufriedenzugeben.

Dolf sah keinen Sinn darin, auf seinen Zweifeln zu beharren. Er wechselte das Thema. »Wollen Sie ihn tatsächlich freilassen?«

»Kann ich doch gar nicht entscheiden. Aber dem Richter rate ich davon ab.«

»Gamsreiter glaubt, er hätte so eine Art Vereinbarung mit Ihnen.«

»Wäre nicht der Erste, den ich enttäuschen müsste. Die Mbembe ist verlegt worden, haben Sie schon gehört?«

»Nach Murcia.«

»Die Weißkittel gehen davon aus, dass sie durchkommt.«

»Ist das eine gute Nachricht?«

»Für Gamsreiter auf jeden Fall. Ach ja, ich hab Ihnen ein Ticket besorgen lassen. Liegt vorne beim Diensthabenden. Sie können zurückfliegen, wann immer es Ihnen passt. Ich bin hier durch. Hat mich gefreut, Chirén. Wir sehen uns in Cartagena.« Dazu ein hastiger Händedruck. Kam es Dolf nur so vor, oder war Fuentes frostig und abweisend?

37

Dolf brauchte Luft. Der Spaziergang hierher hatte ihm gut getan. Aber jetzt fand er die abendliche Meerluft drückend. Sein Kopf fühlte sich dumpf an, als wollte er platzen.

Unbewusst – aber das hätte jeder Vorgartenpsychologe bestritten – schlug er den Weg zum *El Acuario* ein. Zu Fuß dauerte es vielleicht eine halbe Stunde, die Landstraße an der Bucht entlang und durch die Vororte, nicht der schönste aller Wege über die Insel.

Manchmal, wenn der Asphalt in der Ferne zu schlieren begann, kam es Dolf vor, als taumelte ein großer Vogel über den Randstreifen am Ende der Straße, ein Reiher oder Flamingo. Falls es die auf Ibiza gab.

Die wenigen Fahrzeuge auf der Landstraße hupten, wenn sie an dem Tier vorbeifuhren. Als Dolf näher kam, sah er warum. Der Storch war eine dürre junge Frau in Hotpants.

Auf dem Randstreifen kam ihm Ophelia entgegen, wirres Haar, hohe Stöckel, mit einem lächerlichen Panda-Kinderrucksack samt schwarz-weißen Fellohren auf dem Rücken, in Flauschfell-Jäckchen und dunklen Netzstrümpfen. Sie sah nicht gut aus.

Dolf stürzte auf sie zu, sie sank geradezu in seine Arme. Er setzte sie an den Straßenrand, an einen verschlissenen Maschendrahtzaun. Sie zitterte, ihr Atem roch faulig. Sie erinnerte Dolf an einen abgehalfterten Paradiesvogel, der nur noch aus Haut, Knochen und schrillen Federn bestand.

Dolf hatte kein Wasser dabei, um es ihr anzubieten. »Wohin gehen Sie? Wo ist Ihr Gepäck?«

»Ham die vor die Tür gestellt.«

Anscheinend hatte sie die Nacht vor dem Hintereingang des Hotels verbracht.

»Wo wollen Sie hin, Feli?«

»Üo.«

Er konnte sie nicht verstehen, er beugte sich näher zu ihr. Sie dünstete Uringeruch aus.

»Zu Jüno.«

»Da können Sie nicht hin.«

»Dann hab ich keinen Menschen.« Ihr bayerischer Dialekt schlug durch, es klang nach »koan Minschn«.

»Wie alt sind Sie?«

Sie war erst sechsundzwanzig. Lebten ihre Eltern noch in Bayern? In Franken? Sollte Dolf sie anrufen?

»Nur über mei' Leich'n.«

Dolf rief ein Taxi, holte ihr Gepäck, zwei notdürftig verschnürte Verpackungskartons, brachte sie in einer billigen *Hospedaje* unter und lud sie zum Abendessen im *Marta María* ein. Sie aß ohne Appetit wie der dürre Vogel, den Dolf in ihr gesehen hatte. Wenigstens leerte sie eine Flasche Wasser.

Dolf entschuldigte sich, er musste telefonieren.

»Aber nicht mit meinen Alten!«

Er beruhigte sie, ging hinaus, rief Sabadell an. Dolf bat ihn, die Telefonnummer der Eltern herauszusuchen. Ophelia Menz' Personalien hatte er. Sabadell machte sich an seinem Computer zu schaffen. Während er anscheinend verschiedene Melderegister abfragte, bat er Dolf, freundlicherweise irgendwelche Akten für Fuentes mitzunehmen. Dolf verstand nur Bahnhof und hatte auch keinen Nerv dafür. Endlich hatte Sabadell die Nummer und die Adresse. Irgendeine Kleinstadt bei Nürnberg. Dolf notierte sich die Angaben.

Er ging kurz hinein ins Restaurant, um nach Feli zu sehen. Sie saß zusammengesunken auf der Bank, trank ihre Cola mit dem Strohhalm. Man hätte sie für fünfzehn halten können. »Nur einen Anruf noch, okay?«

Feli nickte.

Das Telefonat mit den Eltern fing unangenehm an und wurde rasch frostig. Ophelias Vater war Forstaufseher von Beruf und passionierter Jäger. Er reagierte barsch. Seine Tochter hatte sich seit Jahren nicht bei ihm gemeldet. Jetzt sollte sie gefälligst selber sehen, wie sie klarkam. Dolf redete ihm ins Gewissen. Er erwähnte nichts von Felis Lebensumständen. Nur, dass sie Hilfe brauchte und ihre Eltern die Einzigen waren, an die er sich wenden konnte.

Wer er überhaupt sei, wollte der Förster wissen.

Das tat zwar nichts zur Sache, aber Dolf erklärte es trotzdem. Und dass Ophelia in einem Hotel gelebt habe, dass die Polizei das Hotel geschlossen habe und Feli jetzt ohne Geld und ohne Bleibe in Ibiza auf der Straße sitze.

»Ibiza? Wo is des überhaupt in Afrika?«

Dolf überhörte es. Dass Ophelia jetzt in einer Pension untergebracht sei und Hilfe brauche.

»Und dafür soll ich jetzt aufkimma oder wos?«

Dolf war nahe dran, den unfreundlichen Förster wegzudrücken, beherrschte sich aber. Ob er Ophelias Mutter an den Apparat bekommen könnte?

Frau Menz verstand zumindest die Situation. Sie war Kindergärtnerin, sie sprach schlicht und eifrig. Mit Felis Problemen war sie offensichtlich komplett überfordert.

Dolf schlug ihr vor, was zu tun war: Sie sollte einen Flug nach Ibiza, Spanien, buchen – »Spanien? Ach du jeh!« –, am besten für Feli einen vorläufigen Personalausweis oder Passersatz mitbringen und ihre Tochter nach Hause holen.

Simone Menz fragte mehrmals nach, und Dolf hatte den Eindruck, dass sie sich die Dinge aufschrieb. Aber wenigstens notierte sie auch die Adresse und die Telefonnummer des *Hospedaje*.

»Jetzt sollten Sie damit anfangen, Ihrer Tochter zu helfen.«

»Gut.« Sie zögerte. »Kann ich Sie zurückrufen?«

»Haben Sie noch weitere Kinder?« Dolf hoffte auf so etwas wie einen kleinen oder großen Bruder, eine taffe Schwester. Irgendjemand, mit dem man vernünftig reden konnte.

»Nein. Ofi war unser einziges Kind.« Sie sprach in der Vergangenheit, als hätte sie längst damit abgeschlossen.

»Bitte, machen Sie das. Es ist dringend.«

»Ja, ich verstehe schon.«

Dolf hatte nicht den Eindruck. Im Hintergrund hörte er den Förster herumpoltern. »Ich muss Schluss machen.«

»Hören Sie …«

»Vielen Dank. Auf Wiederhören.« Als hätte er sie mit Telefonwerbung belästigt.

Sollte er noch mal anrufen? Dolf starrte sein Handy an. Hätte er dicker auftragen müssen? Die Situation dramatischer schildern sollen? Dass Feli in wenigen Tagen wahrscheinlich auf dem Straßenstrich landete? Hätte Dolf dem Jägermeister und der Kindersammlerin klarmachen müssen, was es hieß, sich in *Afrika* mit nichts als Hotpants und ein paar hochhackigen Stöckeln durchzuschlagen?

Im *Hospedaje* bezahlte Dolf für die ganze Woche im Voraus, er legte ihnen Feli ans Herz und ließ sich eine Quittung ausstellen.

In seinem eigenen Hotel gab Dolf Bescheid, dass er am nächsten Morgen zurückfliegen wollte. Sie übergaben ihm einen Stapel Akten, mit einer Notiz von Sabadell. Fuentes schien die Unterlagen vergessen zu haben.

Dolf ließ sich eine Plastiktüte geben, packte die Akten hinein und stopfte sie auf seinem Zimmer in seine Reisetasche.

Als er seine Hosen zusammenlegte, stieß er auf einen ovalen Messinganhänger an einem altmodischen Schlüssel. Er hatte aus Versehen Felis Zimmerschlüssel eingesteckt. Der Anhänger trug den Namen der Pension, Dolf konnte den Schlüssel in irgendeinen Briefkasten werfen. Und doch wog er ihn in der Hand wie ein Andenken. So einen Schlüssel mit Bart hatte er zehn Jahre zuvor zuletzt in den Fingern gehabt. Er passte ins Schloss der schäbigsten Bude seines an dürftigen Bleiben bestimmt nicht armen Lebens.

38

[2003]

Im Frühsommer 2003 hatte Dolf nicht viel Zeit darin investiert, eine Unterkunft zu finden. Die Zweizimmerwohnung mit dem Billigschloss in der Tür lag ebenfalls in Canteras, nur unmittelbar an der Durchgangsstraße, kaum zwei Kilometer entfernt von Edus ehemaligem Haus und doch in einer völlig anderen Welt.

Irgendein kluger Mensch von der Stadtverwaltung hatte sich mit Verkehrsberuhigung befasst und, verteilt über das Gemeindegebiet, insgesamt sechs Schikanen zur Temporeduzierung aufbauen lassen. Es waren quer über die Straße verdübelte Hartgummischwellen, die sämtliche Fahrzeuge zum Abbremsen zwangen. Zwei dieser Hubbel lagen genau vor Dolfs und Edus neuer Bleibe.

Alle – Autos, Motorräder, Busse, Lastwagen – verlangsamten ihre Fahrt, bretterten mit lautem Krachen über die Schikane, gaben wieder Gas; bremsten zwanzig Meter weiter vor der nächsten Schwelle, setzten darüber, dass die Gummibalken knallten, ließen dann den Motor erneut aufheulen und beschleunigten.

Es machte einen verrückt. Die Wohnungen in der ehemaligen Militärbaracke waren praktisch nicht zu vermieten. Die Stadt brachte immer wieder Notfälle darin unter, Wohnungslose, Flüchtlinge aus dem Maghreb, schwierige Fälle.

Dolf hatte keine große Wahl, die Bleibe war sehr günstig. Nach hinten hinaus ging sie auf ein Trockental, dahinter Ödland. Das ruhigere Zimmer überließ er seinem Sohn.

Mehrmals am Tag fuhr ein Bus in die Stadt. Also konnten

sie eine Arbeit suchen. Dolf tat sich einen Job als Elektriker auf. Er zog Kabel für Klimaanlagen, Rauchmelder, Entlüftung, Beleuchtung und Umwälzpumpen in den Rohbau der neuen Eishalle.

Edu fing auch wieder auf dem Bau an, als einfacher Hilfsarbeiter. Vor seinem Absturz hatte er Baustellen eingerichtet und Gewerke abgerechnet. Jetzt wurde er losgeschickt, um einzelne Säcke Zement oder ein paar Dachlatten zu besorgen, zum Glück hatte ihn seine Vergangenheit nicht den Führerschein gekostet.

Die harte körperliche Arbeit schien Edu gutzutun. Er beklagte sich nie, er schlief viel. Er rauchte zwei Schachteln am Tag. Dolf sah es nicht gern, aber er konnte dem Jungen nicht alles verbieten.

Einmal im Monat versuchten Vater und Sohn, Santes zum Essen auszuführen. Edu machte sich dann fein, er nahm die Abende wichtig und zeigte sich von seiner besten Seite. Manchmal revanchierte sich Santes und bekochte sie beide in ihrer schicken kleinen Wohnung.

Zu einem dieser Abendessen brachte Edu eine Flasche Wein mit, samt einer neutralen »Alles Gute«-Karte auf Silberfolie. Santes stellte sie auf die Frühstücksbar ihrer Küchenzeile.

Irgendwann später am Abend – sie redeten über die alten Zeiten, über ihre gemeinsamen Reisen, Edu hatte angestrengte, aber lebhafte Erinnerungen an Santes' kulturelle Interessen – erbot sich Eduardo, eine zweite Flasche Wein aufzumachen.

»Ich mach schon.«

»Nein, sag einfach, wo der Korkenzieher liegt.«

Sie wies ihm die Schublade, er griff hinein. Zögerte. »Hier liegt eine Lesebrille. Sieht aus wie eine von Paps.« Unbedarft, harmlos klang das.

»Kann nicht sein. Zeig mal.« Dolf hatte sicher ein Dutzend solcher Billigbrillen. Die gab es in jedem Supermarkt an der Kasse. Seit er fünfundvierzig geworden war, tat er sich mit den Dingern leichter.

»Das ist deine, die mit der Schramme am Bügel.« Beim Braten war sie Dolf einmal zu nahe an die Flamme gerutscht und angeschmolzen.

»Muss ich wohl hier vergessen haben.«

»Aber wann warst du denn hier?«

Edu wusste genau, dass sein Vater so gut wie nie bei Santes in der Wohnung war.

»Das war ganz am Anfang, als du … als ich deinen Vater angerufen hab, dass es dir dreckig geht. Als er Hals über Kopf aus Benidorm angereist kam, vorvorletztes Weihnachten. Als er mir mit dem Kühlschrank geholfen hat. Die Brille hätte ich ihm längst zurückbringen sollen.«

»Witzig.« Edu zog den Korken aus der Flasche. »Waren schlimme Zeiten.« Sie sprachen nicht gerne darüber.

Sehr viel später an diesem Abend ging Santes auf die Toilette. Sie war kaum aus der Tür, als Edu abrupt das Thema wechselte. »Du hast hier geschlafen?«

»Übernachtet. Einmal.«

»Sag es mir ins Gesicht: Hast du mit Santes die Nacht verbracht?«

»Nein!« Zeit für eine Notlüge. Mit der Wahrheit war keinem geholfen. Dolf sah das Flackern in den Augen seines Sohnes. Er hatte Angst davor. »Es ist nichts passiert, wir sind schließlich verwandt. Hör mal, sie ist meine Schwiegertochter!«

»Na gut.« Edu beruhigte sich. Sein Blick war noch immer blutunterlaufen.

Santes kam zurück.

Edu grinste sie an. »Paps hat mir von der Nacht erzählt, als ihr den Kühlschrank hergebracht habt.«

Santes lächelte skeptisch. Konnte das sein Ernst sein? Sie blickte verwundert von Edu zu Dolf, Augenbrauen auf halb acht. Edu ließ sie nicht aus dem Blick.

»Santes, das ist Quatsch!« Dolf wedelte hinter Edus Rücken energisch mit dem ausgestreckten Zeigefinger, nur ganz knapp. Aber dann bemerkte er im Augenwinkel, dass seine Bewegung im Folienspiegel der Weinflasche auf dem Tresen reflektiert worden war. Dahinter schimmerte verschwommen Eduardos Gesicht. Alle Farbe war daraus gewichen. Edu wandte sich mit einem Ruck zu Dolf herum und starrte ihn an.

Irgendwoher holte Dolf ein gelassenes Grinsen hervor, ein lässiges Abwinken, ein verharmlosendes Grunzen.

Edu durchschaute die Lüge. Fassungslosigkeit blitzte in seinen Augen. Er sagte kein Wort.

»Eduardo, was denkst du denn? Das kannst du doch nicht wirklich glauben? Vergiss den Quatsch! Das ist Blödsinn! Völliger Schwachsinn.«

Edu seufzte. »Ach, Santes, ich kenne dich doch: Wenn du lügst, fängst du an zu übertreiben.«

»Da ist nichts gewesen, Edu, Ehrenwort!«

»Sei still.«

Dolf verstummte. Edu wartete ab. Santes hielt den Atem an.

Dann sog sie die Luft ein, nahm Anlauf, um zu sprechen.

»Santes, nein!«

Doch es war zu spät. Santes setzte noch einmal an. »Es war alles meine Schuld, Edu.«

»Das ist Quatsch!«

»Ich hab es provoziert, ich war sehr verletzt. Deinem Vater kannst du keinen Vorwurf machen.«

»Nein? Kann ich nicht?« Edu wandte sich zu Dolf herum. Er sah seinen Vater mit hochgezogenen Augenbrauen herausfordernd an.

»Es war nicht Santes' Schuld. Das stimmt nicht.«

»Es ist okay.«

Edu ging zum Rauchen hinaus. Santes und Dolf wechselten kein Wort. Als Edu wieder hereinkam, schwiegen sie noch immer. Sie saßen noch eine Weile zusammen, redeten von Belanglosigkeiten.

Dolf und Edu gingen zusammen nach Hause. Sie sprachen nicht mehr über die Geschichte.

Jedenfalls nicht offen. Edu ging wortlos zur Arbeit, kam wortlos zurück. Die Unterhaltungen mit seinem Vater beschränkten sich auf das Nötigste. Bloß manchmal, wenn Dolf eine harmlose Ankündigung machte, dass er am Abend später komme oder Ähnliches, quittierte Edu es mit einem bitteren »Ehrenwort?«.

Und Dolf wusste nicht, was er dazu sagen sollte. Irgendwann, nach einer Woche, hielt er es nicht mehr aus. »Bitte, Eduardo, wir müssen reden.«

»Gerne doch.«

»Nicht jetzt. Irgendwann in Ruhe.«

»Ich bin absolut ruhig.«

»Ich möchte dir erklären, wie …«

»Aber das weiß ich doch, *Papá*. Ich hab lange gehofft, wieder einen Draht zu Santes zu kriegen. Ich hab versucht, sie davon zu überzeugen, dass ich noch eine Chance verdiene. Ich bin runter von den Drogen, und ich schufte mir die Hände wund, um eine neue Existenz aufzubauen. Natürlich hab ich mich gefragt, warum meine Frau nicht zu mir zurück will. Jetzt habe ich eine stichhaltige Erklärung: Weil sie meinen Vater vögelt. Wo ist das Problem?«

»Du tust Santes Unrecht. Und du lügst dir in die Tasche. Was passiert ist, lässt sich nicht rückgängig machen. Aber es ist nicht der Grund, warum es nicht gut läuft zwischen Santes und dir.«

»Und, was ist der Grund?«
»Das weiß ich nicht. Du hast sie sehr verletzt.«
»Da ist mein Grund aber besser.«

39

[2003]

Ein paar Tage später war Eduardo verschwunden. Kurz darauf rief sein Dealer an. Benito Alvarez behauptete, er sei nicht schuld daran, dass Eduardo wieder auf Droge war, das wolle er ein für alle Mal klären. Sie verabredeten sich für den Sonntagnachmittag an einem Ort, den beide gut kannten: in der alten Eisfabrik.

Dolf stellte seine Vespa auf dem leeren Parkplatz ab. Nur Benitos eisblauer Mustang stand darauf. Das Industriegebiet lag verlassen. Es war Anfang April, die ersten Tage der großen Hitze kündigten sich an, gleißendes Licht sprang von der Wellblechfassade zurück.

Als Dolf in die düstere Halle trat, konnte er nur schemenhaft erkennen, was Benito vorbereitet hatte. Aber das Arrangement sprach für sich.

Der Dealer hatte Schrott, Steine, Farbeimer, Autoteile, darunter ein Getriebe, in einer Gitterpalette zusammengetragen und mit einem brüchig wirkenden Tau an der alten Laufkatze aufgehängt. Er ließ die Last ein paar Handbreit hin und her fahren. Die schmalen Doppel-T-Träger unter dem Hallendach ächzten. Der Lastkran war auf eine Belastung von anderthalb Tonnen ausgelegt. Benitos Schrottcontainer musste mindestens das Doppelte wiegen.

»*Buenas tardes, viejo gordo.*« Benito stand an einem Stahlpfeiler und knipste das Deckenlicht an. Knisternd und blitzend sprangen die urzeitlichen Neonröhren in Betrieb und tauchten die Szenerie in ein kränkliches, bleiches Licht. Jetzt erkannte Dolf, dass die tonnenschwere Palette nicht nur über dem Boden schwebte, sondern über einem Körper. Über Eduardo.

»Bist du bescheuert? Was soll das?«

Benito ließ das Tonnengewicht einen halben Meter absacken. Die Seiltrommel der Laufkatze ächzte und kreischte. Das Tau knirschte schwach. Schwankend kam die Palette kniehoch über Edu zum Stehen.

Dolfs Sohn lag gefesselt, mit dem Fußgelenk am Boden verankert, unter der Schwerlast. Er konnte sich, wimmernd und heulend, in einem kleinen Radius herumwerfen, um der Gefahr auszuweichen. Benito ließ die Laufkatze entsprechend nachfahren. Das Arrangement war einleuchtend und höchst überzeugend.

»Vielleicht passiert Edu gar nichts. Vielleicht zerquetscht er sich nur einen Arm oder ein Bein?« Benito klang sehr zufrieden mit seinen Vorbereitungen.

Für Dolf gab es keine Zeit zu verlieren. Edu war in Lebensgefahr. Durch bloßen Knopfdruck drohte Benito ihn elendig zu zermalmen. Aus dem schwankenden Drahtkorb rutschte ein Stück Schmiedestahl, es schlug knapp neben Edus Kopf auf. Der schrie vor Panik und wimmerte dann leise. Da war Dolf klar, dass ihm rasch etwas einfallen musste.

Benito hatte sich diesmal eine richtige Knarre besorgt, eine abgesägte Schrotflinte. Der Schaft ruhte in der Ellbeuge seines linken Arms. Die zwei ausgefransten Mündungsrohre zeigten auf Dolfs Bauch. Es sollte wohl cool aussehen, schussbereit aus der Hüfte. Aber auf Entfernung treffen konnte man mit dem Ding selbstverständlich nichts.

Edu regte sich. Sein linkes Bein zuckte unwillkürlich, wie in einem Krampf, der Knöchel pochte hektisch auf den Estrich.

»Eduardo? Bist du okay? Ich hol dich da raus.«

Ein bestätigendes Stöhnen war die einzige Antwort.

»Viel Glück, fetter alter Mann.«

»Was willst du?« Dolf sah sich fieberhaft um.

»Hörst du zu?« Benito folgte jeder von Dolfs Bewegungen mit der Schrotflinte. Dolfs Bauch war ein großes Ziel, leicht anzuvisieren.

»Bin ganz Ohr.« Dolf sah sich die Mechanik des Lastkrans an, die er sehr gut kannte. Viele Jahre zuvor hatte er eigenhändig den Motor ausgebaut, neu wickeln lassen und wieder eingebaut. Es war schlichte Technik aus den siebziger Jahren, fast ohne Elektronik. Ein kleiner Elektromotor saß über einer Seiltrommel, die er mehrfach untersetzt antrieb. Weitere, noch kleinere Elektromotoren bewegten den auf Zwillingsträgern laufenden Hebekran quer zur Halle, andere längs an beiden Seiten die Hallenwände entlang.

Es war eine stabile Konstruktion, aber nur zu dem einzigen Zweck, die Einzelteile des Kühlaggregats auf- oder abzubauen. Dolf hatte keine Ahnung, wie gut das Ding noch funktionierte oder wie Benito es wieder in Betrieb genommen hatte.

»Dass du mich in Ruhe lässt, endgültig. Und du mischst dich nicht in meine Geschäfte ein.«

»Was kann ich sagen?«

»Du unterschreibst ein Geständnis. Wir machen ein paar Fotos, die klipp und klar belegen, dass du die Rohmasse lieferst, das Zeug mischst und aufkochst. Alles, was wir brauchen, hast du dabei. Ich hab dich hier ertappt und heimlich Fotos gemacht. Wenn mir irgendwas passiert, geht das Material an die Polizei. Kapiert?«

Was gab es da schon zu kapieren? Er konnte unterschreiben, was Benito wollte, und es vor einem Notar widerrufen. Oder direkt bei der Polizei.

»Diesmal bist du es, der die Stadt verlässt. Leb irgendwo, nur nicht hier. Ich will deinen Pass.«

Kein Problem, Dolf hatte zwei Pässe. Illegal, aber Fakt.

»Beide Pässe.«

Eduardo schien ausgiebig geplaudert zu haben mit seinem Dealerfreund. »Und wenn ich dich einfach umbringe, wenn das hier vorbei ist?«

»Wenn das hier vorbei ist, bist du entweder tot, oder dein Sohn ist Brei. Dann läuft das zwischen dir und mir.«

Benito würde ihn umbringen, so oder so. Das Einzige, was Dolf vielleicht noch erreichen konnte, war, seinen Sohn zu retten. »Also lässt du mich gehen, und ich hole die Pässe?«

Benito musste lachen. »Für so bescheuert hältst du mich? Du lässt sie dir bringen.«

»Das wird nicht funktionieren.«

»Nicht mein Problem. Denk dir was aus, Dickerchen.«

Und das tat er. Er täuschte einen Schritt zur Seite an, sprang in die Gegenrichtung und hetzte auf das Eingangstor zu. Dolf hoffte, er könnte die eingelassene Stahltür rasch genug aufstoßen …

Benitos erster Schuss ging daneben, Dolfs Finte hatte funktioniert. Benitos zweiter Schuss erwischte Dolf an der Tür. Ein dumpfer Schlag traf seine linke Wade, riss ihm das Bein weg, Dolf schlug lang hin. Aber er war schon auf dem Sprung durch die halb aufgerissene Tür und lag jetzt draußen.

Die Schrotladung ergab auf den dünnen Wellblechwänden ein großes Gewitter mit knisterndem Donner, wie Hagelgeprassel. Nur dass es keinen Hagel gab in Cartagena.

Dolf rappelte sich rasch auf, er humpelte, aber sein Bein trug ihn. Schmerzen spürte er keine, das musste wohl der Schock sein.

Drinnen fluchte Benito lautstark, seine Doppellaufflinte hatte nur zwei Schuss, er musste nachladen. Dem Geräusch nach klappte er die Läufe vom Griff und ließ die Patronen herausfallen. Dolf hörte ihr Klingeln auf dem Betonboden der Halle. Nach wenigen Sekunden zeigte ihm das Knacken des Verschlusses an, dass Benito wieder schussbereit war.

Dolf kauerte seitlich vor dem Schiebetor, im unkrautbewachsenen Winkel, den die Hallenwand mit dem Parkplatz bildete. Er hielt den Atem an und versuchte, sich so geräuschlos wie möglich zu orientieren. Es gab keinen Ort, um sich zu verstecken.

Benito kam herausgestürmt und sah sich um. Das Sonnenlicht schien ihn zu blenden, denn er nahm Dolf nicht wahr, der sich im lückenhaften Sichtschatten einer der Stahltreppen mehr schlecht als recht verborgen hielt. Die Stufen führten hinauf zum Obergeschoss der Halle. Dort waren einmal Notausgänge gewesen, die von der Plattform des Kühlaggregates erreichbar waren, aber jetzt endeten die Zugangstüren im Nichts, sechs Meter über dem Boden, nur gesichert von rot-weiß-gestreiften Absperrbändern.

Benito trat Dolfs Vespa um, riss die Seitenklappe aus der Halterung und zog mit geübtem Griff den Zündstecker ab. Die Metallhülse fledderte er vom Kabel und warf sie in hohem Bogen auf das Nachbargrundstück. Dann machte er sich auf einen Patrouillengang um die Halle.

Sobald er sichernd um die Ecke verschwunden war, stieg Dolf die Stahltreppe hinauf. Sie war alt und verrostet, aber stabil. Sie dröhnte kaum. Die Blechtür an ihrem oberen Ende quietschte schrill, ließ sich aber aufstemmen. Dolf schlüpfte durch die Absperrbänder und tastete neben der Tür nach den Sprossen der stählernen Notfallleiter, die bis zur Hallendecke hinaufführte. Unmittelbar über der Türzarge verlief, in einem halben Meter Abstand von der Außenwand, der Spurträger des Montagekrans. Dolf schob sich darauf und richtete sich auf.

Der Kran verharrte ein paar Meter entfernt. Das stellte kein Problem dar, weil Dolf sich an der Hallenwand abstützen konnte. Mit wenigen tastenden Schritten hatte er das

Fahrgestell erreicht und trat über die Walzen und den Elektroantrieb auf die zwei Laufträger.

Die beiden rollengelagerten Querträger waren schmaler und weniger hoch als die Träger an der Hallenwand. Aber sie lagen doppelt, eine Fußlänge voneinander entfernt. Sie verliefen knapp unter der Hallendecke, Dolf konnte sich mit über den Kopf erhobenen Armen abstützen. Er gelangte zum Hebemechanismus auf der Laufkatze, über Edu und der schweren Last, gerade als Benito wieder in die Halle trat.

»Er muss hier noch irgendwo sein, der Verrückte. Weit kommt er eh nicht.«

Edu stöhnte.

»Halt's Maul. Ich muss lauschen.«

Dolf hatte genügend Zeit, seine Augen an das Dämmerlicht zu gewöhnen. Er besah sich den Mechanismus des Hebekrans. Welche Möglichkeiten hatte er, das Ding außer Betrieb zu setzen?

Er konnte ihn stromlos machen. Die elektrische Versorgung, ein fingerdickes Kabel, das hauptsächlich aus Gummiverstärkung bestand und in schwingenden Girlanden unter der Laufschiene hing, mündete in einer stabil aussehenden Verschraubung. Dolf war sich nicht sicher, ob er es rasch genug herausreißen konnte.

Er konnte den Kran mechanisch blockieren. Der Motor war nur schwach, drei oder fünf PS, aber enorm untersetzt. Über eine Zahnkette trieb er ein großes Speichenrad an, das, über Kegelräder umgelenkt, ein Schneckengetriebe bewegte und in ein Zahnrad an der eigentlichen Trommelwinde griff. Alles war aus bestem Schmiedestahl und sah stabil aus.

Dolf tastete seine Hosentaschen ab. Seine Geldbörse mit ein paar Münzen fand er auf der einen, seinen Schlüsselbund, nicht mehr als vier Schlüssel, auf der anderen Seite. Ohne einen Bolzen, ein Stahlrohr oder ein Brecheisen war kein Teil der Apparatur zu blockieren. Was hätte Dolf jetzt dafür gegeben, das Stück Eisenrohr aufzutreiben, mit dem er Benito vor nicht einmal einem Jahr den Arm gebrochen hatte! Doch es war nichts in Sicht, egal, wie angespannt er seine Umgebung absuchte.

»Oha. Da oben sitzt das Vögelchen!«

Benito sah zu ihm herauf. Er blinzelte und zwinkerte die Lider zusammen, er konnte im Gegenlicht wohl nicht viel ausmachen. Aber aus einer winzigen Pfütze neben seinem Fuß hatte er eine Fingerspitze roten Saft gestippt und leckte daran. »Und verletzt ist es auch!« Dolfs Blut war aus seiner Wadenwunde gequollen und direkt neben Benito getropft.

»Kommst du herunter? Oder soll ich hochkommen?« Benito griff nach der Fernsteuerung und ließ den Schrottkorb nach oben fahren. Das Speichenrad wurde über die Kette vom Elektromotor in Bewegung gesetzt. Sein Zahnrad drehte sich sehr schnell, aber das Speichenrad machte nur einen Bruchteil der Umdrehungen. Dolf brauchte irgendetwas, um es zwischen die Speichen zu schieben und das Rad zu blockieren.

Irgendwas.

Selbst ein dünner Holzbalken hätte genügt. Dolf verfluchte sich dafür, dass er daran nicht gedacht hatte. Unten in der Halle lagen genügend geeignete Prügel herum, Balken, Stempel, Kabelenden, Stuhlbeine. Selbst ein verbogener Pfannenstiel hätte es getan.

»Kann ich ablassen?« Dolf konnte nicht sehen, wie hoch über Edu die tonnenschwere Last hing. Doch er sah, dass sie bedrohlich schwankte. Und er hörte Edus Aufschrei. Das unförmige Speichenrad ragte genau vor Dolf aus dem Mechanismus. Für den Moment stand es still.

Und dann begriff Dolf, womit er die Speichen blockieren konnte. Mit einem Knochen. Der stärkste Knochen des Menschen war sein Oberschenkelknochen. Dolf war Rechtshänder, also wählte er den linken Oberschenkel. Er ließ sich auf den Hintern sacken, rutschte heran und schob sein linkes Bein zwischen die Speichen. Das fragile Schutzblech, das die Kette vor Staub bewahren sollte, ließ sich mit einer Hand verbiegen und zur Seite schieben. Jetzt ruhten Wade und linker Oberschenkel auf den Zwillingsträgern. Dolf drehte und zog am Speichenrad, bis eine der geschwungenen Gussstahlspeichen auf seinem Knie auflag. Wenn der kleine Elektromotor jetzt ansprang, konnte ihm eigentlich nicht viel passieren.

Aber Benito ließ den Aufzug nicht absacken, sondern heftig hochfahren, die Speiche glitt Dolf aus den Händen, die folgende hob sein Knie hoch und verdrehte ihn aus der Hüfte. Als Benito den anderen Knopf zum Absenken drückte, brach der Schwung des rückdrehenden Speichenrades Dolfs Knie gegen die Beugerichtung.

Dann ruckte die Speiche wieder hoch, Dolfs Bein drohte nachzugeben. Halb schob er sein Knie hinüber, um dem Schmerz auszuweichen, halb rutschte er mit dem Oberschenkel weiter ins Speichenrad, um es zu blockieren. Und klammerte sich mit allem, was er hatte, an den Mechanismus. Dolf konnte es nicht sehen, aber spüren: Der Elektromotor sprang zwar an, spannte mit giftigem Brummen die Kette, aber das Schwungrad bewegte sich kaum spürbar. Nur quetschte es Dolfs Oberschenkel bis auf den Knochen. Es gab kein Blut, kein Knacken. Und der Schmerz war wahrscheinlich auch nicht schlimmer als bei einer Geburt.

Die Laufkatze war blockiert. Benito drückte wie verrückt auf den Knöpfen der Fernbedienung herum, aber das große Rad bewegte sich keinen Millimeter mehr. Der kühle Stahl der Speiche schmiegte sich in Dolfs Leiste. Das wäre vielleicht ein angenehmes Gefühl gewesen, doch sein Knie war gebrochen und sein Oberschenkel übel zugerichtet.

Unten fluchte Benito. Er konnte sicher nicht genau erkennen, wie Dolf es fertiggebracht hatte, aber die Tonnenlast ließ sich nicht mehr bewegen. Jedenfalls nicht in vertikaler Richtung.

Stattdessen spielte Benito an der Fernbedienung herum und ließ das gesamte Gestell der Laufkatze vor und zurück rauschen und damit den Schrottcontainer über Edus Kopf hin- und herfahren. Aber er erreichte Dolfs Sohn nicht. Edu lacht irre auf, er musste zutiefst verängstigt oder völlig durchgeknallt sein.

Oben auf dem Laufkran wurde Dolf durchgerüttelt und herumgeworfen. Herunterfallen war nicht die Gefahr, er war erdbebensicher festgeklemmt. Er schrie: »Halt durch, Edu!«

Das machte Benito nur noch rasender.

Er stürmte zu Edu hin, beugte sich hinab und hielt ihm die Schrotflinte dicht an den Kopf. »Gib den Kran frei und komm runter, alter Mann, oder ich knall ihn ab«, brüllte Benito.

»Okay, du hast gewonnen.« Dolf keuchte, aber er bewegte sich keinen Zentimeter. Hätte er auch gar nicht gekonnt.

Benito kam auf demselben Weg hochgeklettert, den auch Dolf gekommen war. Ziemlich schnell begriff er, wie Dolf das Schwungrad blockiert hatte. Und dass es nicht viele Möglichkeiten gab, ihn davon abzubringen. Man konnte entweder sein Bein abschneiden. Oder Gussstahl aufschweißen.

»Zieh dein Bein da raus, oder ich schieß es dir weg.«

Dolf zuckte nur die Achseln.

Benito stand vielleicht einen Meter entfernt. Er musste sich vorbeugen, um die Mündung seiner Flinte nahe genug an Dolfs Knie zu bringen. Schrotmunition zerfiel unmittelbar nach dem Austritt aus dem Lauf. Dann jagte nur eine Wolke unsortierter Metallpartikel durch die Luft.

Benito drückte sofort ab. Falls der Schuss Dolf zusätzliche Schmerzen verursachte, bemerkte er es nicht. Er war völlig darauf konzentriert, Benitos rechten Fuß zu erreichen. Dolf war festgeklemmt, ihm konnte nichts passieren, er konnte weit mit dem Oberkörper hinauskreiseln, Schwung aufnehmen und Benitos rechten Turnschuh mit der Faust vom T-Träger stoßen.

Nur dass eben mittendrin eine Packung Schrot in sein linkes Knie schoss. Dolf hatte keine Ahnung, wie der Kampf ausging. Einen Moment war er abgelenkt.

Jedenfalls hatte er Benitos Fuß einen Fausthieb versetzt, der den Dealer aus dem Gleichgewicht brachte, ihn abrutschen und aus acht Metern Höhe auf den Betonboden stürzen ließ.

Es war ziemlich eindeutig, wie das ausgehen würde; es war wie das Geräusch einer Kokosnuss, die auf einen Felsblock prallt. Und dann ging zu allem Überfluss auch noch Benitos Flinte los.

»Edu, bist du getroffen?«

»Nein, alles … gut.« Irgendetwas klang merkwürdig in Edus Stimme, aber Dolf hatte keine Zeit, länger darüber nachzudenken. Ihm wurde schwarz vor Augen.

40

[2003]

Erst viele Tage später sollte Dolf erfahren, dass Benitos Kopf, als er das Kokosnussgeräusch abgab, nur eine Armlänge vor Edus Augen aufgeschlagen war, dass seinem Sohn das Gemisch aus Blut, Gewebe und Liquor ins Gesicht gespritzt war. Und dass Edu mehr als eine Stunde gebraucht hatte, um sich zu befreien, aus der Halle zu rennen, eine Telefonzelle zu finden und die Feuerwehr zu alarmieren. Die hatten weitere zwei Stunden damit verbracht, Dolf mithilfe einer Drehleiter aus seiner misslichen Lage zu befreien und ins Krankenhaus zu verfrachten.

Als Dolf aus der Narkose aufwachte, war er riesig geworden, aufgedunsen oder monströs angeschwollen. So kam es ihm jedenfalls vor, selbst im Liegen reichte der Arzt ihm kaum bis zur Schulter.

»Wie geht es Ihnen?«

»Blendend.« Außer pochenden Schmerzen in seinem linken Knöchel konnte Dolf nichts spüren.

»Können wir sprechen? Es gibt schlechte Nachrichten.«

»Noch nicht.«

»Okay. Ich komme später wieder.«

Er kehrte in Begleitung einer Schwester zurück, und Dolf sah, dass der behandelnde Arzt ein dünnes Männchen von kaum eins fünfzig war.

Noch später erfuhr er von der OP-Schwester, dass sich der Mini-Chirurg für jede seiner Operationen auf ein speziell für ihn gebautes – und zweimal täglich desinfiziertes – Podest stellen musste.

Die Schwester war nicht wirklich hübsch, sie hatte eine großporige, fleischige Nase und ein viel zu kräftiges Kinn, aber sie war ein Schatz. In seinem halben Jahr in der Klinik und auf der Rehabilitationsstation sollte Dolf sich in sie verlieben und wieder entlieben. Sie nahm es nicht krumm. Sie war das gewohnt.

Der kleine Arzt drängelte sich vor. »Es gibt eine gute Nachricht und eine schlechte.«

»Ich bin nicht in der Laune für Ratespiele.«

Der Chirurg zog sich einen Stuhl heran. Er sah Dolf an und setzte sich. »Sie können was vertragen, oder?«

Dolf wusste nicht recht, was er davon halten sollte. Im Sitzen reichte der kleine Doktor kaum über die Bettkante. Dolf hatte Mühe, sein Kinn so auf die Brust zu pressen, dass er die Augen des Männchens sehen konnte. »Sie machen einem echt Mut, Doktor.«

»Also: Ihr Knie sah nicht gut aus. Wir haben versucht, es zusammenzuflicken, aber …

»Wird es steif bleiben?«

»Das nun nicht.«

Dolf atmete auf.

»Kein Grund zur Beruhigung. Es war nicht mehr zu retten.«

»Aha.« Was sollte das heißen?

»Wir mussten es abnehmen.«

»Chär?« Dolf brachte keinen Ton heraus, nur ein schleimiges Krächzen.

»Amputieren. Nur den Unterschenkel und das Knie.«

»Das kann nicht sein. Ich hab tierische Schmerzen im Knöchel.«

»So was kommt vor. Die Schwester wird Ihnen etwas dagegen geben.«

Aber es gab nichts dagegen. Dolf war schon bis obenhin mit Schmerzmitteln vollgepumpt. Die Qualen in seinem linken Knöchel waren nicht von der Art, die auf Pillen oder Spritzen reagierte.

»Okay?«

»Ganz und gar nicht!«

»Ich weiß, das ist schwer zu begreifen. Wollen Sie es haben?«

»Ghärg?« Dolfs Grunzen klang sicher nicht gesund.

»Das Bein. Manche legen es sich in die Gefriertruhe. Als Andenken. Manche lassen es sogar beerdigen.«

»Ich mag Ihren Humor nicht, Doktor.«

»Müssen Sie auch nicht.« Der kleine Chirurg sprang bereits auf seine kurzen Beine. »Na gut, dann lass ich Sie! Wenn Sie irgendwelche Fragen haben, jederzeit!«

»Was war noch mal die gute Nachricht?«

Das Ärztchen brauchte keine Sekunde, um zu begreifen, worauf Dolf anspielte. »Na, die Schrotkugeln in Ihrer Wade. Um die Schussverletzung brauchten wir uns keine Sorgen zu machen, *verdad*?« Der Arzt lachte begeistert auf.

Dolf hatte schon bessere Witze gehört. War aber lange her. Als er noch zwei Beine hatte.

»Und die Fußnägel, selbstverständlich.«

Dolf begriff zunächst nicht, was der verrückte Chirurg damit meinte. Aber dann erinnerte er sich. Mit seinen hundertzehn Kilo war das Schneiden seiner Zehennägel eine Tortur. Dolf schob es jedes Mal vor sich her, so lange es ging. »Hab ich in letzter Zeit etwas vernachlässigt.« Er schielte hinab zum Fuß seines rechten Beins, das aus dem raupenförmigen Drahttunnel ragte, unter dem sein linkes Bein verborgen lag. Die Zehennägel seines rechten Fußes waren makellos gekürzt. Dolf wunderte sich.

»Hat die Schwester gemacht.« Das schmächtige Doktormännchen war seinem Blick gefolgt. »Prima.« Der Chirurgenzwerg stürmte hinaus, ohne Abschiedsgruß, ohne Händedruck. Irgendetwas wie Verstörung musste sich auf Dolfs Gesicht abzeichnen.

»Danke, Schwester!«

»Ester.«

»Das kann ich mir merken.« Auf Spanisch reimte es sich selbstverständlich nicht, *enfermera Ester*.

»Mit dem Humor haben Sie recht, Herr Tiskirener.« Schwester Ester nickte. »Aber Professor Malaperto ist ein phantastischer Chirurg. Er hat ihr Leben gerettet, die *Femoralis* war angerissen. Nur die Tatsache, dass ihr Schenkel eingeklemmt war, dass die Mechanik der … des Krans wie eine Art Druckverband gewirkt hat, hat Sie davor bewahrt zu verbluten. Sie sollten ihm dankbar sein.«

»Ich versuch's.« Dabei hatte Dolf das nicht vor.

»So ist's recht. Gleich kommt das Mittagessen.« Sie lächelte Dolf aufmunternd zu und verschwand.

Das Mittagessen war eine Unverschämtheit. Zwei *Croquetas*, ein daumengroßes Stück Kalbsschnitzel, drei Blättchen Kopfsalat.

Zuerst dachte Dolf, sein Stoffwechsel müsste nach der Operation geschont werden oder etwas in der Art. Aber das Abendessen fiel komplett aus, bis auf einen Becher Joghurt. Das Frühstück bestand aus einer trockenen Scheibe Toast und einem Viertel Banane, das nächste Mittagessen war eine kleine Tasse dünner Linsensuppe.

Dolf hatte Hunger. Mit rebellierendem Magen wartete er auf die Visite.

Alles lief perfekt. Professor Malaperto hatte bereits gallenbittere Laune, als er hereinkam. »Was ist denn jetzt schon wieder?«

»Warum krieg ich nichts zu essen? Liegt das an meiner Versicherung? Ich komme persönlich für die Zusatzkosten auf. Nur weil ich zweite Klasse bin, können Sie mich nicht so …« abspeisen, wollte Dolf sagen. Aber das war augenscheinlich nicht das richtige Wort. »… behandeln.«

»Hat mit Ihrer Versicherung nichts zu tun, Herr Tschirner. Ich hab Sie auf elfhundert Kalorien setzen lassen.«

»Was fällt Ihnen ein?«

»Sie wiegen fast hundert Kilo.«

»Hundertzehn, dachte ich.«

»Minus den Unterschenkel. Mit diesem Übergewicht kommen Sie niemals mit einer Prothese zurecht. Es ist zu Ihrem Besten, glauben Sie mir.«

Dolf stieß Verwünschungen aus. Eine davon beschrieb ziemlich detailliert, wo sich der mickrige Mediziner Dolfs Glauben zusammen mit seinem Besten hinstecken konnte.

Der Professor nahm es nicht krumm. »Hauptsache, Sie halten sich daran. Ohne Ihre Kooperation bekommen wir das nicht hin, Herr Tschirner.«

Aber eigentlich tat ihm die Diät sogar gut. Das Hungern schien irgendwelche Glückshormone aus seinem Fettgewebe zu lösen. Jedenfalls glaubte Dolf fast zu platzen vor Energie. Die ersten drei Wochen durfte er sich kaum bewegen. Dreimal am Tag gab es karge Mahlzeiten, einmal am Tag wurde er gewaschen, alle zwei Tage wurden die Verbände gewechselt, und Dolf konnte sich ansehen, was aus seinem linken Bein geworden war: in der Leiste eine gezackte Naht, wulstig und schweinchenrosa. Anstelle des Knies wucherte ein unförmig geschwollener Fleischklumpen, scheinbar notdürftig zusammengeflickt, aus dem ein gelblich verschmierter Drainageschlauch ragte. Nach einer Woche hatte Dolf sich an den Anblick gewöhnt und konnte erkennen, wie die Schwellung allmählich nachließ und die Wundnähte ihre Form annahmen. Professor Mickrig schien tatsächlich auf der Höhe seiner Kunst zu operieren.

Der Rest des Tages war Fernsehen. Das Gerät auf dem Zimmer hatte Santes ihm spendiert. Sie besuchte ihn zweimal die Woche.

Edu war in die Psychiatrie eingewiesen worden und machte dort einen Entzug. Er dämmerte durch die Tage. Wenigstens war er bisher clean geblieben. Auch ihn besuchte und versorgte Santes zweimal pro Woche.

Sie würde die Belastung nicht lange ertragen. Sie klagte niemals, aber Dolf war nicht blind. Er hatte ein Bein verloren, nicht den Verstand. Er musste so schnell wie möglich aus der Klinik heraus.

Er konnte nicht ahnen, dass sein Sohn mit der Tatsache, dass sein Vater jetzt verkrüppelt, war und der Schuld, die er sich daran zumaß, nicht zurechtkommen und sich wenig später umbringen würde …

41

[2013]

Der Dezember des Jahres 2013 war mild und trocken. Es gab keinen Wind, und doch hatten sich vor der Tür von Dolfs Bude Zedernnadeln und Laub gesammelt, als wäre er wochenlang weg gewesen.

Dolf stellte seine Reisetasche ab und warf die Wurfsendungen aus seinem Briefkasten in den Müll. Niemand hatte ihn vermisst, nichts erwartete ihn. Er hatte keinen Anrufbeantworter abzuhören und kein E-Mail-Postfach zu checken.

Auf dem Weg zur Algameca-Bar meldete sich Dolfs Hunger. Er war am Vormittag geflogen, er hatte fast zwei Stunden vom Flughafen zum Busbahnhof in Cartagena gebraucht, dann der Fußweg zu seiner Bude am anderen Ende der Stadt. Und er hatte versucht, jedes Grübeln über Inspektor Fuentes' undurchsichtiges Verhalten wegzudrücken. Darüber war es Abend geworden.

Der Alte in der Bar stellte ihm unaufgefordert sein übliches Gedeck hin, Bier und Brandy. Er hatte sich um andere Gäste zu kümmern. Als er wieder zu Dolf kam, baute er sich erwartungsvoll vor ihm auf.

»*Hola, hombre.* Lange nicht gesehen.«

Dabei war Dolf nicht mehr als acht Tage weg gewesen. Er musste etwas essen. Den Kartoffelsalat mit den vertrockneten Krabben, der in der Kühltheke auf der Bar des Alten vor sich hin dörrte, mochte er nicht. Aber das war alles, was es gab. Außer Chips und frittierten Maiskörnern, die Dolfs Gicht verschlimmern würden. Angel hatte noch ein paar Scheiben

Lomo und trockenes Brot da, er schnitt ihm die Sachen auf ein Tellerchen und rückte es neben die *Ensaladilla rusa*.

»Was macht der Althippie?«

»Ist immer noch tot.«

Eine Woche zuvor hatte Dolf dem Alten ein paar Hintergründe der Ermittlungen geschildert.

»Wer hat ihn umgebracht?«

»Sein Partner und eine Professionelle.«

»Worum ging's?«

»Um Geld, um Gier, um Einfluss.« Die groben Züge von Gunters Geschäften mit geschmuggelten Mädchen und gedealtem *Coque* waren schnell erzählt. »Beim Großdealen wollte er nicht mitmachen, seine Hippie-Ideale hat er bis zuletzt nicht verraten.«

»Moment mal: Der Typ lässt junge Frauen kidnappen, unterhält einen Drogenring und zockt unbedarfte Touristen ab. Und dabei hat er seine Ideale nicht verraten? Hab ich da was falsch verstanden?«

»Seit wann sind wir so aufbrausend?« Entrüstung passte kein Stück zu Angel, der sonst den wildesten Geschichten unbeteiligt lauschte.

»Gunter war mal ein richtig guter Typ. Es waren wilde Jahre. Aber toll.«

Dolf stutzte. »Wusste nicht, dass du ihn kanntest.« Wirklich überrascht war er nicht. Jeder kannte in dieser Tomatenprovinz jeden. Zumindest wenn er so lange hier gelebt hatte wie der Alte.

»Gunter war der heißeste Typ der Szene. Und es gab eine Menge gutaussehender Leute, kann ich dir sagen! Der spielte Gitarre, poussierte mit der Wirtin der Ortskneipe herum. Der hatte die einzige Limousine, einen alten Mercedes. Der konnte das beste *dope* besorgen. Der hatte immer Geld.«

Auch damals schon, dachte Dolf. »Du warst auf Ibiza in den Siebzigern?«

»Nur zwei Sommer lang. Jeder, der was getaugt hat, war da. Zappa. Van. Ginger. Harrison. Aber vor allem viele gute Leute aus der ganzen Welt, die sich nicht zu schade waren, mit eigenen Händen Mauern einzureißen und sie schöner und besser wieder aufzubauen. Wir haben zusammen gearbeitet und gegessen, gefeiert und geschlafen. Es gab keinen Neid und keine Eifersucht.«

»Oha!«

»Wenn du es nicht erlebt hast, kannst du nicht mitreden. Natürlich war die Presse gegen uns. Aber mit den Einheimischen hatten wir nie Probleme. Nicht in den frühen Jahren.«

»Wie alt warst du damals?«

»Anfang vierzig. Ich war schon immer der Opa. Es gab die beste Musik des Jahrhunderts. Und die hübschesten Frauen – freizügig und selbstbewusst, gescheit und ehrlich. Die Kombination findest du heute gar nicht mehr.«

Dolf wiegte zustimmend die Stirn.

»Es gab unfassbare Partys, Konzerte, Happenings. Wir hatten alles. Zwar keinen Strom, kein Wasser, keine Müllabfuhr, aber die brauchten wir auch nicht. Alles wurde wiederverwertet, gesammelt, aufgeräumt. Wir wollten nie erwachsen werden.«

Dolf nickte. Was konnte er schon sagen über eine Zeit und eine Lebensart, die er nur aus dem Woodstock-Film von 1970 kannte?

Angel hob seine linke Faust. »Willst du sehen, was unter meinem Ring ist?«

Dolf zögerte. Der Alte trug tagein, tagaus einen Goldring mit Siegelplatte, sicher so groß wie ein Daumennagel. Eine kleine Tätowierung, etwa eine Doppeltilde mit zusätzlichem Punkt, konnte leicht darunter verborgen sein.

»Soll ich ihn abziehen? Moment!«

Dolf traute seinen Augen nicht. Angel fuhrwerkte an seinem Finger herum. Es schien schwierig zu sein, es dauerte. Aber schließlich hatte er den Ring abgefriemelt, hielt seine Faust herausfordernd unter Dolfs Nase und grinste dabei.

Die Haut unter seinem Ring war eingedrückt und bleich, aber von einer Tätowierung war nichts zu sehen. Auch keine Spuren, dass eine entfernt worden wäre.

Dolf starrte dem Alten stinksauer in die zusammengekniffenen Augen – wollte er ihn verarschen?

Der lachte hell auf. »Einen Moment lang hast du's geglaubt, gib's zu!« Der Alte wieherte schadenfroh.

Dolf griente säuerlich. Ihm war nicht nach Schabernack zumute.

Noch heller, noch hämischer klang das keckernde Lachen des Alten. »Na ja, ist alles lange her.« Angel kriegte sich langsam wieder ein. »Von dem *Sant Carles de Peralta*, das ich kannte, ist nichts mehr zu sehen, alles zubetoniert. Vor ein paar Jahren war ich noch mal da.«

Dolf trank weniger, als er gewollt hatte. Sentimentalität und Schnaps gingen nicht gut zusammen. Sie schwiegen eine Weile.

»Also seid ihr fertig mit dem Fall?« Angel räumte Dolfs Glas weg.

»Nicht die Bohne. Morgen geht's weiter.«

42

Tat es aber nicht. Dolf erwischte den Kriminalinspektor erst in dessen Mittagspause. Fuentes war auf dem Weg zum Essen. Als er Dolf erblickte, winkte er ihn heran und ging zurück in sein Büro. Er schien irritiert zu sein, dass Dolf ohne Unterlagen gekommen war. »Haben Sie mir nichts mitgebracht?«

»Machen wir nicht weiter?«

»Weiter? Womit? Sobald wir die Chinesin haben, gleichen wir die Spuren vom Tatort mit den ihren ab. Sie ist tatsächlich mit dem Pass der Schwester registriert. Möglicherweise ist *Liu* sogar ihr richtiger Name.«

»Also war der Autounfall ein Fake?«

»Alles denkbar.«

Warum wunderte sich Dolf nicht darüber? Irgend so etwas hatte er vermutet. »Und der Rest?«

Fuentes' Miene war ein einziges Fragezeichen.

»Menschenhandel? Drogenschmuggel?« Dolf gab nur Stichworte.

Das hatte Fuentes längst an die Zuständigen übergeben. Menschenhandel machte die Abteilung *Delincuencia organizada*. »Ich kann mich nicht um alles kümmern.«

»Also machen wir nicht weiter?«

»Wir haben alles erledigt, was wir konnten. Wir haben den Mord aufgeklärt. Sie haben gute Arbeit geleistet, Chirén. Dafür danke ich Ihnen. Aber das war's dann auch.«

Dolf starrte den Inspektor verdutzt an. Das sollte alles gewesen sein? Er hatte keine Ahnung, was er erwartete, aber er spürte deutlich, dass er es nicht bekam.

Fuentes schien mit den Gedanken bereits woanders. »Na, man sieht sich. Und bringen Sie mir bei Gelegenheit die Akten vorbei, wenn's Ihnen nichts ausmacht.«

Richtig wichtig schienen die Unterlagen nicht zu sein.

In seiner Bude nahm Dolf die Aktenhefter für Fuentes aus der Plastiktüte und stapelte sie in der Nähe der Tür, um sie nicht zu vergessen. Der dicke oberste Hefter rutschte herunter und verteilte seinen Schnipselinhalt auf den Fußboden. Der dünne blaue segelte hinterher und blieb aufgeschlagen liegen. Dolf bückte sich nach den Papieren. Das oberste Blatt im blauen Hefter war eine Art Grundbuchauszug. Mit seinem Namen!

Adolfo Tschirner, Alemán, propietario; *Hielos Chirén*. Darauf klebte eine gelbe Haftnotiz mit Anmerkungen in Fuentes' Handschrift: »So., 17. 11., vormittag; Churrería; Eigentümer Hielos Chirén!!!«

Die Unterstreichung und die drei Ausrufezeichen redeten eine deutliche Sprache: Fuentes hatte schon vor ihrem ersten Treffen gewusst, dass Dolfs ehemalige Eisfabrik mit den Ermittlungen zu tun hatte!

Dolf blätterte weiter. Es folgte ein einseitiges Dossier der Drogenfahndung, ebenfalls mit seinem Namen, diesmal nicht unterstrichen, sondern in Fettdruck. Es ging um seine Auseinandersetzungen mit Benito, Eduardos Dealer.

Später schienen sie die Eisfabrik immer mal wieder observiert zu haben. Die Halle war als Drogenküche und Zwischenlager für Lieferungen notorisch. Auf jeder Seite, in jedem Dossier tauchte Dolfs Name in verschiedenen Zusammenhängen auf. Fuentes hatte ihn von Anfang an in Verdacht gehabt.

Eine Stinkwut stieg in Dolf auf. Es war nach sieben, der Inspektor war im Büro nicht mehr zu erreichen. An sein Handy ging er auch nicht.

Santes stand schon im Mantel vor der Tür. Sie war gerade dabei, das Reisebüro abzuschließen. Als sie Dolf heranstürmen sah, stieß sie die Glastür wieder auf, um ihn hineinzubitten.

Dolf winkte ab. »Nicht hier. Ich muss was trinken.«

Santes machte große Augen. »Was ist denn mit dir los?«

»Dein Freund Victor! Was ist denn das für ein Typ? Eine hinterfotzige Ratte!«

»Komm rein. Das wird kein Gespräch für eine Bar.«

Sie hatte selbstverständlich recht. Wie fast immer.

Santes knipste das Licht an. Ihre Schreibtischplatte wurde von drei Spots angestrahlt wie ein Bühnenbild. Davor standen zwei Stühlchen. »Setz dich.« Sie setzte sich nicht hinter den Schreibtisch, sondern rückte den zweiten Stuhl heran. Lockerte den Kragen ihres Mantels und legte ihren Nacken frei.

Mit den Fingern tippte sie auf Dolfs Unterarm. »Also erst mal ist Victor nicht mein Freund. Wir sind ein paar Mal ausgegangen, das ist alles.« Sie seufzte und sah Dolf aufmerksam an.

»Wie der mit mir gespielt hat! Hereingelegt hat der mich!«

»Und das fällt dir erst jetzt auf? Der hat doch von sich aus angerufen! Irgendeinen Dolmetscher hätte er wesentlich leichter auftreiben können, meinst du nicht?«

Das musste Dolf zugeben.

»Dass du ihm vertrauen sollst, hab ich nie gesagt, Dolfo. Ich hab ihn angerufen, damit er dich in die Ermittlungen einbezieht. Tut mir leid, wenn das falsch rüberkam.«

»Der hatte mich von Anfang an auf seiner Liste.« Dolf klang viel gekränkter als beabsichtigt. Er nahm sich zurück. »Fuentes hatte mich wegen der Eisfabrik im Visier.«

»Kann er dir denn was?«

Dolf schüttelte den Kopf. »Hast du das von Beginn an vermutet?«

»Quatsch.« Santes' skeptisch hochgezogene Augenbrauen verhießen nichts Gutes. Aber schon hoben sich ihre Mundwinkel zaghaft zu einem Schmunzeln. »Und jetzt bist du wieder einmal frustriert? Enttäuscht von der Welt? Und lässt den wehleidigen alten Mann raushängen?«

»Danke. Sehr fürsorglich.« Hohn und Spott war das Letzte, was Dolf jetzt gebrauchen konnte.

»Gern geschehen.« Sie strahlte ihn an. Da musste Dolf selber auch grinsen.

»Du hast ein Interesse gehabt, Dolfo, ein Anliegen. Du wolltest rauskriegen, wer Eduardo das Dreckszeug besorgt hat. Das hast du geschafft. Glückwunsch! Wo ist jetzt dein Problem?« Sie lächelte ihm aufmunternd zu.

Er hätte sie knutschen mögen. Was er aus verschiedenen Gründen nicht konnte. »Danke, Santes. Du hast ja recht.«

Sein Problem war, dass der verfluchte Fuentes keinen Finger rührte, um dem eigentlichen Drogenboss das Handwerk zu legen. Dass van Danz in der ganzen Geschichte fast schon die sympathischste Rolle gespielt hatte. Aber das würde Dolf seiner Schwiegertochter auf keinen Fall auf die Nase binden.

»Also gehen wir jetzt was trinken?« Santes schien dazu bereit.

Dolf war noch lange nicht so weit. »Danke. Ein andermal.«

Wenn es eine Chance gab, Fuentes zur Rede zu stellen, dann in der Kneipe gegenüber vom Polizeirevier, wo sich die Behördenmitarbeiter, wie Dolf wusste, nach Feierabend die Kante gaben. Dolf war sich nicht sicher, ob er den Kriminalinspektor dort antreffen würde, er rechnete sich keine großen Chancen aus. Aber das Präsidium hinter dem ovalen Kreisverkehr lag fast auf seinem Nachhauseweg. Und geladen, wie er war, hätte er ohnehin nicht schlafen können.

Doch es gab keine Kneipe gegenüber vom Präsidium.

Im anonymen Häuserblock an der Straße zur *Plaza de España* war ein düsterer Schnapsladen untergebracht, der immer geöffnet hatte, ein Kopierladen mit Handykartenverkauf, eine Immobilienagentur.

Einen Augenblick lang erwog Dolf, den Diensthabenden im Revier danach zu fragen, aber dann ging er auf eigene Faust los. Wenige Schritte um die nächste Ecke, am Beginn der Fußgängerzone bot eine Bar auf einer Klapptafel hausgemachte Bohnensuppe an. Die Kneipe hieß *Zum Kommissariat*. Polizisten, zum Teil in Uniform, standen rauchend davor. Salmón, der Segelexperte, war einer von ihnen.

»*Hola*, ist Fuentes hier?«

Salmón zog an seiner Zigarette, schnippte sie in einen bereitstehenden Eimer, der zur Hälfte mit Vogelsand, zur größeren Hälfte mit Kippen gefüllt war, und nickte Richtung Kneipe.

Fuentes stand mit einigen Kollegen an der Bar. Auch eine Kollegin war darunter, die stämmig und trinkfest wirkte und mit ihrer Pistole am Halfter der schmalen Hüften kerliger aussah als die meisten ihrer männlichen Trinkkumpane. Fuentes drehte sich unwirsch herum, als Dolf ihm auf die Schulter tippte. Sein glasiger Blick verhieß nichts Gutes. Er erkannte Dolf, und ein müdes Lächeln schlich auf sein gerötetes Gesicht. »Der Herr Dolmetscher.«

»Können wir reden?«

»Ist ’n freies Land.« Fuentes’ ausgebreitete Arme schlossen seine Trinkkumpane, die gesamte Bar, aber eben auch Dolf ein.

Dolf wartete ab.

Fuentes klopfte auf den Tresen, verabschiedete sich von seinen Kumpels und winkte Dolf, ihm vor die Tür zu folgen.

Sie wandten sich nach rechts, weiter in die Fußgängerzone hinein. An der Ecke des nächsten Blocks blieb Fuentes leise schwankend stehen. »Ich bin nicht im Dienst, müssen Sie wissen, Chirén.«

»Sie hatten mich von Anfang an auf der Liste, Fuentes.«

Der Inspektor nickte schwer. »Haben Sie endlich Ihre Akte gelesen? Darauf hab ich gewartet. Sehen Sie es mal mit meinen Augen …«

Dann rief er an seinen Fingern, die er nicht ohne Mühe und mehrfache Versuche mit dem Zeigefinger der rechten Hand abzählte, seine Verdachtsmomente ab: »Sie sind oder waren der Besitzer der Eisfabrik, in der jahrelang Mädchen versteckt und Drogen aufgekocht und prop… portioniert worden sind.«

Der Mittelfinger war dran. Klappte beim ersten Versuch. »Sie haben den Cousin von Setilmas, den früheren Dealer hier in der Stadt, den Benito Alvarez ausgeschaltet, aus dem Verkehr gezogen.«

»Das sind alte Geschichten.«

»Sie haben den Chinesen, den aktu… den neuesten Großdealer der Region getroffen, zwei Mal!« Ringfinger und kleiner Finger.

Fuentes hatte also von seinen Unterredungen mit Fräulein Liu die ganze Zeit gewusst. Dolf schluckte.

»Und berichten mir nichts davon. Sie fliegen mit Fellers Hitman, der schon mit Gonzalo Setilmas plötzlichem Drogentod in Verbindung stand, im selben Flieger nach Ibiza. Sie quartieren sich im Club des Opfers ein, kriegen das beste Zimmer und machen mit der Hauptverdächtigen rum.« Er hatte wieder mit dem Daumen angefangen und war schon beim Mittelfinger. »Und dann dieser merkwürdige Überfall, Ihnen passiert nichts, es kommt auch so gut wie nichts weg, bis auf sämtliche Akten, die ich Ihnen überlassen habe.« Fuentes' Artikulation war immer deutlicher geworden. Er schien sich nüchtern geredet zu haben. »Wie sollte ich denn da entscheiden?«

Dolf hatte keine Antwort. »Also haben Sie mich nur beteiligt, um mich im Auge zu behalten?«

Der Inspektor zog theatralisch die Achseln hoch. »Ich bin

ein Schnüfflerschwein, *entiende*? Misstrauen ist mein Beruf. Und meine Lebensversicherung.«

»Sie sind doch bescheuert.«

»Alles, was Sie sagen, Chirén.« Fuentes bekam ein dünnes Lächeln hin. »Warum macht Sie das so sauer?«

»Glauben Sie etwa im Ernst, ich könnte mit der Sache etwas zu tun haben?«

»Was ich glaube, interessiert keine Sau. Was ich *beweisen* kann, das zählt. Und ganz sicher kann ich nicht beweisen, dass Sie *nicht* mit der Sache zu tun haben.«

Dolf war zu wütend, um zu saufen. Und zu wach, um nach Hause zu gehen. Er tigerte durch die Altstadt, er schnaufte die Rampe zur Festung hoch, um sich abzureagieren. Der Park war geschlossen. Aber Dolf fand eine Bank, auf die er sich setzen konnte. Der Himmel im Westen leuchtete noch vom Untergang des Vollmonds. Dolf hatte keinen Sinn dafür. Er fühlte sich hintergangen und beschmutzt. Ausgenutzt als gutmütiger Trottel, als selten bescheuerter Anfänger.

Wo genau lag sein Problem? Er ärgerte sich über sich selbst. Wie er sich immer wieder in den Menschen täuschte. Dass er wohl nie lernen würde, sich zu wappnen und sich weniger verletzlich zu machen.

Das Schlimmste war nicht, dass Fuentes ihn die ganze Zeit im Visier gehabt hatte. Das Schlimmste für Dolf war, dass er – nicht zum ersten Mal – auf einen offen wirkenden Menschen hereingefallen war; dass er Fuentes vertraut hatte. Dass er einfältiger alter Trottel zu blöde war, um eine offensichtliche Falle zu durchschauen. Dass er zum Polizisten nicht taugte.

43

[2004]

Was genau den Auslöser für Eduardos Tod im Mai 2004 darstellte, konnte Dolf auch nach jahrelangem Grübeln nicht sagen. Tage- und nächtelang hatte er sich den Kopf zermartert, was er hätte tun oder lassen müssen, um dieses Ende zu verhindern. Am Schluss blieben drei Szenen übrig, die im Rückblick wohl entscheidend waren: Wangenküsschen, Salbe, Bockleiter.

Santes hatte sich eines Abends nach einem Restaurantbesuch – absolut landestypisch üblich! – mit zwei *Besitos*, Wangenküsschen, von Dolf – und Edu! – verabschiedet. Danach waren Vater und Sohn in einen heftigen Streit geraten, den Dolf, sosehr er sich auch bemühte, nicht entschärfen konnte. Eduardo verbiss sich in die Überzeugung, dass seine Exfrau ihm, ohne Dolfs Nacht mit ihr, womöglich noch einmal eine Chance gegeben hätte.

Seinen Beinstumpf pflegte Dolf regelmäßig und sorgfältig. Sobald das Bein unempfindlich genug geworden wäre, konnte er sich eine Prothese anpassen lassen. Bei einer dieser Behandlungen, als Dolf die Haut, die einmal seine Kniescheibe bedeckt hatte, gründlich eincremte, war Edu ins Bad getappt. Dolf machte eine verharmlosende Bemerkung über die schuppige Dinosaurierhaut alter Männer, aber Edu stand wie vom Schlag gerührt und konnte die Augen nicht vom Oberschenkelstumpf seines Vaters lassen. Dolf zog ein Handtuch darüber.

Edu hatte panische Angst davor entwickelt, unter schwebenden Lasten hindurchzugehen. Auf der Baustelle nahmen sie Rücksicht darauf, ließen ihn bei Tätigkeiten unter dem Kran außen vor. Aber völlig vermeiden konnte Edu solche Situationen nicht.

Einmal, als Dolf in der Tür zur Küche auf einer Bockleiter stand, um eine Glühbirne auszuwechseln, traute Edu sich nicht, sich vorbeizudrücken, um einen Topf kochendes Wasser in den Abguss zu schütten.

»Bin gleich so weit, komm ruhig rein«, forderte Dolf ihn gedankenlos auf.

Aber Edu stand zitternd vor der Leiter, verharrte wie gelähmt und verbrühte sich die Hände am heißen Topf. Erst da begriff Dolf.

Irgendeine Kleinigkeit erinnerte Edu fast jeden Tag daran, was in der Eisfabrik geschehen war. Und dass sein Vater, um ihm das Leben zu retten, sein Bein geopfert hatte.

Dass ausgerechnet Dolf den Toten fand, war nur einer Häufung dummer Zufälle zu verdanken.

Ein Umtrunk der kleinen Sanitärfirma, für die Dolf tageweise arbeitete, wurde vom Anruf wegen eines Rohrbruchs gestört. Das war ein Notfall, der keinen Aufschub duldete. Dolf und einer der Lehrlinge mit einem Führerschein waren die Einzigen, die noch nüchtern genug waren, um sich darum zu kümmern. Bis sie den Schaden behoben und die Wasserversorgung des Mehrfamilienhauses im Zentrum Cartagenas wiederhergestellt hatten, war es Samstagmorgen geworden. Sie packten Overalls und Gummistiefel in den Notdienstwagen und hatten frei. Dolf ließ sich in der Innenstadt absetzen und besorgte eine Tüte Churros, die er Santes für ihr Wochenendfrühstück vor die Tür legen wollte.

Nichts davon war jemals zuvor passiert, nicht der Umtrunk, nicht der Rohrbruch, nicht Dolfs Laune, den Samstagmorgen in der Stadt zu verbringen. Hätte er an so etwas wie

Vorsehung geglaubt, hätte er davon ausgehen müssen, dass die folgende schaurige Szene ausdrücklich für ihn inszeniert worden war.

Im Treppenhaus vor Santes' neuer Wohnung lag Eduardo kopfunter auf die Stufen gesunken. Sein linker Oberarm steckte noch in der Gürtelschleife, das Spritzbesteck war ihm aus der Hand geglitten und zwei Treppenstufen tiefer gerollt. Nie zuvor hatte Dolf gesehen, dass sein Sohn sich Drogen spritzte wie ein Junkie. Aber er musste es gekonnt haben.

Die Augen des Toten standen offen, er schien Dolf anzustarren, wie er, die Wachspapiertüte in der Hand, die Treppe heraufhumpelte. Edu war so tot, wie er aussah, Puls hatte er auch keinen mehr. Dolf versuchte, seinem Sohn die Augen zuzudrücken, die Lider gingen aber immer wieder auf, egal, wie heftig er daran zog und presste. Schließlich gab er es auf und sackte neben seinem toten Sohn auf die Treppe. Dolf war ausgebrannt und leer, zu ausgelaugt selbst für Tränen. Er stierte brütend vor sich hin, ohne auf einen vernünftigen Gedanken zu kommen.

Irgendwo ging eine Wasserspülung. Dolf traf eine rasche Entscheidung. Seinen Sohn konnte er nicht wieder lebendig machen, aber vielleicht wenigstens verhindern, dass Santes ihn vor ihrer Tür fand. Auch vom Nachbarhaus auf der anderen Seite des Lichtschachtes war die Leiche im Treppenhaus sicher zu sehen. Es war Tag, jeden Augenblick konnte ein Frühaufsteher vorbeikommen. Da erst wurde Dolf klar, dass er sich beeilen musste.

Er schlang er sich die Arme des Toten um den Nacken und packte seinen Sohn zwischen den Beinen hindurch am Hosenboden. Edu war erstaunlich leicht. Dolf schleppte ihn drei Stockwerke hinab und hinter das Haus, wo er ihn bei den Mülltonnen deponierte, an ein paar der schwarzen Plastiksäcke gelehnt.

Dolf musste noch zwei Mal hinaufkeuchen, um Spritzbesteck und Zitronensaft, Kokskrümel und Alkoholflasche einzusammeln. Und den Abschiedsbrief, den Edu in einem gebrauchten Umschlag vor Santes' Wohnungstür abgelegt hatte. Ein drittes Mal, um hektisch die Stufen zu wischen, die von Kokslösung, Urin und dünnem Kot seines Sohnes verschmiert waren. Dolfs Hosenbeine klebten vom Wasser, in dem er beim Rohrbruch knöcheltief gestanden hatte. Dass er sich schmutzig machen könnte, war seine geringste Sorge. Er benutzte sein Unterhemd als Wischlappen und warf es anschließend hastig in den Müll.

Dann erst klingelte er im Erdgeschoss und ließ die Polizei rufen. Die alarmierten automatisch auch einen Notfallwagen, der mit großem Getöse als Erster eintraf und auch Santes aufschreckte. Die Sanitäter untersuchten Edu hinter dem Haus, stellten seinen Tod fest und zogen unverrichteter Dinge wieder ab.

Danach erst kamen die Polizisten. Sie befragten Dolf und beschlagnahmten Edus Abschiedsbrief. Dass er Santes' neuem Leben nicht im Weg stehen wolle. Dass er nur eine Belastung für sie und seinen Vater darstelle. Dass er sich immer an ihre gemeinsame Zeit erinnere und sie als die schönste seines Lebens betrachte.

Dolf hatte die wenigen Zeilen zuvor gelesen. Wenigstens war der Brief nicht wehleidig. Und wenigstens hatte Edu nicht auch noch die Rolle seiner Mutter schöngeredet.

Auf die Fragen der Polizisten erfand Dolf einfache Erklärungen, warum er zuerst die Churros-Tüte deponiert und danach zu den Müllbehältern gegangen sei, was ihn zu so früher Stunde zur Wohnung seiner Schwiegertochter geführt hatte, warum sein rechter Ärmel bekleckert und sein Unterarm bräunlich verschmiert war. Dolf behauptete, er habe Abfall loswerden wollen, der vor Santes Tür stand, er erzählte vom Umtrunk und dass der Schmodder an seinem Unterarm entweder vom Rohrbruch kam oder mit dem Müll passiert war.

Und dann musste er Santes trösten. Dolf hatte sie trotz allem nicht vor dem Anblick bewahren können, dass Edu sich ausgerechnet bei ihr den goldenen Schuss gesetzt hatte. Er redete mit Engelszungen auf sie ein, damit sie sich keine Schuld am Tod ihres Exmannes gab. Aber richtig gut bekam er den Job nicht hin.

Zeit für seine eigene Bestürzung fand er erst, als er sich auf den Heimweg machte, in die Bruchbude von Wohnung, die Edus letztes Zuhause darstellte. Was war er bloß für ein Vater, dass er seinem drogenanfälligen Sohn zumutete, in solch einer Umgebung zu hausen? So ähnlich lastete auch Dolfs Exfrau ihm die Umstände an, als Dolf später am Tag mit ihr telefonierte.

Er brauchte vierzehn Tage, bis er sich wieder einigermaßen bewusst war, was er tat, was und wie viel er aß oder trank. Mehrere Wochen dauerte es, bis er den beißenden Geruch von Brandy wieder ertragen konnte, ohne dass ihm Tränen in die Augen stiegen. Er brauchte mehrere Monate, bis er eine Nacht halbwegs vernünftig schlief. Den Tick, sich über die kleine Narbe über seiner linken Augenbraue zu streichen, wann immer er an die tödliche Sucht seines Sohnes dachte, würde Dolf wahrscheinlich bis an sein Lebensende nicht mehr ablegen.

44

[2013]

Dolf lag im Halbdunkel, mit herabgelassenen Läden und ohne Bein. Das erboste Pochen an der Tür kam von seiner Schwiegertochter.

Er hüpfte hin. Santes hatte ihn schon mehr als einmal so von der Holzpalette geholt, auf der seine Matratze ausgerollt lag. Die bloße Erinnerung machte ihm Kopfschmerzen. Er zog sich hastig an.

»Sind wir wieder so weit? Musst du dir dein Leben schönrinken?«

Was konnte er sagen? Dieses eine Mal hatte er nicht gesoffen. Aber das war nicht wichtig. Sie hatte ihn oft genug verkatert angetroffen, sie hatte schon viel zu viele seiner abgenutzten Ausreden gehört.

»Ich hol dich da raus!«

»Es ist alles in Ordnung.«

»Red nicht! Ich hab Victor angerufen. Er sagt, er macht nicht weiter?«

Das konnte Dolf schlecht bestreiten. Er rieb sich den kahlen Schädel. Leider ließen sich die Kopfschmerzen davon nicht beeindrucken.

»Aber die Leute, die Edu auf dem Gewissen haben, laufen noch frei herum.«

»Kann man so nicht sagen.«

Immerhin war Feller einer der Drahtzieher. Von ihm waren die Drogen gekommen, die Edu das Leben gekostet hatten. Dolf war nicht naiv; selbstverständlich war ihm klar, dass Eduardos Schicksal in erster Linie mit Dolfs feindseliger

Scheidung und seiner zwiespältigen Existenz zu tun hatte. Aber wie den meisten erfolglosen Eltern fiel es ihm leichter, seine Schuld auf Außenstehende zu schieben.

Mit einiger Berechtigung konnte man die Ereignisse allerdings auch so sehen wie Santes: Feller, van Danz und ihre Helfershelfer waren letztlich dafür verantwortlich, dass Dolf sein Bein verloren hatte.

Santes ließ nicht locker, bis sie alles aus ihm herausgequetscht hatte: Daniel Gamsreiter würde für seinen Drogenring nicht zur Rechenschaft gezogen werden und Nadina Mbembe für ihren Menschenhandel auch nicht.

Dass Gamsreiter in Haft war und Nadina im Koma lag, zählte für Santes nicht. »Wenn Victor das nicht weiter verfolgt, dann wirst *du* das tun. Und ich helfe dir dabei, *sabes*? Du brauchst eine Aufgabe.«

Santes hatte keine Ahnung, worauf sie sich einließ, sie konnte nicht wissen, wozu Feller und der Chinese in der Lage waren. Aber das ließ sie nicht gelten. Und wenn Dolf eines über seine Schwiegertochter gelernt hatte, dann dies: Von dem, was sie sich einmal in den Kopf gesetzt hatte, war sie nicht mehr abzubringen.

Als Erstes schleppte sie Dolf ins Krankenhaus. Sie fuhren nach Murcia, in das moderne Klinikum vor den Toren der Stadt. Dort lag Nadina auf der Intensivstation.

Krankenhäuser machten Dolf schlechte Laune. Der Geruch nach altem Schweiß und frischem Desinfektionsmittel, der Dunst von synthetischer Fleischbrühe und zu lange warmgehaltenem Kantinenessen, die emsige Geschäftigkeit des Personals und die Trübsal endlosen Wartens für Patienten und Angehörige verursachten ihm Übelkeit. Für sein ganzes Leben war er lange genug im Krankenhaus gewesen.

Dass Santes vom diensthabenden Pfleger auf der Station wie eine Bekannte begrüßt wurde, hätte ihn misstrauisch machen müssen. Auch, dass sie Nadinas Zimmer auf Anhieb fand. Vor allem aber, dass der Pfleger eine rote Clownsperücke und einen gepunkteten Umhang trug. Er hatte auf der Kinderstation Geschenke verteilt, entschuldigte er sich und drehte eine himbeerrote Schaumgumminase zwischen den Fingern.

Nadina Mbembe lag auf einem hochgebockten Bett, mit weniger Schläuchen verbunden, als Dolf erwartet hätte, aber dafür mit einigen Kabeln. Ihr Kopf verschwand fast unter dem riesigen Verband, nur Lippen und Nasenflügel schauten heraus. Sie wirkten blass und teigig.

»Sie kann Sie nicht hören. Vor fünf Tagen war die Patientin kurz davor, aufzuwachen, litt aber augenscheinlich an unerträglichen Schmerzen. Da haben die Ärzte entschieden, sie in ein künstliches Koma zu versetzen, bis die Schwellungen in ihrem Kopf zurückgehen. Außer den Gesichtsverletzungen fehlt ihr körperlich sonst nichts, wie Sie ja wissen.« Das war an Santes gerichtet. Der Pfleger nickte ihr freundlich zu. Sein wirrer Feuerschopf wackelte zutraulich.

»Du warst schon mal hier?«

»Ich hab sie mir angesehen, nachdem Victor mir erzählt hatte, dass sie hier ist. Vorgestern.«

Das musste Dolf erst einmal verdauen. Santes hatte sich wirklich in den Fall gebohrt.

»Wird sie sich erinnern, wenn sie aufwacht? Wird ihr Gedächtnis funktionieren?« Das war zum Pfleger gefragt.

»Schwer zu sagen. Sie könnte wieder völlig gesund werden, auch wenn die Chancen dafür nicht besonders gut stehen. Oder sie ist nur noch *Ensalada de pepino*.«

»Gurkensalat?«

»Physisch ohne Befund, aber mit reduzierter Gehirnfunktion, vielleicht nur noch das Kleinhirn: Herztätigkeit, Verdauung, Reflexe.«

»Wann stellt sich das heraus?«

»Sobald die Ärzte entscheiden, sie aus ihrem Tiefschlaf zu holen.«

»Könnte ich den behandelnden Arzt sprechen?«

»Selbstverständlich, nur nicht heute. Welches ist Ihr Verwandtschaftsgrad zur Patientin?«

»Wir sind nicht verwandt. Wir haben in den letzten drei Wochen intensiv beruflich zusammengearbeitet. Aber wahrscheinlich habe ich keine Befugnis, Auskünfte über sie einzuholen. Könnten die Polizeibehörden die erlangen?«

»Ohne Frage. Sie ist schließlich Opfer eines Verbrechens. War's das?« Der Pfleger wandte sich zur Tür. Er hatte noch andere Patienten zu versorgen und wollte wahrscheinlich sein Kostüm loswerden.

»Hatte Nadina schon öfter Besuche?«

»Nein, Ihre Tochter hier«, dabei deutete er mit den weißen Geheimratsecken über der Stirn auf Santes, »war die Einzige bisher.« Der Pfleger verabschiedete sich und ging hinaus. In der Tür kam ihm eine junge Schwester entgegen. »Sie sind Teschirener? Ich hab Ihren Namen im Besucherbuch gelesen.« Sie musterte Dolf neugierig vom Kopf bis zu den Schuhen. »Dodo? Der Vorname ist ziemlich unleserlich.«

»Ja, Dolf Tschirner.«

»Dann hab ich was für Sie.«

Der Pfleger war neugierig in der Tür stehen geblieben, Perücke in den Händen. Die Schwester hatte ein flaches Päckchen dabei. Es war an Dolf adressiert, mit Straße und Hausnummer, aber ohne Briefmarken, in braunes Packpapier geschlagen und schwerer, als Dolf erwartet hatte. »Caridad Gonzales« stand als Absender darauf. Dolf wunderte sich.

»Es war in einem größeren Paket, mit persönlichen Sachen der Patientin. Aber das hier sollten Sie zugeschickt erhalten, falls Frau Mbembe irgendwas passiert.« Achselzuckend deutete sie mit den Augen auf den Monitor neben Nadinas Bett.

Er zeigte eine ziemlich flache Herzlinie. »Was ja nicht auszuschließen ist.«

»Wenn Sie Doktor Helvo sprechen möchten, lass ich sie rufen, geben Sie nur Bescheid.« Das Verhalten des Pflegers war wie verwandelt. Plötzlich schien er sehr viel Zeit für Dolf zu haben.

Die beiden Krankenhausangestellten warteten darauf, dass Dolf das Päckchen aufmachte. Auch Santes nickte ihm aufmunternd zu.

»Das hat Zeit. Danke.« Dolf legte das Packpapierbündel auf ein Tischchen an der Wand. Clownspfleger und Schwester gingen sichtlich enttäuscht hinaus.

»Bist du nicht neugierig?«

»Keine Ahnung, was sie mir schickt. Wirkt ja gerade so, als ob ich ihr einziger Vertrauter gewesen wäre.« Cari hatte augenscheinlich Nadinas Sachen geordnet und ihr nachgesandt. Warum hatte sie das Päckchen nicht einfach mit der Post geschickt? Sehr merkwürdig.

Jetzt riss er das Paket doch auf. Es enthielt ein schwarzes, ledergebundenes Notizbuch mit handschriftlichen Eintragungen. Dolf erinnerte sich, dass Nadina heimlich in dieses Buch geschrieben hatte. Jedenfalls wollte sie damals nicht, dass es ihm auffiel.

Dolf überflog die ersten Seiten. Es war eine Art Registerbuch. Datierte Einträge, Zahlen, Kontaktdaten, Adressen und Telefonnummern. Alles auf Französisch. Dolf konnte kein Französisch.

»Und?«

»Eine Art Tagebuch. Keine Ahnung, was drinsteht. Magst du es lesen?« Santes sprach selbstverständlich Französisch. Ein Fünftel ihrer Arbeit im Reisebüro lief über Frankreich.

45

Dolf saß am Computer im abgedunkelten Lesesaal des *Club social*. Über Konsul Feller fand er nicht mehr heraus, als Fuentes bereits auf Ibiza recherchiert hatte. Nach allen verfügbaren Quellen hatte der Exportkaufmann eine reine Weste. Dann gab es in seiner Vita selbstverständlich noch seine Funktion als Vorsitzender des Deutsch-kolumbianischen Freundschaftsvereins, mit einem professionell ausgeleuchteten Farbfoto seines einnehmenden Lächelns, das Dolf schon auf Fuentes' Handy-Display gesehen hatte. Dem Aussehen nach war Feller ganz der Typ Autoverkäufer, dem man jederzeit einen Gebrauchtwagen abnähme.

Galicia kam aus ihrem Büroverschlag. »Man erwartet Sie im Café, Adolfo. Eine hübsche junge Frau, höre ich.« Galicia war mit ihren fast achtzig Jahren vielleicht zu alt für romantische Verwicklungen. Aber für kleine Eifersüchteleien war eine attraktive Dame niemals zu alt.

»Meine Schwiegertochter. Was ist los mit Alvaro? – Danke, Galicia. Kann ich die Ausdrucke gleich mitnehmen?« Von Feller und den Gebäuden seiner Niederlassungen in Ecuador und Aserbaidschan hatte Dolf Farbausdrucke gemacht. Das sah Galicia nicht so gerne. Er würde sie bald einmal auf einen Kaffee einladen.

Santes erwartete ihn am Tresen der Bar. Das Café zur Straße war anders als der Lesesaal im ersten Stock öffentlich zugänglich.

Santes küsste Dolf zur Begrüßung auf beide Wangen. Sie

hatte ein Business-Kostüm an, sie sah aus wie eine erstklassige Anwältin, die sich um halb zwölf eine sehr frühe Mittagspause nahm. Alvaros Vertretung an der Bar war eine kleine Rothaarige mit einem Mausgesicht. Sie machte große Augen hinter ihrer überdimensionierten Nerd-Brille mit dicken schwarzen Rändern. Dolf genoss es. Aber nur kurz. Santes' *Besitos* waren nichts, was ihn gleichgültig ließ.

Sie setzten sich an einen Tisch in der Ecke. Die Außenterrasse war an den kühlen Tagen vor Weihnachten nicht aufgebaut. Kein Mensch, jedenfalls kein Spanier konnte sich vorstellen, auf einer unbeheizten zugigen Gasse zu sitzen, am Ende noch in eine Decke gehüllt. Schweden, Russen, Deutsche und Engländer taten so etwas.

Brillenmaus kam zu ihnen und nahm ihre Bestellungen auf. Alvaro hätte Dolf kommentarlos seinen *Cortado* hingestellt.

»Das ist überhaupt kein Tagebuch. Steht so gut wie nichts Persönliches drin. Sie scheint sehr einsam gewesen zu sein. Die Aufzeichnungen fangen im letzten Sommer an. Geht vor allem um Telefonate und Skypes mit Jorge – So nennt sie Feller, oder?«

»Kann gut sein.«

»Einmal scheinen sie sich auch getroffen zu haben, in Alicante. Im letzten Herbst.«

»Möglich.«

»Sie hat es vor van Danz verheimlicht.« Santes erklärte ihm, dass praktisch alles, was Nadina in ihrem Buch notiert hatte, hinter Gunters Rücken abgelaufen war. Mehrmals gaben die Notizen an, dass Günni misstrauisch geworden sei oder merkwürdige Fragen gestellt habe.

Nadina beschrieb ihre Zweifel, ob sie Feller trauen, ob sie Gunter hintergehen konnte. Fellers Angebot war eindeutig: Der Tomatenexporteur sah eine Gelegenheit, die Kontrolle über den Markt auf den Kanaren und den Kapverden zu erlangen, sogar ein Bein nach Westafrika zu bekommen. Selbstverständlich war von einer Menge Geld die Rede.

Aber Gunter hatte sich geweigert, die Versorgung eines so großen Marktes über Ibiza und seinen Club laufen zu lassen. Deshalb hatte Feller Nadina die Partnerschaft angetragen. Wenn Gunter zusagte, sich herauszuhalten, würden Nadina und Feller den neuen Markt übernehmen. El Chino sei einverstanden.

Dolf wusste inzwischen, dass der asiatische Drogenboss die Szene südlich von Murcia bis hinab nach Gibraltar kontrollierte. Dass Feller mit seinem Konkurrenten Absprachen traf, war Dolf neu. Er schluckte, er hatte keine Ahnung gehabt, wie groß die Kreise waren, die Feller zu ziehen beabsichtigte. Auch Nadina schien im Zweifel gewesen zu sein, ob sie sich mit dieser Sorte Geschäftemacher einlassen sollte, deswegen notierte sie alles in ihrem schwarzen Buch.

Santes hatte das Notizbuch zunehmend erschüttert gelesen, dabei nachgefühlt und mitgelitten, wie Nadina sich immer tiefer in ein Netz verstrickte, in dem alle Fädenzieher ihr an Ruchlosigkeit und Gier überlegen waren.

»Damit kann man diesen Drecksack doch nicht durchkommen lassen!« Santes war laut geworden. Das Studentenmäuschen mit der Intelligenzija-Brille sah aufgeschreckt herüber.

Dolf beschwichtigte Santes. »Selbstverständlich nicht.« Aber was konnten sie tun? Feller war erkennbar ein paar Nummern zu groß für einen alten Mann mit einem künstlichen Bein und eine heißblütige Spanierin mit ungekünstelter Empörung. Plötzlich fühlte Dolf sich sehr erschöpft.

Santes hatte nicht vor, darauf Rücksicht zu nehmen. »Du gehst zu Victor?«

»Als Erstes morgen früh.« Dolf musste unwillkürlich gähnen.

Er schaffte es nicht so zeitig, wie er gehofft hatte. Fuentes war bereits in seiner ersten Kaffeepause. Dolf musste sich entscheiden. Er konnte warten oder es in der Bar um die Ecke probieren. Er beschloss zu warten. Das konnte er im Sitzen. Sein Rücken hatte in der Nacht verrückt gespielt, jeder Schritt tat ihm weh.

Als der Inspektor endlich kam, war er nicht besonders erfreut, Dolf zu sehen. Kurz angebunden, begleitete er ihn zu seinem Büro im dritten Stock. »Was kann ich für Sie tun, Chirén?«

»Es gibt Neuigkeiten im Fall van Danz.«

»Und die wären?«

Dolf fasste zusammen, was er über Fellers Pläne für die Absatzmärkte in Westafrika und seine Kooperation mit El Chino erfahren hatte. Dass Feller und Nadina ein Komplott geschmiedet hatten, um van Danz auszubooten.

»Ersparen Sie mir die Einzelheiten, Chirén, denn, offen gesagt, das ändert gar nichts. Sollten wir des Deutschen habhaft werden ...« Er fiel in umständliche Behördensprache. Hatte er nur schlechte Laune oder etwas zu verbergen? »... und sollte es zu einem Gerichtsverfahren kommen, würde ich gerne auf Ihre Erkenntnisse zurückgreifen. Bis dahin aber bleibt alles beim Alten: Der Fall ist abgeschlossen, der Bericht fertig, die Akte abgelegt. Ich meine, ich hätte Ihnen das auch bereits in aller Deutlichkeit gesagt, Chirén.«

Es war ein Rauswurf minderer Klasse.

»Und wenn ich Ihnen die Chinesin liefere?«

Das fand Fuentes dann doch interessant.

46

Dolf rief die Nummer an, unter der er Fräulein Liu erreichen konnte, eine weibliche Stimme bestätigte sein Anliegen. Wenig später kam der Rückruf, und sie vereinbarten ein Treffen. An derselben Ecke, an der er bereits zweimal abgeholt worden war. Dolf alarmierte Fuentes.

Aber der Lieferwagen sah anders aus. Er war nagelneu, nachtblau und roch extrem nach neuem Auto. Die Inneneinrichtung war allerdings vergleichbar: plüschige Polster, Getränkehalter, Kamera unter der Decke.

Im Wagen saß nicht Fräulein Liu, sondern ein schmaler Chinese. Dolf hätte nicht sagen können, ob es der junge Mann war, den er schon kannte, oder ein anderer. Ihre Anzüge kamen jedenfalls vom selben Schneider: schmale Einreiher, silbrig schimmernde Wildseide, anthrazitgrau.

Die Lieferwagen-Limo fuhr los, die Videokamera war auf Dolf gerichtet und glühte erwartungsvoll: Alles war bereit.

»Señorita Liu kommt nicht?«

»Oh, sie ist leider verhindert. Tut mir leid.«

Keine Sekunde fiel Dolf auf die gedrechselten Liebenswürdigkeiten des jungen Mannes herein. Sie glänzten so falsch wie der goldene Schneidezahn in seinem Oberkiefer.

»Dann verhandeln wir beide, Sie und ich?«

»Bitte schön! Mein Name ist Peter Liu.« Peter! – Sie machten sich noch nicht einmal die Mühe, einen spanischen oder chinesischen Vornamen zu wählen. Für einen deutschen Verhandlungspartner gab es einen deutschen Vornamen. Peter Lius im Halbkreis geöffnete Handflächen schlossen auch die Videokamera ein. Dolf hob sein Gesicht zu der kleinen Kuppel unter dem Dachhimmel. »Wir möchten in die Vereinbarung einsteigen, die Sie mit Feller getroffen haben. In allen Details.«

Peter Liu hob einen Finger an den Stöpsel in seinem Ohr. »Wer ist wir?«

»Meine Partnerin und ich. Eine spanische Staatsbürgerin.«

»Von welcher Vereinbarung sprechen Sie?«

»Wir kennen die Rahmendaten, also die Kanaren, Kapverden, Senegal und Gambia. Über Mengen und Preise sollten wir uns unterhalten.«

»Oh, Herr Tschirner, da sind Sie vielleicht nicht auf dem neuesten Stand.«

»Nicht?«

Peter Liu konzentrierte sich auf seinen Ohrhörer. Ihm war anzumerken, dass er sich bemühte, die Äußerungen seines Chefs so genau wie möglich ins Spanische zu übertragen. Und dass er dabei die eine oder andere grobe Unhöflichkeit abschliff. »Wir bewundern Ihre guten Kontakte zu den Behörden, Herr Tschirner. Und wir beglückwünschen Sie zu Ihrem Plan, die deutsche Kolonie in dieser Gegend zu beliefern. Dafür sind Sie der richtige Mann, und wir sehen nichts, was einer Partnerschaft im Wege stehen könnte.«

»Ich meine, das hätte ich bereits gehört.«

Liu bat ihn mit erhobener Hand innezuhalten.

»Aber die Aktivitäten eines gewissen Honorarkonsuls aus Deutschland stehen hier nicht zur Debatte, fürchte ich.«

Peter Liu warb mit ausgebreiteten Handflächen um Verständnis. Das rote Videolämpchen über seinem Kopf ging aus. Dolf nickte gedankenverloren.

Dann packte er mit beiden Fäusten die zwei Daumen, die sich ihm wie einladend entgegenreckten, und bog sie energisch in Richtung Lius Ellbogen. Die drückten sich sogleich tief in die Rückenpolster. Liu schnappte nach Luft.

»Ein lauter Ton, egal, in welcher Sprache, und die Finger sind ab. Und wenn es das Letzte ist, was ich zustande bringe. Verstanden?« Dolfs Ansage kam nur als ein heiseres Flüstern daher.

Der junge Chinese verzog keine Miene. Doch seine übrigen Finger zitterten verkrampft neben Dolfs klammernden Fäusten.

»Wo finde ich Fräulein Liu?« Dolf verstärkte den Druck auf die Daumen seines Widersachers.

»Nicht in Spanien. Das ist alles, was ich weiß.« Liu hatte seine Stimme im Griff. Schweiß trat auf seine Stirn, seine Augen blinzelten heftig. Sonst zeigte er keine Reaktion.

»Wozu hat Feller sie auf die Yacht gebracht?«

»Sie sollte ihm helfen, seinen Geschäftspartner umzustimmen. Oder sich um alles Weitere kümmern.« Jetzt keuchte Liu doch ein wenig.

Dolf traute seinen Ohren kaum. Für ihn hörte sich das so an, als hätten Feller und die Chinesen bereits im Vorfeld kaltblütig über van Danz' Schicksal verhandelt, als gingen sie im Wortsinn über Leichen. »Was lief schief?«

»Danz wollte sich nicht einschüchtern lassen. Mit uns persönlich sprechen.« Lius Augen zuckten hinauf zur Videokamera. Aber das rote Lämpchen blieb aus.

»Hatten Sie dort auch so ein Ding laufen? Oder warum wissen Sie so genau Bescheid?«

»Wir wissen es einfach. Schwester Liu ist geschickt in solchen Dingen.«

»Und Feller war einverstanden?« Dolf konnte es nicht begreifen – damit war der Drogenbaron in jedem Fall aus dem Spiel. Entweder er wurde von van Danz ausgebootet oder bei dessen Ermordung als Mittäter belastet. »Wieso hat er sich darauf eingelassen?«

»Das müssen Sie ihn schon selbst fragen.«

»Oder Schwester Liu. Aber die ist jetzt weg.«

Peter Liu nickte eifrig. Wahrscheinlich hätte er auch die Achseln gezuckt, aber Dolf hielt seine Daumen felsenfest umklammert.

Dolf nickte grimmig. Er würde keine Chance bekommen, Fräulein Liu zu sehen oder gar festnehmen zu lassen. Er hatte auf ganzer Linie verloren. Einen der Daumen des Chinesen gab er frei.

Der Lieferwagen verminderte sofort sein Tempo, obwohl Dolf keinen Wink bemerkt hatte. Das Fahrzeug kam irgendwo in einem Vorort zum Stehen, in einer unbelebten Gegend ohne Beleuchtung oder Passanten. Nur Fuentes' Dienstwagen bog um die Ecke des nächsten Blocks.

Dolf sprang aus dem Lieferwagen und machte dem Inspektor ein unauffälliges Zeichen, die ganze Aktion abzublasen.

Der junge Chinese schickte Dolf einen gezischten Fluch hinterher, als die Schiebetür des Lieferwagens zusurrte und das Fahrzeug rasch Tempo aufnahm.

Fuentes kam herangefahren. Auf dem Beifahrersitz seines Wagens saß eine Frau in Tarnuniform mit einem Funkgerät in der Hand. Sie war die Kommandantin der Spezialkräfte, die ihnen in einem abgedunkelten Mannschaftswagen folgten. Sie hatte schlechte Laune und fluchte böse. Dolf konnte es ihr nicht verdenken.

»Sie war nicht im Wagen.«

»Wahrscheinlich hat sie das Land längst verlassen. Wie ich Ihnen vorhergesagt hatte, Chirén.« Fuentes betonte es besonders deutlich, wohl um die Kommandantin auf seinem Beifahrersitz zu beschwichtigen.

»Verdammte Schweinerei!«

Dolfs Scham war schwerlich zu übertreffen. Fuentes stieg aus dem Wagen, während die Kommandantin missmutig zu ihren Leuten in den Mannschaftsbus wechselte.

Es war die kernige Polizistin, die Dolf schon in der Revierkneipe aufgefallen war. Falls er jemals erwogen hatte, sie auf einen Drink einzuladen, gab er die Idee in diesem Moment auf.

47

»Sag schon!« Der Alte in der Bar nervte bereits zum mindestens fünften Mal. Aber Dolf hatte partout keine Lust zu reden. Nur trinken wollte er.

»Noch eins. Und zwar ohne Worte.«

»Bitte?«

»Bitte. – Danke.«

Angel stellte Dolf zwei Gläser auf den Tresen, räumte das Schälchen mit Knabberzeug weg und stellte ein neues hin. Dolf verstand es, wie es gemeint war: als Provokation. Demonstrativ schob er das Schälchen von sich weg. Es waren frittierte Maiskörner oder Mandeln, irgendwelches salziges Zeug, das seinen Durst verschlimmern würde. Dabei hatte er Durst genug, nur kam der von innen. Durst nach Vergessen, nach einem Filmriss, nach weißem Rauschen.

In der Bar war nicht viel los. Es war noch früh am Abend. Dolf kippte den Schnaps und schüttete sich fast das halbe Glas Bier in die Kehle. Es war sein fünftes oder sechstes Gedeck. Und noch immer brannte ihm die Scham heiß im Nacken. Wie naiv konnte er alter Trottel bloß sein? Dass eine per Haftbefehl gesuchte Mörderin sich mit ihm per Telefon verabreden würde? Unfassbar, lachhaft, bescheuert. »Noch eins.«

»Mhm?«

»Bitte.«

Am nächsten Morgen büßte Dolf bitterlich. Mit zusammengebissenen Zähnen schleppte er sich zur Tür. Der Schmerz in seinem rechten Fußballen war kaum auszuhalten. Dass er genau wusste, woher das Pochen und Brennen kam, dass er selbst schuld war an seiner Gichtattacke, machte die Sache nicht besser. Aber wenn er Santes gegenüber seine Beschwerden nicht verbarg, käme zu seinem Leiden noch ihr höhnischer Spott. Lieber hielt er die Schmerzen aus.

Sie stand in Jeans und Sweatshirt vor seiner Tür, ungeschminkt und die Haare zu einem hastigen Dutt geschlungen. War etwa Wochenende?

Santes streckte ihm eine Tüte Churros entgegen. Sie lächelte. Aber sonst war nichts Freundliches an ihr. »Machst du mir einen Kaffee?«

Ohne die Antwort abzuwarten, drückte sie sich an ihm vorbei, nahm seine Kochecke in Beschlag, schraubte die Espresso-Kanne auseinander, füllte das Unterteil, schüttelte Kaffee in den Trichter und schraubte das Ding wieder zusammen. Jede ihrer energischen Bewegungen zeigte deutlich, wie geladen sie war.

Dolf hielt es aus Erfahrung für das Beste, seine Schwiegertochter mit dem Reden anfangen zu lassen. Endlich hatte sie eine kleine Tasse samt Untertasse und Löffelchen abgespült, Zucker auf den Tisch gestellt und sich einen Stuhl an eine freie Ecke von Dolfs Ess- und Arbeitstisch herangerückt. Sie sah sich um.

Die Unordnung in Dolfs Bude war nicht schlimmer als sonst. Santes hatte einen Platz zum Frühstücken gefunden. Was wollte sie mehr? Wie zur Bestätigung röchelte die Espressokanne – der Kaffee war fertig. Santes schenkte ihnen ein. Setzte sich. »Weißt du …«

Dolf löffelte Zucker in seinen Kaffee. Mehr als ihm guttat. Er durfte jetzt nichts Falsches sagen!

»Folgendes …«

Wenn Dolf noch länger in seiner Tasse herumrührte, fiel wahrscheinlich der Boden heraus. Er legte das Löffelchen beiseite.

»Was ich mir überlegt hab …«

Dolf sah sie an. Legte die Hände in den Schoß. Wartete ab.

»Wir werden den Typen aus dem Verkehr ziehen, der deinen Sohn auf dem Gewissen hat.«

»Das bin ich.«

»Quatsch. Das ist Feller!«

Dolf nickte. »Wir?«

»Du und ich. Wenn Victor nicht die Eier dazu hat.«

»Wie soll das gehen?«

Santes hatte keinen ausgearbeiteten Plan – wie auch? Aber sie war fest überzeugt, dass sie genug Informationen beisammenhatte, um dem Konsul eine Falle zu stellen. Sie wollte ihn nach Spanien locken. War Feller erst einmal im Land, konnte Fuentes den Rest übernehmen.

Sie wollte sich als Nadinas Freundin und Vertraute ausgeben. Sie wollte Feller vorschlagen, an Nadinas Stelle in sein Geschäft einzusteigen. Sie wollte ihm den Deal schmackhaft machen und zugleich darauf bestehen, dass sie nur mit ihm persönlich verhandelte.

Sie hatte Nadinas Notizen sehr gründlich gelesen. Dolf beschloss, ihr alles zu erzählen, was er über das Hotel und den Club, über Nadina und Gamsreiter und die übrigen Beteiligten aus eigener Anschauung kannte. Bis sie ihre Rolle perfekt beherrschte und sich durchbluffen konnte.

Dolf probierte eine letzte Warnung. Er beschrieb Santes, wie Feller seinen langjährigen Geschäftspartner oder sogar Freund auf der Yacht zurückgelassen hatte, in den Händen einer Killerin, die er selbst dort eingeschleust hatte. »Der Typ ist eiskalt. Unterschätz den nicht.«

»Okay. Merk ich mir.« Santes schluckte.

Es war Wahnsinn. Es war brandgefährlich. Aber es war möglich. Und Dolf wusste, dass nichts in der Welt seine Schwiegertochter davon abbringen konnte.

48

Auch Fuentes hatte sie irgendwie überzeugt, bei dem Plan mitzumachen. Jedenfalls begleitete der Inspektor sie zu einem Besuch in der Untersuchungshaftanstalt in der Nähe von Elche, wo Gamsreiter auf seinen Prozess wartete. Fuentes' Vorschlag war einfach zu begreifen. Wenn Gamsreiter dabei half, den Konsul dingfest zu machen, würde Fuentes den Untersuchungsrichter dazu bringen, Gamsreiters Kooperation wohlwollend zu berücksichtigen.

Dolf hatte ein Handy besorgt, das kaum zurückzuverfolgen war. Das Gerät war vom Flohmarkt, die SIM-Karte hatte ihm ein ortsbekannter Penner, der unter der Brücke zu Dolfs Bude hauste, für einen Zwanziger besorgt. Aufladen konnten Dolf oder Santes das Ding an jeder Tankstelle, ohne dass eine Identitätskontrolle erfolgte.

Gamsreiter im Vernehmungszimmer der Haftanstalt unter den Augen des Diensthabenden zu instruieren dauerte kaum eine Viertelstunde. Dann waren sie bereit für den Anruf.

Gamsreiter zögerte. Dolf beschrieb ihm, in welchem Zustand er Feli in der Pension auf Ibiza zurückgelassen hatte. Ob ihre Mutter inzwischen eingetroffen war, konnte er nicht sagen.

Gamsreiter schluckte. Dann nickte er. Santes gab ihm das Handy.

Er wählte eine sehr lange Nummer, deutsche Vorwahl, dann eine fünfzehnstellige Ziffer. »Wird irgendwie verschlüsselt, keine Ahnung, *you know*«, murmelte Gamsreiter.

Eine Frauenstimme meldete sich. Fuentes und Dolf spitzten die Ohren und hielten zugleich den Atem an.

»Jüno hier. Hat Georg kurz Zeit? Gibst ihn mir? Eilig, selbstverständlich.« Dennoch dauerte es lange Sekunden, bis Feller dran war.

»Hier Jüno. Hör mal …«

Er lauschte, lächelte säuerlich, grunzte zustimmend. »Wie es eben geht, wenn man gesiebte Luft atmet, *you know*.«

Endlich schienen die Präliminarien beendet zu sein.

»Nur ganz knapp: Da is hier dieser Schuss, Freundin von der Mbembe, die mich gerade besucht. Is auch ihr Handy. Hat den Sommer über im Club angeschafft.«

Gamsreiter musste eine Frage parieren. »Seit dem Frühjahr. Na, irgendwie von hier. Venezolanerin. Hat's drauf, macht 'ne Menge Umsatz. War zwei Monate aufm Zimmer, dann hat sie Felis Job gemacht, dann hat Nadina sie zu sich geholt. Ganz dicke, die zwei.«

Gamsreiter lauschte wieder.

»Ja, eben, wo Nadina außer Gefecht ist, und keiner weiß, wie lange …«

Gamsreiter lauschte.

»Na, jedenfalls waren die eng genug, dass Nadina ihr gesteckt hat, woran ihr beide dran wart, sagt sie. Könnte sie übernehmen, meint sie.«

Gamsreiter lauschte.

»Die Frau ist sauber. Aber es ist deine Entscheidung. Soll ich sie dir geben? Sie steht direkt neben mir.«

Gamsreiter lauschte.

»Okay, okay. Sag ich ihr. Bis dann.«

Gamsreiter drückte das Gespräch weg.

»Sollst später anrufen, sagt er. Die Nummer hast ja.« Gamsreiter zeigte das Display. Er war so in seine Rolle vertieft, dass er Santes duzte und auf Deutsch ansprach. Sie nickte nur.

Dolf nahm Gamsreiter das Handy ab und legte ihm aufmunternd die Hand auf die Schulter. »*¡Lo ha hecho muy bien! ¡Estupendo!*« Das war zu Fuentes gesprochen.

Gamsreiter und Feller hatten Deutsch geredet. Santes verstand die Sprache gut genug, um im Groben mitzubekommen, was gesagt worden war. Für Fuentes fasste Dolf es rasch zusammen.

Auch der Inspektor bedankte sich bei Gamsreiter. Ein Telefonat mit seiner Verlobten wollte Fuentes auf der Stelle arrangieren. Und er versicherte, dass sich der Ermittlungsrichter erkenntlich zeigen würde.

Schon auf dem Parkplatz der Strafvollzugsanstalt, sobald Fuentes in seinen Wagen gestiegen und losgefahren war, versuchten Santes und Dolf das erste Mal, mit Feller in Kontakt zu kommen.

»Können Sie mich mit Feller verbinden? Er kennt meine Nummer.« Santes' Deutsch war holprig, aber brauchbar.

»Falsch verbunden, tut mir leid. Auf Wiederhören.« Die Frauenstimme klang freundlich, aber zugleich entschlossen und abweisend.

Santes wollte bereits die Wahlwiederholung drücken. Dolf hielt sie zurück. »Vielleicht hast du was Falsches gesagt. Oder die haben sogar eine Art Kennwort vereinbart.«

»Eine Parole? Dann hat dieser Gamsreiter uns reingelegt?«

»Scheint so. Erinnerst du dich, wie er sich gemeldet hat?«

»Jüno hier, gibst du mir kurz Georg?« Santes war unschlüssig.

»Jüno. Hat Georg kurz Zeit?«

»Kurz … Zeit?«

»Zu auffällig. Wenn du das jedes Mal wiederholen musst, wirst du bescheuert. Er hat noch was gesagt.«

»Aber erst, als Feller schon dran war.«

»Nein, selbstverständlich eilig. Probier das mal. Und lass den Namen weg.«

Santes versuchte es, bat verbunden zu werden, »eilig, selbstverständlich«, und wurde durchgestellt.

Feller fragte lange nicht so viel nach, wie sie befürchtet und vorbereitet hatten. Er wunderte sich, dass Nadina ihre Freundin nie erwähnt hatte, und wollte wissen, wie lange Santes im Club gearbeitet habe.

»Nur diesen Sommer. Aber Nadina hat damals in Mannheim ja auch nicht lange gebraucht, um zu durchschauen, wie das Geschäft funktioniert.«

Santes radebrechte Deutsch, Feller flocht ein paar spanische Brocken ein. Bald hatten sie sich ohne viel Aufhebens darauf geeinigt, dass Santes Spanisch sprach und Feller Deutsch.

Santes wollte Nadinas Rolle beim Tomatenvertrieb übernehmen. Sie würde den Club so schnell wie möglich wieder eröffnen, sie brauchte noch einige Unterlagen, weil Nadina und Jüno nichts vorbereitet hatten. Ob Feller ihr dabei nicht helfen könnte?

Wie sie aussehe, wollte Feller wissen.

»Sie erinnern sich nicht? Ungewöhnlich. Ich bin Venezolanerin, blond, na ja ... nicht echt, lockige Haare, nicht sehr groß, nicht sehr schlank, ein gutes Stück jünger als Nadina.« Santes pokerte darauf, dass Feller sich kaum für die Angestellten im Club interessieren und sich nicht an die Latina erinnern würde, die laut Nadinas Liste im Sommer dort gearbeitet hatte...

Feller war kurz angebunden. »Wo sind Sie gerade?«

»Auf dem Parkplatz vor Jünos Knast.«

Bevor sie weitersprachen, verlangte Feller, dass Santes ein Foto von sich machte – mit möglichst viel Hintergrund – und ihm schickte. Danach würde er sie zurückrufen.

»Aber ich hab noch nicht mal meine *Peluca* auf!«

Doch Feller hatte sie bereits weggedrückt.

Ein persönliches Treffen zu vereinbaren stellte sich als nicht halb so schwierig heraus, wie Santes und Dolf gedacht hatten. Dass sie nicht nach Deutschland kommen konnte, brauchte sie gar nicht lange zu begründen. Dabei hatte Santes sich eine Legende über eine drohende Auslieferung zurechtgelegt. Als sie fragte, ob Feller für den Flug aufkomme, war die Sache erledigt. Er war anscheinend extrem geizig. Fast hätte er das Treffen ganz abgesagt, aber Santes machte es dringend. Sie habe nämlich auch noch einen Chinesen an der Hand, der sie beliefern könnte, der mache keine Probleme. Damit hatte sie Feller am Wickel. Irgendein Treffpunkt auf dem Festland, in der Gegend von Alicante, Albacete oder auch Murcia war ihm recht. »Aber ich komme nicht in eine Stadt.«

Santes verstand erst nicht richtig. »Irgendetwas Abgelegenes?«

»Noch am ehesten. Jedenfalls kein unübersichtliches Gelände.«

»*Vale*. Ich überleg mir einen Ort. Die Zeit bestimmen Sie, wie wär das?«

Feller war einverstanden.

»Ich ruf wieder an.« Sie drückte ihn ohne Gruß weg. Hatte sie sich wohl von ihm abgeschaut.

Santes setzte ihren großen Na-wie-war-ich?-Blick auf, mit Augenrollen und ausgebreiteten Handflächen und allem. Dolf war hin- und hergerissen. Vielleicht bekamen sie den Tomatenimporteur tatsächlich zu einem Treffen ins Land. Doch leicht würde es nicht werden. Ungefährlich schon gar nicht.

An der Landstraße nach *El Palmar*, in einem weiten, staubigen Tal des Hügellandes vor dem Küstengebirge gab es einen privaten Club. In der Nacht war er blinkend beleuchtet und selbst von der Autobahn aus nicht zu übersehen, auch in weniger als zehn Minuten zu erreichen. Die Landstraße bildete an der Stelle so eine Art Versorgungsroute, die parallel zur Autobahn zwischen zwei großen Kreisverkehren verlief.

Die verkehrsgünstige Lage des Nachtclubs stellte die Basis für Miguel Serranos Geschäftsmodell dar. Er brauchte außer den offenherzigen Anzeigen in den üblichen Tageszeitungen und Boulevardblättern nicht viel Werbung für sein Etablissement zu machen. Serrano war der Zuhälter, von dem Angel die Nummer des Chinesen hatte. Er führte sein abgelegenes Roadhouse mit wenigen Angestellten. Vier Mädchen, der Barkeeper und eine Putzfrau. Sauberkeit war wichtig, aber mehr bei den Mädchen als bei den Räumen.

Und er schuldete Fuentes noch einen Gefallen. Schon länger hatten Serranos Leuten von einem gemeinsamen Betriebsausflug gesprochen. Sie wollten auf eine Shoppingtour nach Valencia und auf Wallfahrt zur Felsenkapelle der Heiligen Barbara, die Berg-, Untertage- und Nachtarbeiter vor Krankheiten beschützen sollte, auch vor Geschlechtskrankheiten.

Jedenfalls würde Serrano den Club für einen Tag und eine Nacht zur Verfügung stellen, sobald Feller den Termin durchgegeben hatte.

49

Zwei Tage später kam das Okay. Dolf wusste nicht, ob er sich freuen sollte. Aber Santes freute sich unbändig.

Sie hatte dem Tomatenexporteur angeboten, ihn am Flughafen abzuholen, doch Feller lehnte ab, er würde auf eigene Faust anreisen. Jedenfalls hatte Santes in diesem Telefonat ihren Chauffeur angekündigt, einen glatzköpfigen alten Mann mit Gehbehinderung, der sie begleiten würde. »Er ist Deutscher, eher umständlich, aber insgesamt brauchbar.« Damit war Dolf im Boot.

Allerdings war aus Santes' Telefonat mit Feller deutlich geworden, dass der deutsche Konsul gründliche Erkundigungen eingezogen hatte. Möglicherweise wurde das Areal noch immer beobachtet. Jetzt war es zu spät, den Nachtclub zu präparieren. Dolf hatte gehofft, sie könnten Fuentes und seine Einsatztruppe heimlich im Keller oder in der kaum genutzten Küche des Puffs versteckt halten. Fuentes redete es ihm aus. Der Vogel würde nicht in die Falle gehen, wenn sie nicht absolut sauber war.

Santes mietete am Bahnhof eine dunkle Limousine und fuhr damit bei Dolf vor. In der schmalen Gasse, in der seine Bude lag, konnte man aus dem überbreiten Schlitten nur auf einer Seite aus- oder einsteigen, sonst wären die Türen an die Häuserwände geschrammt. Also setzte Dolf sich hinter Santes. Sie rollten zu ihr, sie musste sich noch umziehen. Dort drehte Dolf ein paar Runden um den Block und machte sich mit dem Wagen vertraut, der zum Glück über ein Automatikgetriebe verfügte. Dolf hatte sich ein dunkles Jackett übergeworfen. Mit den hellen Baumwollhosen und einer Sonnenbrille konnte er wohl als Santes' Chauffeur durchgehen. Es war eine verspiegelte Pilotenbrille, Fake-Porsche-Design, sie stand Dolf ungefähr so gut wie eine pinkfarbene Lederjacke. Aber Santes duldete keinen Widerspruch: »Jeder *Chófer* hat so eine!«

Sie selbst trug ein tief ausgeschnittenes Kleid und hohe Hacken, mindestens sieben Zentimeter. Dolf versuchte, ihr die auszureden, er verwies darauf, dass sie möglicherweise wegrennen müssten – vergeblich.

»Ich lauf auf den Schuhen immer noch schneller als du mit deinem Holzbein, Dolfo!«

Was er trug, war kein Holzbein. Es war eine Prothese aus Karbon und Titan; das Beste, was es für Geld zu kaufen gab. Santes wusste das, sie hatte sogar die gute Frau – und Millionenerbin – kennengelernt, die Dolf die Prothese ein paar Jahre zuvor spendiert hatte.

»Sonst noch was?« Santes' Selbstvertrauen war beinahe einschüchternd. »Oder können wir?«

Besser konnten sie sich nicht vorbereiten. Er fuhr los.

»Wird schon schiefgehen, *hombre.*« Santes klang aufgedreht und bester Stimmung. Dolf konnte nur hoffen, dass ihre Zuversicht nicht trog. Dass seine eigene Anspannung bloß der Schwarzseherei geschuldet war, die Santes ihm oft genug vorwarf. Er war bereit, sich von ihrer Begeisterung anstecken zu lassen und auf alle Bedenken zu pfeifen. Er war bereit für den Ritt auf der Rasierklinge.

»*¡Vámonos!*« Sie jubelten wie zwei Halbwüchsige auf dem Weg zur Kirmes.

Das Erste, was schiefging, war, dass der Landclub ganz und gar nicht so verlassen dalag, wie sie vorgesehen hatten. Das alleinstehende Haus mit den heruntergezogenen Dachflächen stand zwar leer, aber die Einfahrt zum Club wurde blockiert von einer Horde bärtiger, wild und brutal aussehender Rocker, die ihre aufgemotzten Motorräder mit überlangen Vordergabeln und fellbezogenen Sätteln in den Weg geparkt hatten. Jeder der Kerle sah aus, als könnte er ganz auf sich alleine gestellt den Türsteher einer berüchtigten Bar abgeben. Und wahrscheinlich machten die meisten so etwas auch beruflich, wenn sie nicht Drogen vertickten oder säumige Schuldner einschüchterten. Es waren Bandidos, iberisches Chapter, das taten die Stickereien auf den Rücken ihrer ärmellosen Jeansjacken kund.

Ihre schweren Maschinen hatten sie in einer langen Reihe hintereinander aufgebockt, so dass die Zufahrt zum Landclub versperrt war. Nur ein schmaler Durchlass war frei. Dort winkte ein hünenhafter Rocker mit dünnem weißem Zöpfchen unter einem Piraten-Kopftuch Dolf zu sich heran. Es war der Bodybuilder, der Dolf bei seinem zweiten Flug nach Ibiza aufgefallen war. Jetzt war auch seine Nackentätowierung deutlich zu sehen. Es war Rohstogg höchstpersönlich.

Er stoppte sie mit erhobener Hand und wies sie ein wie ein Parkwächter. Aus irgendeinem Grund wollte Rohstogg, dass Dolf den großen Wagen schräg zur Fahrbahn manövrierte und zum Stehen brachte. Dolf tat wie geheißen.

Ein Windstoß trieb eine dünne Wolke gelben Staub durch das Tal, auf die Hügel am Horizont zu. Es sah nicht nach Regen aus, die Chrombeschläge der aufgepimpten Maschinen blinkten im diesigen Licht.

»Würden Sie bitte aussteigen? Die Dame zuerst.« Rohstogg hatte eine heisere Piepsstimme, die so gar nicht zu seinem bulligen Äußeren passte. Santes wollte losprusten, beherrschte sich aber. In Rohstoggs Gürtel steckte, dicht über dem ausladenden Hintern, ein dicker Revolver. Der war, wenig überraschend, hochglanzverchromt, sah aber funktionstüchtig aus.

Santes schälte sich aus dem Wagen und stöckelte auf das Gebäude des Landclubs zu. Rohstogg ging ihr entgegen, signalisierte mit aufgehobenen Handflächen, dass sie ihre Arme heben solle. Er machte Anstalten, an ihr eine Leibesvisitation vorzunehmen. Santes war nicht entzückt. »Wenn du mich anfasst, beiß ich dir die Eier ab.« Das war nur zwischen den Zähnen herausgezischt.

»Jederzeit, Lady, aber nicht hier.« Rohstogg tippte sie mit zwei Fingern an eine Schulter und drehte sie zu sich herum, so dass sie seitlich zum Landclub stand, ihm genau gegenüber.

Er fing harmlos an, er begann unter Santes' Armen, strich dann zurückhaltend ihre Hüften und den Rücken hinab, außen und innen die Beine entlang bis an die Schuhe. Professionell und sorgfältig. Santes atmete auf. Dann richtete Rohstogg sich auf, fasste ihr rasch und geschickt unter die Brüste und fuhr ihren Unterbauch hinab zwischen die Beine. »Nichts Persönliches, Señora!«

Santes schnappte nach Luft und holte weit aus, um dem Kerl eine ins Gesicht zu klatschen. Doch Rohstogg hatte geniale Reflexe, packte ihr Handgelenk und hob beschwichtigend seine freie Handfläche. »Wir sind fertig.« Er sagte es merkwürdig laut, als ob jemand mithörte. »Sie sind dran.« Das war auf Dolf gemünzt.

Auch der stemmte sich aus dem Wagen, stellte sich mit leicht gespreizten Beinen und Armen ans Autodach und stützte sein Gewicht auf die Hände.

»Braver Junge. Nützt also doch was, wenn die im Fernsehen so viel amerikanische Krimis zeigen.«

Rohstogg klopfte Dolfs Beine ab, stutzte beim linken Schienbein und zog das Hosenbein hoch. »Der hat ein Stahlbein.«

Rohstogg wartete ab.

»Nein, kann er nicht. Alles massiv.«

Rohstogg tippte Dolf auf die Schulter. Er sollte sich umdrehen. »Und die Sonnenbrille abnehmen.«

Dolf schaute dem Rocker in die Augen. Rohstogg konnte ihn aus Ibiza kennen, sie hatten im selben Flieger gesessen, und wahrscheinlich hatte der Typ ihn beschattet. Aber Rohstogg wandte sich rasch ab. Als er seine Hand zum Ohr hob, sah Dolf die Tätowierung auf seinem Handgelenk: *Amores perros.* Das waren die Worte, von denen Dolf nur den *resper*-Teil in Erinnerung behalten hatte! Rohstogg persönlich war es gewesen, der Dolf auf Ibiza betäubt hatte!

Der Rocker lauschte in seinen Ohrknopf. »Ich frag sie.«

Er ging ans Seitenfenster des Rücksitzes, wo Santes inzwischen wieder Platz genommen hatte.

»Wer ist der Typ?« Rohstogg deutete mit der Stirn auf Dolf.

Offensichtlich wurden sie von irgendwoher beobachtet, und Rohstogg gab die Fragen seines Chefs weiter. Es erinnerte Dolf an eine ähnliche Situation, aber er kam gerade nicht drauf, an welche. Unbeholfen grinste er in Richtung der heimlichen Beobachter, die er nicht sehen konnte, die aber irgendwo in Fahrtrichtung des Wagens versteckt sein mussten, wahrscheinlich mit einem starken Feldstecher auf einem der Hügel am Ende des Tales.

»Mein Fahrer. Er ist angekündigt.«

»Er soll das lassen.«

Santes warf einen raschen Blick hinüber zu Dolf. Noch immer feixte der dümmlich in die unsichtbare Kamera.

»Mann, Adolf, lass die Mätzchen!«

»Er heißt *Adolf?*« Rohstogg musste grinsen.

»Er spricht deutsch. Er wird für mich übersetzen.«

»Ihr Deutsch ist doch okay.«

Santes schien nicht in der Stimmung für Komplimente. »Können wir dann?«

»Fahren Sie schon mal vor. Warten Sie an der Bar. Wir sind gleich da.«

Rohstogg kam zuerst herein und sicherte. So kundig, wie er sich umsah, hätte Dolf schwören können, dass der Bodyguard den Kneipenraum schon vor ihrer Ankunft auf den Kopf gestellt hatte.

Fuentes oder irgendwelche anderen Polizisten hier versteckt zu halten wäre keine gute Idee gewesen. Rohstogg und seine befreundeten Kuttenträger schienen die Lage fest im Griff zu haben.

Dann kam Feller. Er sah aus wie auf seinem Foto, eher noch besser. Ein Gentleman, mit dem es die Jahre gut gemeint hatten. Volle Haare, seitlich und im Nacken messerscharf gekürzt, vorne in einer Welle auslaufend, die ihm einen verwegenen und zugleich seriösen Ausdruck gab. Eisgraue Augen, eckige hohe Wangen, ein verschmitztes bubenhaftes Lächeln, das um seine Mundwinkel spielte. Feller machte einen durch und durch sympathischen Eindruck. »Was für eine miese Bude! Aber wenigstens leicht zu erreichen.« Dazu eine sonore Stimme. Dolf hätte ihm jederzeit einen Gebrauchtwagen abgekauft.

Feller küsste Santes formvollendet die Hand. *»Señora: ¡Mucho gusto!«* In jeder anderen Situation wäre dieser Auftritt peinlich und überzogen gewesen. Aber hier, Santes konzentriert bis in die Haarspitzen, Dolf am Rande des Nervenzusammenbruchs, hatte die skurrile Begrüßung etwas Beruhigendes. Santes war sichtlich beeindruckt. »Wie schön, dass Sie es einrichten konnten.«

Feller hob die offenen Hände: Was konnte man schon machen?

Rohstogg stellte sich an den Tresen, den gesamten Kneipenraum im Blick. Er streifte das Piraten-Kopftuch ab. Sein Schädel war blankrasiert, bis auf einen handtellergroßen Schopf am Hinterkopf, den er zum Dschingis-Khan-Zöpfchen zusammengebunden hatte. Sein eintätowierter Drache, also dessen rot-schwarz-golden akzentuierter Schweif, kringelte sich aus dem Kragen hoch, um den Skalp herum und auf der Oberseite des Kopfes bis über die Stirn. Das hautfarbene Spiralkabel seines Ohrfunkgeräts war jetzt deutlich zu sehen.

»Wie lange brauchen wir die Jungs?«

»Hängt ganz von unseren Gastgebern ab.« Feller sah fragend zu Santes hinüber. Sie hatte sich inzwischen einen Streifen Kaugummi zwischen die Kiefer geschoben und machte einen auf billige Nutte. Dolf fand es übertrieben. In einem früheren Job hatte er den Tod eines Luxus-Callgirls recherchiert. Er hatte das Mädchen nie kennengelernt, doch nach allem, was er über sie herausgekriegt hatte, war sie eine kultivierte junge Frau. Keine schmatzende und grienende Billigdarstellerin.

Aber dies hier war Santes' Show. Dolf war nur der Fahrer.

»Setzen wir uns?«

Formal hatte Santes das Hausrecht, sie hatte den Club gebucht und dafür gesorgt, dass sie ungestört waren. Aber Feller trat auf, als gehörte ihm der Laden. Er zeigte auf einen langen Tisch, der entlang der Seitenwand des Raumes stand. Feller wählte ohne Zögern den Damenplatz, mit dem Rücken zur Wand und dem Blick auf Kneipenraum, Eingang und Hinterausgang.

Santes nahm den Stuhl gegenüber. Dolf setzte sich dazu, seitlich am Kopfende. Rohstogg blieb am Tresen stehen.

»Schießen Sie los, Santes. Ist das Ihr richtiger Name?«

»Eigentlich Sancha. Aber seit der Schulzeit in Fucoda hat mich niemand mehr so genannt.«

»Fucoda?«

»Ein Vorort von Caracas.« Ihre Legende sah vor, dass sie Venezolanerin war. Sie machte das gut, fand Dolf. »Solange Nadina außer Gefecht ist, möchte ich in ihren Teil der Abmachung einsteigen.«

»Wie soll das gehen?«

»Ich denke, Nadina hat mich insgesamt eingeweiht. Alles läuft wie besprochen. Wir wickeln über den Club ab und strecken dort wie bisher. Nur eben die größeren Mengen, die wir für die Kanaren und Senegambia brauchen.«

»Seit dreißig Jahren heißt es wieder Senegal und Gambia.«

»*Oye!* Wollen Sie meine Erdkundekenntnisse testen oder was?«

Da war Santes auf sicherem Terrain. Aus ihrer Arbeit im Reisebüro und ihren vielen Reisen kannte sie fast jeden Winkel der Erde, zumindest die touristischen Ziele.

»Alles, was Nadina kann, kann ich ebenso gut.« Das war bewusst zweideutig gesagt, mit großem Augenaufschlag und herausforderndem Blick. Feller reagierte nicht. Vielleicht war er schwul. Gut genug dafür sah er aus.

»Sie war nur vor mir da und hat die *älteren* Rechte.« Santes war einundvierzig, wirkte aber jünger. Nadina war vielleicht fünfundvierzig. »Sobald sie wieder auf dem Damm ist, verhandeln wir neu.«

Feller nickte, schaute teilnahmslos drein. Wenn er es als Gebrauchtwagenhändler nicht mehr schaffte, konnte er immer noch als Pokerspieler gehen.

»Ich möchte den Club so schnell wie möglich wieder aufmachen. Aber die Papiere sind nicht greifbar.«

Auch Feller verstand die Kunst, mit dem Heben einer Augenbraue eine vollständige Frage zu formulieren.

»Jünos Unterschrift krieg ich sicher. Aber solange Nadina nicht wieder zu sich gekommen ist … Ich hoffe sehr, dass Sie Ihre Teilhaberschaft dazu nutzen werden, mich zu unterstützen.«

»Kein Problem. Sind aber nur ein paar Prozent.«

»Und ich will nicht enden wie Gunter.«

Wieder die Augenbrauenfrage ohne Worte.

»Sie und ich: Wenn wir keine Geschäfte mehr miteinander machen wollen, dann trennen wir uns. Aber ich will nicht um mein Leben fürchten müssen, *entiende?*«

Feller nickte unbeteiligt.

»Welche Garantien geben Sie mir?«

»Keine.« Feller sah sich um. Rohstogg stand an den Tresen gelehnt. Er fing den Blick auf, nickte beschwichtigend: Alles war unter Kontrolle. Dennoch senkte Feller die Stimme. »Gunter hatte alle Chancen, unversehrt aus der Sache herauszukommen. Es war allein seine Entscheidung.«

»Kann ich mir nicht vorstellen.«

»Er hätte nur nachzugeben brauchen. Oder aussteigen. Beides wollte er nicht. Außerdem war da diese Braut im Spiel. Er konnte ja nicht wissen, dass ich genauso hereingelegt worden bin wie er.«

Feller starrte auf den leeren Tisch zwischen Santes und ihm. »Trinken wir nichts?«

»Wasser?« Dolf sprang sofort auf und machte sich daran, eine Flasche und ein paar Gläser auf den Tisch zu stellen. Rohstogg tat keinen Handschlag dazu.

»Ich alleine hätte mich jederzeit mit Gunter geeinigt. Wir haben zwanzig Jahre lang zusammen Geschäfte gemacht, es ging uns beiden gut dabei. Er hätte nur zustimmen brauchen, dass wir die Route über seinen Club ausweiten, mit dreifacher Marge. Aber dafür war er zu feige.«

»Oder zu prinzipientreu?« Dolf stellte Flasche und Gläser auf den Tisch.

»Sind Sie Romantiker, oder was?«

Dolf sagte nichts, schenkte sich ein, stellte die Flasche wieder hin und setzte sich.

»Aber der Chinese hatte mir diese Tussi untergejubelt, akzentfreies Spanisch. Hätte ich vorher gewusst, dass sie Chinesin ist, ich hätte mich niemals darauf eingelassen. Auf Ibiza war es zu spät. Und Gunter blieb stur wie ein Stück Hartholz. Da hat es ihn eben erwischt.« Er sah Santes eindringlich an.

»Sie sind nicht so, Santes. Ihnen passiert so etwas nicht.« Feller lächelte fein. Es konnte ein Kompliment sein oder eine Drohung.

Santes nahm es als Kompliment. »Also könnten wir uns einigen?«

Dolf traute seinen Ohren nicht. Brachte Santes den deutschen Drahtzieher tatsächlich dazu, sie als Partnerin zu akzeptieren? Seine Schwiegertochter war phantastisch. Wie überzeugend sie sein konnte, hatte Dolf mehr als einmal am eigenen Leib erlebt. Aber wie sie hier mit einem internationalen Drogenbaron umging, das war eine Klasse für sich. Nur: Wann kam endlich Inspektor Fuentes und machte dem Spektakel ein Ende?

»Bei den Papieren sollte Sabadell helfen können.«

»Wie würde das laufen?« Santes hielt sich bedeckt. Der Name sagte ihr anscheinend nichts. Dolf hielt den Atem an.

»Sie kennen Sabadell?«

»Vielleicht nicht unter diesem Namen.«

Dolf stieß wie aus Versehen sein Glas vom Tisch. Entschuldigte sich, bückte sich, hob es auf. Er musste Zeit schinden. Offensichtlich arbeitete Feller mit dem übereifrigen Polizisten auf Ibiza zusammen! Wenn Feller auch Fuentes in der Tasche hatte, waren sie geliefert.

Aber zunächst einmal war Santes' Falschidentität keine Schuhspitze davon entfernt, aufzufliegen. Hätte sie tatsächlich in Nadinas Puff gearbeitet, hätte sie den Polizisten kennen müssen. Schwerer Fehler.

Feller zog die Augenbrauen zusammen. »Den Inspektor?«

Santes reagierte aalglatt. »Ach, den! Hören Sie mal, wie gut kennen Sie jemanden, dem Sie es einmal im Monat besorgen? Seinen Nachnamen nannte er nur, wenn er mit dem Bürgermeister unterwegs war. Bei uns hieß er Toto.« Sie redete zu viel und zu schnell. Wie immer, wenn sie hastig eine Notlüge improvisieren musste. Dolf kannte das schon.

»Von Antunio?«, warf er rasch ein.

Aber Feller schien Lunte gerochen zu haben. »Sie müssen der Deutsche sein, von dem Nadina gesprochen hat. Ein stattlicher Mann, hat sie gesagt. Wäre ich nicht drauf gekommen. Aber jetzt, wo ich drüber nachdenke, kahlköpfiger Polizist, die Beschreibung passt ziemlich genau auf Sie.«

Das war das Ende der Unterredung, wusste Dolf. Entweder sie fanden einen schnellen Notausstieg, oder Feller knallte sie jetzt ab.

Dolf sprang auf.

»Setzen Sie sich!«, herrschte Feller ihn an. Sein Ton hatte nichts Verbindliches mehr. Er schnippte seinem Bodyguard zu. »Wieso erkennst du den Typen nicht?«

Rohstogg zuckte die Achseln, verzog keine Miene. »Er hat kein Tattoo.« Der Rocker merkte sich anscheinend nur die Tätowierungen.

Feller schüttelte fassungslos seinen Konsulkopf und schnippte zum Aufbruch. »Wir hauen ab. Draußen ist alles ruhig?«

Rohstogg nahm sofort Haltung an. »Alles okay.«

»Kevin soll vor der Tür bleiben. Wir holen ihn gleich.«

Anscheinend gab es noch einen dritten Mann, begriff Dolf alarmiert.

»Bleib auf Position. Wir ziehen ab.« Rohstogg zischte in sein Funkgerät. Dann zog er seinen blitzenden Revolver aus dem Gürtel und sicherte den leeren Raum, während Feller zur Hintertür ging. »Ihr rührt euch nicht von der Stelle, bis wir weg sind!« Das war für Dolf und Santes bestimmt.

»*¿Qué dice?*«

»*Que no te muevas hasta que se hayan ido.*«

»*Vale.*«

In dem Moment, im ungünstigsten aller Momente an diesem langen Nachmittag, ging draußen auf dem Parkplatz ein großes Gebrumme los. Und gleichzeitig spielte Rohstoggs Knopf im Ohr verrückt.

»Was sagt Kevin? Was ist da los?« Selbst der kühle Feller schien Nerven zu haben.

Der Lärm auf dem Parkplatz war leicht zu erklären. Es gab großes Getöse, Geratter und Getucker, als zweiundzwanzig Bandidos ihre Maschinen anwarfen und eilig losbrausten.

»Unübersichtlich. Wir müssen einen Moment hier drin bleiben.« Rohstogg wirkte für einen kleinen Augenblick verwirrt. Gelegenheit für eine Finte. Dolf griff sich die Flasche vom Tisch, warf sie mit aller Kraft nach dem Rocker, kam gleichzeitig auf die Beine und stürzte hinterher.

Oder versuchte es zumindest. Denn Rohstogg parierte die wirbelnde Flasche mit der flachen Hand, wehrte sie wie einen Tennisball zu Boden ab. Und schoss auf Dolf, traf ihn am Oberarm, dicht an der Schulter. Dolf ging zu Boden, nicht weit von den Scherben der Flasche.

Rohstogg war mit wenigen Schritten bei Santes, riss sie an den Haaren auf die Beine und drückte ihr die Waffe an die Schläfe.

Feller machte sich in der Zeit nützlich, stürmte hinter den Tresen und griff sich ein langes Küchenmesser aus einer Schublade. Er trat hinter Santes, setzte es ihr an den Hals und drückte die Spitze ein, bis Blut kam. Santes gab keinen Laut von sich. Ihre aufgerissenen Augen sagten mehr als Worte.

Feller hatte den Mund ganz nahe an Santes' Ohr. »Du kennst dich aus, was? Oder bluffst dich durch. Aber dann weißt du auch, dass man an der Kehle nicht schneidet, sondernd sticht. Damit es schön langsam geht. Tot nützt du mir gar nichts, Kindchen.«

Santes versuchte ein Nicken, ohne das Messer in ihrem Hals zu bewegen. Es funktionierte nicht besonders.

»Check den Hinterausgang.« Das war zu Rohstogg gezischt. »Und mach den Wagen klar.«

Rohstogg lauschte in seinen Ohrknopf. »Sturmtruppe. So eine Art SEK. Wir sollten uns beeilen!«

Feller nickte grimmig. Er riss Santes herum und schob sie zum Hinterausgang, wo Rohstogg ihnen mit vorgehaltener Pistole die Tür aufhielt.

Dolf richtete sich auf. Aus der Schulterwunde blutete er wie ein Schwein. Hilflos musste er zusehen, wie Rohstogg und Feller mit Santes als Geisel den Landclub durch die Hintertür verließen.

»Schaff den verdammten Wagen her!« Feller klang eine Spur ungeduldig. Rohstogg stürzte davon.

Dolf zog sich am Tresen hoch, hangelte sich bis zum Türstock des Hinterausgangs. Es ging erstaunlich gut. Er hatte auch keine Beinverletzung, fiel ihm ein. Nur die Schulter. Der Film lief in seinem Kopf ab. Dolf holte tief Luft, machte sich bereit, hinauszustürmen und irgendwie zu versuchen, Santes beizustehen. Er hatte keine Waffe, er hatte keinen Plan, er hatte noch nicht mal eine Idee.

Fuentes hatte seine Pistole im Anschlag. Er kam durch die Vordertür hereingeschlichen, hinter ihm zwei sichernde Einsatzkräfte in voller Montur. Sie zischten Dolf an, die Hände zu heben und sich auf den Boden zu werfen. Beides bekam er so rasch nicht hin. Fuentes gab den Einsatzleuten mit einem Wink Entwarnung. Er sprach Dolf an. »*Chirén, maldito, ¿qué pasa?*«

Tschirner hob seinen gesunden Arm und zeigte vor der Brust auf die Hintertür »*Por aquí*, da hinaus! Zwei Männer, einer mit Pistole. Sancha hat ein Messer an der Kehle!«

Fuentes schlich rasch und sichernd zur Hintertür hinaus. Die Einsatzleute durchkämmten Bar und Küche.

»Ein Mann muss noch draußen sein, Kevin oder so.«

»Den haben wir schon.« Damit war Fuentes weg.

Dolf drückte sich hinter ihm durch den Türrahmen, stützte sich an der Wand ab, um das Zittern in seinem linken Arm zu stoppen. Die Schulter zuckte so heftig, dass Dolfs Blick verwackelte.

50

Flaches Nachmittagslicht fiel blendend und orange über den staubigen Parkplatz. Der große dunkle Wagen, wahrscheinlich ein Lexus, stand schräg auf der Fläche, wie sehr hastig vorgefahren. Aufgewirbelter Staub sank um ihn herum zu Boden. Es war ein Traumbild, ein glitzernder, stiller Moment. Wie ein Erlkönig-Auto, das irgendwo in Skandinavien aus der Kühlkammer kommt, dampfend vor Kälte, bevor die Fotografenmeute sich auf den Wagen stürzt und er unter dem Blitzlichtgewitter aufzutauen beginnt. Dolf hatte eine Reportage darüber gesehen. Er hatte Zeit, das Bild in sich aufzunehmen, denn alles geschah wie in Zeitlupe.

Feller bugsierte Santes auf den Rücksitz, eine Hand am Griff des Messers in ihrer Kehle. Es steckte sicher eine Daumenbreite tief im Halsmuskel, aber nicht an der Schlagader, stellte Dolf erleichtert fest. Doch auch nicht weit entfernt. Die Wunde blutete. Santes stöhnte auf, zitterte. Da legte Fuentes an, gerade als Santes sich in den Rücksitz sinken ließ und Feller sich zu ihr hinabbeugen musste.

»Nein!« Dolf sah genau, dass Fuentes durch die Scheibe auf der Beifahrerseite zielte. So war, nach allem was er über Ballistik wusste, kein sicherer Schuss möglich. Aber Fuentes hatte bereits abgedrückt. Die Scheibe zerplatzte in einem Spinnennetz aus Rissen. Dolf konnte nicht erkennen, ob Feller außer Gefecht, ob Santes getroffen war. »Sind Sie verrückt geworden?«

Fuentes ließ den Wagen nicht aus dem Blick. Rohstogg fuhr mit durchdrehenden Reifen los und warf eine Fontäne aus Staub und Kies in ihre Richtung. Bevor Dolf die Augen zukniff, meinte er Santes nach vorne sacken zu sehen. Das Messer steckte nicht mehr in ihrem Hals. Dolf hoffte, dass dies ein gutes Zeichen war.

Rohstogg jagte das schwere Fahrzeug schleudernd über den gelbbraunen Schotter, er wurde von den Scharfschützen der Sondereinheit unter Feuer genommen. Sie zielten auf die Reifen, aber der Wagen zog unbeirrt davon. Bald wäre er in einer beigen Wolke verschwunden. Wahrscheinlich hatte er schussfeste Pneus, falls es so etwas gab, vermutete Dolf. Es dauerte eine ganze Weile und mehrere Salven, bis die Scharfschützen die Limousine stoppten. Sie zerschossen dafür praktisch die gesamte Technik.

Als der Wagen rauchend zum Stehen kam, stieg Rohstogg mit über dem Kopf verschränkten Händen aus. Einer der Einsatzleute stürmte auf ihn zu, riss ihn zu Boden und begrub ihn dabei unter sich. Zwei weitere Einsatzkräfte waren sofort über den beiden.

Andere Kräfte stürmten und sicherten mit vorgehaltener MP, in ihrem Schutz rückten weitere Kollegen nach, rissen Feller aus dem Wagen, warfen ihn in den Staub, verdrehten ihm die Arme auf dem Rücken.

Dolf hetzte hin.

Jetzt, wo die Truppe den Drogenbaron unschädlich gemacht hatte, konnten sie ihre ganze Brutalität herauskehren, wie wild gemachte Söldner überall auf der Welt, wenn sie die Todesangst, die sie im Einsatz wegdrückten, hinterher umso brutaler an ihren wehrlosen Opfern ausagierten. Die Einsatzleiterin der Truppe stand abseits, sie wandte den Blick ab und sprach in ihr Funkgerät.

Feller hatte einen Streifschuss am Kopf, eine böse aussehende, stark blutende Wunde, wahrscheinlich von einem Querschläger oder einem Stück Glas; und einen Steckschuss unter dem Schlüsselbein. Es waren keine lebensbedrohlichen Verletzungen, wie die Sturmtruppen fast enttäuscht feststellten. Vielleicht wollte Dolf das auch nur heraushören. Jedenfalls sahen die Männer keinen Grund, Feller mit Samthandschuhen anzufassen.

Noch schrecklicher sah nur Santes aus. Die Wunde an ihrem Hals blutete, pulsierte aber zum Glück nicht. Ihr Haar und die linke Hälfte ihres Gesichtes waren verschmiert von Fellers Blut. Sie keuchte und japste nach Luft, hechelte wie ein Bobtail. Vom Rücksitz schälte sie sich ins Freie und fiel Dolf in die Arme. »Bring mich hier weg, Dolfo.«

Es gab nichts, was er lieber getan hätte.

Zunächst musste sich jedoch der Sanitäter der Truppe um Santes kümmern. Er legte vorläufige Verbände an, aber er bestand darauf, dass Santes einem Arzt vorgestellt wurde. Am Ende verbrachte sie die Nacht im Krankenhaus.

Danach sollte es ihr gutgehen. Jedenfalls plapperten die Ärzte etwas in der Art. Aber egal wie viele Spritzen und Tabletten sie zur Beruhigung gaben, zwei Symptome bekamen sie die ganze Nacht über nicht in den Griff. Santes' Hände zitterten unkontrollierbar. Und ihr Herz konnte urplötzlich, scheinbar grundlos, anfangen zu rasen.

Sie war mit den Nerven am Ende. Die Ärzte boten ihr an, sie mehrere Wochen krankzuschreiben. Das konnte sie sich nicht leisten, protestierte sie, ihre Kollegin war im Schwangerschaftsurlaub, im Reisebüro war sie alleine. Dolf schnitt ihr das Wort ab: Es war Ende Dezember, die Weihnachtsferien waren gebucht, bis Ostern war es noch lange hin – wann gab es einen besseren Termin, um zwei oder drei Wochen Urlaub zu nehmen?

Dagegen konnte selbst Santes, die sonst nie um eine bissige Entgegnung verlegen war, nichts sagen. Sie musste nur ein paar Telefonate führen.

Dolfs eigene Wunden waren schnell versorgt. Er bekam

einen Verband um den Oberarm und »zur Sicherheit« den gesamten Arm in einer Schlinge vor der Brust fixiert. Das Klettverschlussmaterial schaffte es gerade mal bis zum Wäschewagen am Ausgang des städtischen Hospitals.

Er nahm Santes vorsichtig am Arm, als sie in den hellgrauen Morgen traten. Am Hauptausgang des Krankenhauses umkurvten sie rauchende Intensivpatienten, eine Hand über die erste Zigarette des neuen Tages gekrümmt, um die Kippe vor dem kühlen Lüftchen zu schützen, das den gläsernen Windfang des Klinikgebäudes umwehte und den überquellenden Aschenbecher aufstäubte.

Es war vorbei. Sie waren frei. Sie waren noch einmal davongekommen. Santes' Hände zitterten, ihr war kalt. Dolf hängte ihr seine Jacke um.

Auf dem kurzen Fußweg durch die Neustadt bis zu Santes' Wohnung, wo sie sich frisch machen und ein paar Sachen packen, aber auf keinen Fall längere Zeit verbringen wollte, überholte sie ein tiefseeblauer Lieferwagen mit dunkel getönten Scheiben im Fond. Das Fahrzeug verlangsamte, beschleunigte dann wieder und bog in Richtung Stadtzentrum und Hafen ab. Es war eine der Verhandlungslimousinen des Chinesen. Die Geschäfte liefen schon früh am Morgen. Sie schienen gut zu laufen.

Für die Feiertage legte sich schließlich jeder Vorräte an. Es war der Tag vor Heiligabend.

51

Sie würden in den Süden fahren, in die Berge. Irgendeines der Naturstein-Ferienhäuser in den Hochtälern der *Sierra nevada* mieten, wo es um diese Jahreszeit sogar manchmal Schnee gab, wie der Name verhieß. Stille Feiertage mit Santes auf dem Land stellte Dolf sich vor, lange Spaziergänge, bei gutem Wetter mit dem Blick bis hinüber nach Marokko, aufs Rif-Gebirge, die nördlichsten Ausläufer des Atlas, dessen Bergkämme hinab zur Sahara reichten.

Unter seiner Tür hatte Dolf einen dicken Brief der *Endesa Energia S. A. U.* gefunden. Sie schickten ihm eine Stromrechnung über die letzten achtzehn Jahre, € 5783,62. Sie hatten einen Titel erwirkt und das Geld bereits von seinem Schuldenkonto abgebucht. »Sie brauchen nichts zu unternehmen. Sollten Sie diese Rechnung bereits beglichen haben, betrachten Sie unser Schreiben bitte als gegenstandslos.« Den letzten Satz wollte Dolf beherzigen.

Trotzdem war er zu klamm, um Santes zu den zwei Wochen Ferienhaus einladen zu können. Er hasste seine beschissene Lage, aber er musste seine Schwiegertochter bitten, den Urlaub zu finanzieren, egal wie peinlich ihm das war.

Santes zögerte. Die Rechnung für den Mietwagen war höher ausgefallen als geplant. Zwar hatte einer der Männer von der Sturmtruppe die Limousine zurückgefahren und abgegeben, aber die Verleihfirma verlangte zusätzliche Gebühren für Reinigung und Risiko. Jedenfalls war ihr Dispositionskredit am Limit, und Santes musste Geld aufnehmen. Anders als Dolf konnte sie das.

Alleine der Gedanke an die kargen und zugleich lieblichen Landschaften der Sierra versöhnte ihn. Schmale, kurvige Passstraßen erschlossen dort kleine Ortschaften, in denen jedes zweite Gebäude ein Schinkentrockenhaus war, wo die Hinterläufe unzähliger Mastschweine in der kühl-trockenen, insektenfreien Luft in Gaze geschnürt vor sich hin reiften. Und fast jedes Haus dazwischen war eine *Carnicería*, wo man den eigenen, selbst kuratierten Schinken verkaufte. Schon die Vorstellung machte Dolf Appetit.

Er hatte Hunger.

Dank an Paula Peretti für kritisches Erstlesen und energisches Zusammenstreichen. An Regina und Peter Molden für sachkundige sorgsame Betreuung und offene Kritik. An Peter Strotmann für fachkundige Lektüre und wertvolle Hinweise zu Krimiplot und Spannungsbogen. An Cordula und Celia für Geduld und Nachsicht nicht nur am Schreibmittwoch. An Lioba, die wir vermissen und die uns tolle, beruhigende Mails aus Spanien schreibt. An Axel Brandt, Petra und Ludwig Sapper für gemeinsame Segelerlebnisse.

Dank an Victor Olmos und Alicia López Noguera, liebe gute Freunde, für Hinweise zu spanischen Ausdrücken und zu den Gepflogenheiten in Cartagena und im übrigen Spanien. An Manuel Catalá und María Francisca López Noguera, nicht zuletzt für das Do-it-Yourself-Paket zur Zubereitung eines *Café asiatico*.

Zu Dank verpflichtet bin ich Andreas Schnurbusch, *Schleusermord* (Edition Lempertz 2012), von dem ich die Beschreibung des Mädchenschmuggels im Wohnmobil entliehen habe.

Dank an Axel Stemmer und Axel Vits für die Organisation einer (in meinen Augen) phantastischen Lesung im *Anderen Buchladen*.

An Mar, Candela, Marta, Sophia für unvergessliche Sommer im Meer. An Caridad Serrano Ciller für begeisterten Zuspruch und pharmazeutische Auskünfte. An Norbert Schäfer für Drogen- und Entzugsfragen. An Tom Henrich für die klarsichtige Prüfung von logischen und zeitlichen Abläufen und kritische Fragen zum Vorleben der Hauptfigur. An Stephan Wuschansky für entscheidende dramaturgische Hinweise, kollegialen Rat und das Verdrehen chinesischer Daumen. Alle Irrtümer und Freiheiten in der Darstellung gehen allerdings allein auf meine Kappe.

Ulrich Brandt